本书为国家社科课题"云南'民族直过区'佤族村落社会文化变迁研究"阶段性成果

项目批准号：17XMZ051

我的母语部落

袁智中 ◎ 著

云南出版集团
云南人民出版社

图书在版编目（CIP）数据

我的母语部落 / 袁智中著. -- 昆明：云南人民出版社, 2019.8
ISBN 978-7-222-18199-1

Ⅰ. ①我… Ⅱ. ①袁… Ⅲ. ①长篇小说－中国－当代 Ⅳ. ①I247.5

中国版本图书馆CIP数据核字(2019)第166347号

出 品 人：赵石定
责任编辑：肖 薇　项万和
责任校对：林 劲　董郎文清
责任印制：窦雪松
封面设计：凤 涛

我的母语部落
WO DE MUYU BULUO

袁智中　著

出版	云南出版集团　云南人民出版社
发行	云南人民出版社
社址	昆明市环城西路609号
邮编	650034
网址	www.ynpph.com.cn
E-mail	ynrms@sina.com
开本	787mm×1092mm　1/16
印张	20
字数	309千
版次	2019年8月第1版第1次印刷
印刷	昆明启方印刷有限公司
书号	ISBN 978-7-222-18199-1
定价	68.00元

如需购买图书、反馈意见，请与我社联系
总编室：0871-64109126　发行部：0871-64108507　审校部：0871-64164626　印制部：0871-64191534

版权所有　侵权必究　印装差错　负责调换

云南人民出版社微信公众号

谨献给全球化浪潮中我母语部落的族人们

翁丁村是迄今中国保存较为完整的佤族传统村落

翁丁村祭山神

翁丁村寨桩

翁丁村：佤山民族旅游的一张名片

2010年芒公村祭山神仪式

翁丁村神林中的牛头桩

拉木鼓宗教祭典已演变为一种旅游节庆活动

神林、牛头桩：佤族历史文化的记忆

节日盛装的佤族妇女

新米的节日

沧源县佤族现代新村

佤族村落记忆的样本

（自序）

母语民族的群体记忆。在祖国的西南边陲，在彩云之南的滇西，生活着一个古老的民族。远古时代，这一民族的先民便已散布在中国西南部、印度东南部至东南亚的广大区域，成为今中国云南西南部及缅甸、泰国、柬埔寨等广大地区最早的居民。在漫长的历史发展过程中，在各民族冲突的背景下，这一民族不断由北向南迁徙，逐步形成以今天阿佤山区为核心，跨越中国、缅甸、泰国和老挝国界而居的民族。它，就是云南特有的少数民族——佤族。

2010年第六次全国人口普查统计数据显示，全国共有佤族人口42.97万人，集中聚居在云南的就有40.38万人，占全国佤族总人口的93.97%。在云南，又以滇西南的临沧市和普洱市为中心，两市佤族人口占全国佤族总人口的89.67%。其中：分布在临沧市的有23.5万人，占全国佤族总人口的54.6%；聚居在临沧市所辖的沧源佤族自治县的有14.28万人，占全国佤族总人口的33.24%。我所讲述的"母语部落"的故事，均发生在我的故乡——沧源佤族自治县的佤族村落。

村落的终结与再造。第一次感受全球化浪潮对佤族村落的冲击是在2004年。那时，在日益蓬勃兴起的旅游产业浪潮的推动下，曾经作为落后文化被批判、被遗弃数十年之久的木鼓祭祀、剽牛血祭等文化习俗，伴随着浓厚的商业文化气息再次回到了族人中间。在旅游产业这双无形之手的推动下，曾经凭借魔巴天才般记忆口耳相传的《司岗里》传说变得似是而非，承载着佤族深厚文化记忆的木鼓、寨桩、牛头等，正日愈沦为新奇的旅游商品。以"在场者"的身份，讲述佤族村落的故事，让已经消失和正在消失的记忆变得鲜活起来，这样的责任突然间变得紧迫起来。这一年，我断然放弃从事了十年之久的小说创作，踏上了以非虚构作品的方式记忆自己民族历史文化变迁的历程。

当我怀揣着重建民族记忆的梦想，行走在故乡沧源的佤族村落和族人间时，佤族村落正在"彻底告别茅草房"的新民居改造浪潮中经历着第一次深刻的变革。在短短不到三年的时间，我曾经访问过的单甲、夏多、护俄、怕结、安也等留存着佤族文化记忆的村落，已彻底改变了模样：传统榫卯穿斗结构的干栏式草顶木楼被成排的石棉瓦顶砖混水泥建筑所替代，曾经的寨门、寨桩、竹木栅栏已经随风而逝，而那些曾经被我记录、书写和讲述过的故事，也已经遥远得成了一种梦境。

2010年，我以新农村建设指导员的身份，再度回到了故乡沧源一个偏远的村落——芒公，开始了为期一年的乡村生活，让我得以见证芒公村和其他众多的佤族村是如何在新一轮"新农村·新家园"建设浪潮中，由一个还没有完全通路、通水、通电、通电视、通电话的传统村落，以一日千里的速度完成了从传统到现代的跨越。在之后七年持续不断的新农村建设浪潮中，一个个整齐划一的现代新村、一排排崭新的红瓦白墙的砖混民居，如雨后春笋般在佤山大地上生长。从最临近城镇的乡村到最偏远的山寨，一路奔腾汹涌。电视机里五彩缤纷的世界，越来越密布的水泥硬板路，越来越畅通的手机网络，越来越紧密相连的乡村公路，催生着新的思想、新的生活方式和新的故事，不断向人们宣告着一个崭新时代的来临。

村落记忆的重建。全球化和城市化浪潮已是不可阻挡。对于佤族这样一个历史上没有形成自己的文字系统，并将猎人头祭谷、剽牛血祭、刀耕火种等原始习俗保留到新中国成立初期的"直过民族"来讲，应该如何记忆本民族的历史、讲述自己的故事，已经成为一件进退维谷的事情。在传统与现代、历史与文化的大变迁、大交集中，我的族人们正历经着怎样的深刻变革、文化冲击和心理震荡？在这样一连串的深刻变革中发生了怎样的故事？这些故事，是如同宣传媒体所展现的"一跃千年"的欢歌和狂喜，还是如同文化人类学者在民族文化出现历史断裂的深谷？曾经为族人生活注入柔软浪漫想象的祭祀文化、审美特质、生活方式，真的随着一个全新时代的来临，远离了村落、远离了族人，仅仅成为一道只能遥祭的风景？数十年后，我的族人们应该凭借什么样的方式，去记忆、去讲述我们这一辈人经历的故事和经历的时代？作为新时代民族文化的记忆者，应该如何将碎落满地的民族记忆一点一点串联起来，向世界讲述当下佤族的故事呢？

"社会记忆是一个民族的良知，一个没有记忆的民族，一个对过去无论是经验教训还是荣耀，无论是成功的，还是苦难的东西，把它们都忘掉的民族，这样的民族用今天的话来说，是很'悲催'的，也很可耻。"（郭于华：《社会记忆与普通人的历史》）以"在场者"的身份，以佤族村落"文化持有者的内部眼光"讲述这个全新时代我的族人们鲜活的故事，为自己的族人们留下一份弥足珍贵的记忆。从2004年起，这一狭隘的动机，几乎构成了我讲述的全部力量。

叙事文本的选择。长期的阅读和训练，让我对文学叙事有着一种"病态"的迷恋。文学的阅读和书写，让我无论距离叙述对象的时空多么遥远，都能够感同身受他们生存的现实、生命的质感、情感的温度和审美的特质，情不自禁融入叙事的场景，心甘情愿坠入命运共同体的泥潭，使文字记忆的情感和经验不断融汇到血液中，参与个体生命的循环和成长。正如著名作家阿来所说：文学意义上的民族性，不只是由语言文字、叙述方式所体现出来的形式方面的民族特色，而主要还是由行为方式、生活习性所体现的一定民族所特有的精神气质与思想意识。这种内在的东西，才应该是民族性的魂魄（阿来：《文学具有民族性不言而喻》），而文学的传播效果是任何历史的、政治的、经济的读物都难以与之相比的。

我所梦想的是，通过一个个带着生命体温的文字、一个个鲜活的场景、一群群鲜活的"小人物"的故事，向读者呈现我亲历见证的村落变革，以及在传统与现代、历史与文化的变迁交集中已经发生和正在发生的改变。我想，它应该是全球化和城市化浪潮中，边疆地区少数民族村落深刻变迁的样本，是我为自己的族人们书写的一部村落志，是人类现代历史进程中的一部心灵史。它所描绘的应该是我的族人们当下的生存现实、文化生态及独特审美的真实画卷，它的讲述应该是从容的、客观的、理性的，同时又充满着生命的质感、情感的温度和人性的温暖，而不应该承载过多个人主义的情绪和民族主义的偏见。这样一来，不仅以往的小说叙事无法满足这种全新的叙事，就是2004年以来，自己所致力的佤族历史文化散文的叙事模式，也因为个人强烈主观色彩的解读式立场而遭到放弃。我所梦想的是：云淡风轻的文字，带有母语韵律的叙事，真实客观立体的记录。并希望通过这样的探索，拓宽自己文学叙事的边界，为传统村落志的书写提供更多的可能。

我的村落故事。我所讲述的村落故事，全部发生在我的故乡沧源，时间集中在2010~2017年。其中，大部分故事发生在2010年我进驻的沧源佤族自治县勐角乡芒公村委会所辖的芒公、贺帕、永莱三个自然村。那一年10月，芒公村委会所辖的六个佤族村落的360余户沿坡而建的干栏式民居，在不到一个月的时间里被全部拆除，全面迈开了佤山幸福新村的建设步伐。在之后的五年里，我不断重返芒公村，和我的族人们共同亲历、见证着佤族村落从传统到现代的变迁和跨越，以及这种变迁交集中的震荡、惶恐、喜悦、梦想与挣扎。本书中第一章芒公村落纪事中的八个故事，就是2010~2015年发生在芒公村委会辖区的真实故事；第二章拱弄村落纪事中的四个故事，则是发生在2015~2017年，我作为单位"挂包帮"驻村工作队员，进驻沧源佤族自治县勐来乡拱弄村委会亲历的故事；第三章远古部落的访问中的三个故事，则是我2004~2007年在故乡沧源夏多等地亲历的故事；第四章芒公村落日记、第五章拱弄村落日记则是以日记体的形式，记录了2010年2月~2017年2月，我驻村工作期间的心路历程和未能纳入专题叙事的村落故事。

无论这些故事发生在何时、何地，我所讲述的每个人物，都是在我驻村期间与我产生过深刻情感碰撞的族人同胞；我所讲述的每个故事，都是我与他们共同亲历的，并在我内心产生过持久震荡和回响的真实故事。为了忠诚于真实的叙事原则，书中所有讲述的故事、人物、时间、地点、命运、结局，都是服从于现实的忠实记录。

感恩梦想和机遇。 在整本书的写作中，我的内心充满着感恩。感恩正当我决心排除现实生活的干扰，回归村落、重建佤族村落文化记忆的时候，2010年上苍赐予我驻村工作一年的机遇，让我得以以一名普通族人的身份参与到村落族人们的情感与生活中去，让我得以在血浓于水的情感体验中，实现了与本民族的情感交融和理性升华；感恩在我的民族身处全球化和城市化浪潮中，发生着最为深刻变革的重要时刻，上苍一而再、再而三地赐予我与它同悲喜、共命运、同成长的机会，让我有机会触摸到维系佤族村落社会生生不息的精神审美和道德力量；感恩在我梦想着写作这样一本以"小人物"去记忆"大时代"母语部落社会文化变迁的时候，获得了"2015年云南省社会科学普及规划项目"立项，使我"散兵游勇式"的写作提升为一个被规划、被立项的目标任务，让我在之后近两年的时间里，得以全神贯注地投入《我的母语部落》一书的写作中；感恩2017年，我主持在研的国家社科基金项目获得立项，为该书的顺利出版赢得了宝贵的资金支持，并最终迎来了这样一个春暖花开、瓜熟蒂落的时刻。

更加让人感到欣喜的是，在该书即将付印前，传来了家乡沧源正式"脱贫摘帽"的消息，标志着族人们的生活实现了从"解决温饱"向"两不愁、三保障"的历史跨越。

于 2019 年 3 月 26 日

目录

第一章 芒公村落纪事 / 1
重返芒公 / 2
村落的预言 / 24
贺帕猎王 / 36
贵喜的婚事 / 50
依惹家的摩托魂 / 57
寨主的家事 / 71
新米的节日 / 87
永莱动迁记 / 103

第二章 拱弄村落纪事 / 117
支书的家事 / 119
延迟的婚礼 / 137
村落的葬礼 / 149
沉重的祭祀 / 161

第三章　远古部落的访问 / 173

戛多村落记忆 / 174

最后的魔巴 / 191

小城的魅惑 / 205

第四章　芒公村落日记 / 217

芒公村落日记（一）/ 218

芒公村落日记（二）/ 227

芒公村落日记（三）/ 234

第五章　拱弄村落日记 / 249

拱弄村落日记（一）/ 250

拱弄村落日记（二）/ 256

拱弄村落日记（三）/ 267

附录 / 277

一种文化的梦想 / 278

以写作的方式爱着自己的民族 / 283

后记 / 295

第一章　芒公村落纪事

2010年新农村建设前的芒公村

重返芒公

一

再回芒公，是说了三年的事。我知道，三年的时间里，芒公村正经历着她生命中最为深刻的变革。但无论世事怎样改变，无论我的心翻越了怎样的万水千山，都抹不去初到芒公村时那些总被金色阳光洒满的早晨和黄昏。真的是无法想象，没有了错落于山坡的"丫"字茅草房建筑，没有了顺坡而建的干栏式木楼，没有了层叠蜿蜒的栅栏，芒公村将会是个怎样的模样？

自从决定回芒公村过年，白天、晚上，吃饭、睡觉，脑子里满满的都是芒公村。三年前离别时的情景还在眼前，村民送的细如葵花籽般的蒜粒被仔细地一粒一粒剥着吃了，送的扫帚早已经用烂，手工编织的麻线床单还每日垫在床上，藤蔑圆桌还放在书房里，藤蔑圆凳则高高地堆在阳台上。拿出藤蔑圆凳坐一次，就要跟人讲一次芒公，每讲一次，芒公村的人和事就翻江倒海在心底汹涌一次。连自己也不知道，怎么会这样深切地爱着芒公，爱着这些连汉话都讲不通顺的族人？于是，回芒公过年这样平凡的事，被我的思念无限地放大着。

二

佤历除夕的前一天，我和丈夫在沧源县城殷勤地买了烟和酒，驾着自家的福特轿车向着芒公开去。

穿过县城已经开始繁荣的街景，穿过勐角乡政府唯一的水泥路面街道，天便开始黑暗下来，路边的森林也变得浓密厚实起来。我知道，在

第一章　芒公村落纪事

这弹石公路的尽头就是我的芒公，我血脉偾张的源头。

车不断向着黑夜进发，昔日和大学生村官骑着摩托奔驰在星空下的景象不断在脑海中重现，对芒公村急切的思念在内心涌动升腾。我知道，穿过翁丁村成排的牛头桩，穿过独木成林的榕树和茂密的竹林，再一直向前，就是我亲亲的芒公了。曾经的沙石路面已经全部铺成了水泥路，但山还是三年前那座连绵的大山，坡还是三年前那个连绵的大坡。车在黑暗的山谷穿行着，我则在车的千转百回中，在黑夜中不断捕捉着芒公的气息。

灯光中终于映现出那片再熟悉不过的竹林，竹梢在黑夜中垂成优美的弧线。一个熟悉的90度大弯后，几栋红瓦白墙建筑开始在树林和竹林间闪过。这是芒公村的边缘地带，也是芒公村中离寨桩最远的位置。在这里，我曾经用相机记录过一对刚分家的年轻夫妇的生活。霞光中，他们五岁的儿子站在自家低矮的鸡罩笼草房前，用一双清澈无畏的眼睛望着我。即将呈现的村落变迁让我心底滑过一丝莫名的胆怯和不安。再连接转过两个大弯，那个被我日思夜想的芒公村就会在黑夜中呈现。

车灯有些刺眼，灯下的水泥路面显得越发地白，夜也显得越发地黑。几天来模糊零乱的记忆突然间变得清晰生动起来：路上边是芒公村二组，所有的房子都环绕着寨桩沿坡而建，这里不仅是太阳出来最早照亮的地方，也是芒公村最早的建筑群。三年前，我以新农村建设指导员的身份入驻该村的时候，这里仍旧恪守着佤族村落最古老的格局：寨主和最古老的家族仍住在距离寨桩最近的地方，管理神林的副寨主家仍住在离神林最近的地方，所有分家而立的新家族成员，则沿坡而下分布在低于父辈的位置。村落看似错落无序，却暗藏着传统礼俗必须遵从的村落法则。

路下边是芒公村一组，下行的山坡较为平缓，干栏式草房和木楼一直从寨子中间的主干道延伸至村口的路边。用今天的眼光来看，这是距离公路最近的位置，但从传统村落布局来看，这里仅仅是村落的拓展和延伸。或许正因为如此，与二组相连的是长满百年老树的神林，里面供

我的母语部落

奉着山神、寨魂和木依吉神；与一组相连的则是长满灌木的坟场，里面住着先辈的阴魂和被驱逐的恶鬼。

记忆的影像在脑子里重重叠叠，心却在包裹着芒公的黑夜中安稳下来。狗零乱的叫声在黑夜中响起，路旁村委会的灯正明晃晃地亮着。双层平顶钢混结构楼的墙壁看上去是那样的白，水泥院场也是那样的宽敞明亮，太阳能电热板在房顶若隐若现。

驻村那年，村委会没有安装太阳能热水器，等身上的灰尘一点一点地积累起来，脏得像爬满蚂蚁一样难受，就是最想回家的时候。当时的苦，回想时却成了别具趣味的浪漫回想。想起和村组干部一起，在还没铺上水泥浆的院场心，用石头垒成三角灶台烧起大火，支上洗澡盆一样的大锅，抬着两尺多长的锅铲炒菜做饭的情景。最喜欢吃的是村支书王林用腌得酸酸的竹笋和红红的小米辣煮的猪内脏和鱼。村里一有人家杀猪，或是有人进村，这样的美味就会重现一次。

我站在陌生的水泥路面举目四望，努力在黑夜中捕捉一些三年前的生活场景。三年时间，似乎自己没有多少改变，但芒公的房子、芒公的路、村委会的设施，都已经全部改变了模样。村寨是如此寂静，没有月亮，没有星星，只有副组长王贵喜家的小卖部亮着灯。

几辆摩托从黑夜中飞驰而来，一阵急刹车后，停在了小卖部前光亮的边沿地带，与我隔着一条灯光的河。在河的逆流中，几张男人的脸依次浮现：憨厚热烈的桑木茸、永远带着羞涩甜蜜笑容的陈岩门、新当选的副支书陈岩不勒，还有几个常扛着犁架、赶着牛从村委会大路旁经过的阿佤小伙。他们成排站着，手搭在摩托车扶手上，用一张张笑脸对着我。我的身体开始有暖流在涌动。是啊，无论村落经历着怎样的世纪变迁，但人还是这样一些人，脸还是这样一些脸。或许，自己怀念的并非是那个已经消失的村落，而是这一张张真诚坦荡的面容。

灯光深处突然响起了"袁姐"的惊叫声。副组长王贵喜顶着湿漉漉的头发，从小卖部的亮光中冲了出来，笑纹从嘴角一直向上蔓延，直到布满整张脸。凝固的"雕像"们从这声惊叫中惊醒过来，一同越过时间的河，像潮水一样向我涌来，我的双手被紧紧握在了他们粗大厚实的手掌里，久违的山野气息开始在周身弥漫。我和芒公就这样轻易地穿越了时间的河。

三

我们一同穿过亮着的小卖部，涌进王贵喜家临街的客厅。就像王贵喜身上的白衬衣、深色西裤和黑皮鞋一样，时隔三年，王贵喜家的客厅已彻头彻尾升级为超级现代版：厚实粗糙的实木地板变成了带有条纹的瓷砖，藤篾凳子换成了长条沙发，火塘的位置放上了厚实宽大的茶几，家祖神龛让位给99.06cm（39英寸）的液晶电视，烧茶的土罐变成了茶壶，烤茶、煮茶、滴茶、品茶的过程简化成了一人一纸杯的热茶。就连安排我和丈夫住的客房，床也是全新的席梦丝双人大床，垫的也是全新的印花床单。

我知道，王贵喜虽然长着比一般佤族人还黑的皮肤，却是最不甘于平凡生活的佤族人：娶的是全村唯一的外族人；在全村还没有几个人真正坐过大车的年代，就贷款买了辆车跑运输；不安安稳稳地种粮，却在自家的荒山种满了沙松。前几年，又以佤族人少有的前瞻性，以8000元的低价买下了村供销社临街的一排砖木结构房，小卖部的货柜不仅是全村最长的，而且跟城里一样是带玻璃窗的，就连女儿读小学都是跑到乡中心完小去读。2010年年底，芒公村被列入新农村建设重点村后，当全村人掀掉了干栏式木楼住上清一色红瓦白墙砖混结构房时，他却不惜卖掉种了十年的沙木林，盖起了全村唯一的两层钢筋结构平顶民居楼。

但我是冲着记忆中的干栏式木楼，冲着火塘，冲着像佤族手工麻线床单一样粗糙厚实的生活而来。而现在，没有了木楼，没有了火塘，没有了老人，没有了火烟缭绕的尘世温情。我的到来，连带澎湃于内心的激流，突然间变得有些莫名有些荒诞。王贵喜说着第二天的日程安排，我则想着如何逃离这栋钢混结构的枷锁，尽快回到记忆中的芒公。

门外及时响起了一阵急刹车，新支书陈昆昂着头、挺着胸进来了。

我的母语部落

与三年前当治安联防队员时相比，眼前的陈昆更多了几分山野男人的派头。"姐，明天开年，老人都集中在副寨主家木楼议事，一起过去。"陈昆叫我"姐"时发音总是短促厚实，有一种与生俱来的亲切，透着一种血浓于水的亲情。

在陈昆的引领下，整群人又回到了寨子中间的水泥大道上。电筒的光柱在静谧的夜中交错盘结。天也不再是先前的那种黑，可以看见路的两边不断有岔路分开，像章鱼的触须一样，将上、下两个组连接成一个紧密的村落。

陈昆说，原来拆掉的木楼，现在又都搭建起来做厨房。但我知道，佤族没有厨房一说。一栋两层的干栏式木楼，下面一层除堆放柴火、犁头一类的杂物，还住着牛、猪、鸡、狗一类的家畜家禽；上面一层住人，进门就是一个火塘，火塘上面的铁三脚架上永远支着一口铁锅或是一个烧水的铁壶，做饭、吃饭、议事、喝茶、闲聊都是围绕着火塘展开。家里来了客人，在火塘边铺上一张竹篾笆，抖开备用的被褥就可以睡下许多人。

新式砖混结构落地瓦房的横空出世，消灭了火塘，消灭了隔绝潮湿地气的干栏式木楼，顺便也消灭了铺上竹篾笆、抖开被褥就睡的豪迈，以及由火塘衍生的生活方式。为了鱼与熊掌兼得，村落大多数人家选择了在自家新建的砖混落地瓦房旁，用旧房的木料重新建盖一栋干栏式木楼。副寨主家的议事厅就设在这样拆了又盖的木楼里，只是与先前相比狭窄了许多。

寨主和寨老们已经围坐在火塘边，端着茶碗，卷着纸烟，用母语低声交谈着、争论着。白炽灯的光线有些昏暗，再加上青烟的弥漫缭绕，光线显得更加地稠密。

都是熟悉的脸。离火塘最近的是寨主达叠，坐在旁边的是掌管神林的副寨主达隆，离我最近的是测算吉日的宰旺和负责砍肉、切肉、分肉的艾倒，还有那个常跛着脚穿行在神林祭祀房的族长。陈昆的爸爸也在其中，只是列席议事的角色。王贵喜虽然年轻，却继承了过世父亲王氏家族族长的身份，可以名正言顺地享受老人的至尊地位，这使一心想要摆脱旧式生活的王贵喜倍感苦恼。

木楼、火塘、缭绕的青烟，寨老们低声的母语，让我的心变得平顺润滑了起来。举目望去，没有一张女性的面孔。经历过一年的村落生活，我已完全认同了男性对于神灵世界的主宰地位，甚至也和他们一样地认为，女人莽撞的介入会削弱甚至阻碍俗界与神界的沟通。但之前一年的相处和表现，使老人们和村落默许了我诸多的特权，让我得以自由穿行于男人与神灵构筑的神奇世界。

四

落座之后，陈昆、王贵喜几个村组干部立即参与到寨老们的议事中。只有真正亲历过佤族村落生活的人，才能够真正体会到佤族传统礼俗的烦琐，每一个礼俗的细节都会牵扯到神灵、祖先、寨魂、人魂这类重大的命题。这也是在现代文明的不断冲击和洗礼下，仍没有一个人敢于提出废弃礼俗的原因所在。但隐秘之中，似乎每个人都在期待着烦琐礼俗的悄然终结。

议事主要围绕着次日开年祭山神、杀年猪、取新火、煮年饭、念经打歌迎新年等一些具体的事项展开。礼俗程序如何走全由寨老们决定，但人事安排调度更多的还得依靠村组干部。其中一个重要的议题：次日一早派谁去捉祭祀山神用的鱼？去的时候是走路，还是骑摩托，还是坐车？因为我的原因，走路和骑摩托都被否决了，最终决定让陈军开着他家的皮卡车去。

对于寨老和村组干部的安排，陈军似乎都必须义不容辞地接受。四年前，村委会换届选举时，陈军被村民推选为村支书，但在江山和美人不可兼得的情况下，这个被全寨人寄予厚望的当选者却临阵逃离，到远离芒公的一户汉族人家做了上门女婿。按照村规民约，这样重大的违约，是得杀猪向山神、寨神和全寨子人谢罪的。虽然惩罚最终没有执行，但对全村的亏欠仍在。因此，只要陈军回到村落，征用他岳父为他买的皮卡车、安排他为村里做些力所能及的事，也就成了理所应当的事。

我的母语部落

  我开始全神贯注投入到次日祭祀山神的冥想中。宰旺说，鱼是用作山神的头祀，然后才是猪和鸡。用作山神头祀的鱼必须是山涧沟箐自然生长的，条数必须是两个奇数的和，而且至少是二九一十八条。但山涧沟箐的鱼是没有定数的，捉不到怎么办？我的担心和质疑没有引发任何的共鸣，所有人都全神贯注投入到其他环节的商议中。

  火塘里的火苗渐渐微弱下来，灯光与之前相比明朗了许多。音乐般质感的母语在老人和村组干部的胸腔、喉咙和口腔里翻滚，像温润的玉珠滚落满地。仰首望时，房顶炊烟弥漫，成排发黑的木椽中，堆放着成捆新鲜嫩黄的竹篾、卷成筒状的篾笆、熏得发黑的簸箕，还有各种废弃或备用的家什，风干的年猪肉则成排挂着，组合成不规则的三角形状。之前四面木板墙上毛泽东主席和四大元帅的彩色画像不见了，用粉笔横竖写下的手机号码零乱得如同天书。在灯光和火光照不到的暗处，挂满了手工编织的挎包、裙子、暗色的中山服和学生的运动装。只要置身这样的语境，心就莫名地温润安稳下来。

  回到王贵喜家时，夜已经很深了。但王贵喜仍坚持按照佤族迎接远方来客的礼俗，杀了两只公鸡，煮了一锅热腾腾的鸡肉烂饭。作为当晚的主宾，我和丈夫获得了拥有两个鸡头的至尊地位，我们按照习俗，分别将碗里的鸡头转赠给支书陈昆和主人王贵喜。在座的所有人都放下了碗筷，眼睛直勾勾地盯着陈昆和王贵喜手里的鸡头。陈昆和王贵喜则细心地将鸡头上的皮肉剥净，将白白的鸡头骨举在眼前。整个屋子静得只有人的喘息声。陈昆和王贵喜突然热烈地宣布："姐的心和路都是通向芒公的。"说着，将鸡头骨举到我的眼前。果然，两个叉骨正紧紧地相扣在一起，鸡头骨间的小孔也是那样的通畅透明。

五

  再次走出王贵喜家客厅时，天已经大亮。陈军的皮卡车已经停在门前。看见陈军，就想起与他共同度过的那段江山和美人必舍其一的时光。陈军比我更深地爱着芒公，村民和他自己都认为，他是最有希望改变芒公的人。为着这个二选一的人生必选题，他曾痛苦得半夜骑着摩托跑到深山对着山林狂叫乱喊。今天再见时，他已是一个两岁儿子的父亲。都是爱芒公的人，三年的时光并没有在彼此之间留下任何隔阂。

宰旺已蹲在车前，悠闲地抽着用废旧作业簿、课本纸卷成的纸烟。除了丈夫、我、陈军、王贵喜外，还有一名已婚男人和一个正读初中的男孩。男人手拿一块纱布充当渔网，男孩手提铜铓。宰旺是代全寨人去与山脚神灵进行沟通的使者，男人和男孩是为山神捕捉贡品的执行人，王贵喜是村落望族的代表，陈军的任务是开车，我和夫君张志海则纯属多余。

车顺着弯弯曲曲的水泥公路飞驰一阵之后，便向着一条颠簸起伏的拖拉机路挺进，直到停靠在一大片干裂的田边。山路还是超出意想地崎岖，越是向着山脚挺进，脚下的土地越是潮湿，直到开始有水向着鞋面漫了上来，才见到一个20多平方米的水塘出现。水塘周边落满了枯枝，水面漂浮着残叶，我预想的泉流石上行、鱼儿水中游的景象顷刻间破灭。直到宰旺抬出随身带的小篾桌、点燃蜡烛开始祷告，才又想起这是一次与神灵相关的行动。

天还是有些寒凉，鞋被水淹湿后有种透骨的寒。宰旺的祷告刚刚结束，拿渔网的男人和手提铜铓的男孩就下了水。两个人各自捏着纱布的四角，不断弓身下去，向着他们意想中鱼群出没的地方逼近。水漫到男孩的腰身，弓身下去时几乎漫湿了整个前胸。宰旺、陈军、王贵喜都各自选择一个有利位置，密切关注着捕鱼的动向，丈夫将身子藏在一棵树的背后拍照。我则牢记神灵对女人的歧视，在一个更遥远的位置观察着捕鱼动静。

宰旺的身后是密集的树林，我的身后是干渴的稻田。纱网不断被抬起，又不断被放下。凡"哇，哇，哇"这样的重音从男人们的嘴里同时滚落出来时，宰旺就会伏下身子将手伸向渔网，再将抓到的鱼小心地放进随身带来的竹筒里。鱼远不如我想象中的大，甚至小到我的肉眼都无法辨别。我有些失望，为我之前的激动和担忧，也为山神如此简朴的需求。但就是这样简朴的需求，还是让我们折腾了一个多小时。但我对鱼的准确数目充满着怀疑，因为我发现，宰旺对鱼的计数有些潦草，特别是到了18条之后,并没有像他之前所说的那样,是以双数为基准装进去的。但后来又想,或许神灵不会像我这样的鸡肠小肚。

鱼是小了点,计数是潦草了些,但护送鱼回寨子的过程却恪守了步行的传统。男孩湿着身子提着铜铓走在最前面,走几步就敲一下。后面是捧着竹筒的宰旺,捉鱼的男子湿着身提着渔网紧随其后,王贵喜、丈夫和我尾随"护驾"。

六

阳光变得强烈起来,山坡也显得干燥而荒凉。护送鱼的队伍在近50度的陡坡上蜿蜒蛇行,只有在穿越灌木丛林的时候才能感觉到一些凉意。半个小时后,终于看见村落旁榕树粗壮的枝干,然后是新建的寨门,寨门里面是笔直的水泥路面和错落于两旁的红瓦白墙砖混结构房。

男孩在寨门前停下,用力敲击手中的铜铓,声音高亢密集,宰旺、捉鱼男子和王贵喜三个男人胸腔里同时发出短促浑厚的"噉,噉,噉!"声,像一群狩猎归来的男人。"嘣!""嘣!""嘣!"随着三声沉闷的土炮声响起,脚下的土地连着抖动了三下,在三股蓝色的青烟中,村落响起了族人们"怀定,怀定(回来,回来)……"的呼唤声。每次尾音总是拉得深情而悠远,越过了山坡,飘过了山谷,穿越着时间的隧道,向着那个未知的世界奔腾而去……

男孩敲着铜铓再次启程。寨主家岔路口旁站着清一色的青年男子。土炮的铁管还埋在路边的土层中,火药的硝烟还未散去。男孩再次停住了脚步,脚下的土地再次抖动了三下,随着三声巨响,青烟再次腾空而起,浓烈的火药气味在人群中弥漫升腾。寨主达叠接过宰旺手里的竹筒,向着设置在家中的祭坛走去。

在寨主家崭新的红瓦白墙砖混房里,我再次看到昨夜议事的寨老们。与之前的干栏式木楼相比,崭新的白墙砖混房显得有些拥挤。强烈的阳光,白得刺眼的墙壁,一览无余的神龛,让祭祀的仪式、魔巴与神灵之间似乎也成为落入世俗红尘中的一员，等待着人间的救赎。

没有了火塘，再多的人也没能让屋子温暖起来。为着寨主这一徒有虚名的神圣职责，寨主对自家这栋现代建筑的功能区进行了重新划分：本应作为夫妻二人的大卧室被改造成供奉山神、寨神的公祭房；为了在客厅添设一个公祭神龛，老人用竹子生硬地在客厅一角切割出一个空间，再拉上一块深红色的布帘；曾经火塘的位置，则创新地铺上一大块竹篾笆，上面用麻线将其与被褥和手工粗麻床单缝合在一起，供寨老落座和休息。传统与现代的妥协与苟存，让我身处的现实弥漫着魔幻现实主义的繁荣和荒凉。

由于空间狭窄和拥挤，大多数前来参与村落公祭的族人已无法全程参与和目睹老人祭祀的风采，只得隔着铁门、铁窗，散落在狭窄的走廊和院落四周。

繁忙喧闹的人群中，我终于见到驻村一年始终未曾谋面的寨主的大儿子和他再婚妻子的两个女儿。长年外出打工的经历，给他们的外表烙下的印记显而易见：大儿子的头发染成了彻头彻尾的纯黄，让本来就清瘦淡漠的脸显得更加慵懒疲惫；两个女儿则穿着高跟皮鞋，顶着一头火焰一样红的头发在人群中穿梭。近年来，村落外出打工的青年不断地去了又来，来了又去，村落革命或是悄无声息或是狂风骤雨，但从未像今天这般强烈暗示着村落文化终结的临近。

神林里，枯枝败叶已经被青年男女清扫干净，修桥补路一类的事情也早已在昨天以前完成。所有村落族人都热切期待着最富象征意义的开年仪式——祭山神和取新火的到来。他们相信，神灵的祭祀和魔巴的咒语能够帮助他们将所有的不如意隔绝在旧年的时光里，原始的钻木取新火仪式能够点燃来年诸多的梦想和希望。

七

午餐时，我遇到县政协副主席陈德明和他带来的三个县电视台的记者。像所有被芒公水土喂养大的芒公人一样，拥有深黑色皮肤的陈德明

我的母语部落

也在尽其所能做些佤族文化抢救保护的工作。但当过于招摇的女工作人员扛着摄像机穿梭于神林间时,我的内心却滑过莫名的恐惧和不安。

神林密布着百年老树。驻村一年间,我不止一次站在村后门的老榕树下向里面张望,倾听神林和木依吉神发出的声音,不止一次跟随寨老们走进神林目睹祭祀的场景。

天湛蓝得如用水冲洗过一般,满目的红瓦白墙和水泥路面折射着太阳的光芒。距离立春还有些时日,衰败的草木还未从深冬中苏醒过来,让村落少了许多生机。只有神林,拥有永恒的翠绿、永恒的湿润和永恒的清凉。

虽然,每年村落用于公祭和家祭的鸡猪数以百计,但供奉佤族最大神灵木依吉神的祭祀房却超出意想的简朴低调:院落的围墙是用自然天成的石头垒起,天长日久之后,长满了青苔和杂草。有一岁一枯一荣的草木,有根粗叶阔、无花无果、四季常青的藤蔓。院门如同远古部落的寨门,两侧竖着木桩,中间横搭着竹子和木条,两边是一尺多高的竹木栅栏,院门内有竹篷、枯木、古树、火塘和低矮的祭祀房。虽然村落民居已经经过新村建设风暴的洗礼,从清一色干栏式木楼变为清一色红瓦白墙砖混建筑,但祭祀房仍如初次见到的那样简单、潦草,遮天蔽日的大树,满目的青苔杂草,随风摇曳的炊烟,让人不免产生诸多的联想。

小鱼连同装鱼的竹筒被供奉在神树下,寨老们的祈祷声开始在祭祀房响起。抬着相机的丈夫和几位电视台的记者飞身而入。我不想破坏长久以来与这个神秘世界达成的默契,只是踩着围墙外的杂草,悄悄沿着院落长满青苔的外墙,从不同方位暴露的夹缝和空隙中窥视魔巴高深莫测的脸,享受着玄妙悠扬母语带来的抚慰,体悟着神灵给予俗界凡尘的暗示。

神林依然静谧安详。祭祀房外,男人们在悄然忙碌着,有的抬水,有的磨刀,有的剖竹篾,有的编竹笆,有的在用石头搭建简易的临时灶台。我知道,在这里,一头黑毛公猪将成为木依吉神的祭品。今天,用于祭祀的黑毛公猪显然要比平常的大得多,猪的嘴巴和四肢正被几名壮汉捏紧压在地上,猪的眼睛圆圆的、鼓鼓的,腹部随着沉重的呼吸激烈地起伏。

八

村落后门的榕树下，干柴已经堆成篝火状，一年一度的取新火已经开始了。宰旺已将精心挑选的竹板固定在地上，两个壮男正双腿跪地，奋力将握着的竹板与固定在地上的竹板来回摩擦。

天气看上去十分干燥，但取新火的难度并没有因此减小。男人们轮番上阵，终于有火烟在两块竹板之间弥漫升腾，成功似乎就在瞬间。男人们一个接一个扑上去，奋力摩擦，希望成为点燃新火的第一人，但这个动人的时刻却始终没能来临。宰旺亲自上阵，仍旧只是烟雾弥漫，仍然看不到任何星火的迹象。

宰旺似乎被这突如其来的困境所迷惑，不断地将军帽脱了又戴。我也试着从神灵的角度审视着周围的一切。看见女记者的摄像机和照相机仍旧执着地对着取火点，我便忍不住问宰旺："是不是我们的存在冒犯了神灵？"宰旺否认了我的说法，取下固定的竹板审视了一番。强大的摩擦已使平滑的竹板中央形成一道一指深的凹槽。大家倾向性的意见是竹块的干燥程度不够，但宰旺仍对自己的选择寄予厚望，将竹板重新递给参与取火的人群。

男人们再次前仆后继，不断扑向地上的取火点奋力摩擦。终于，一个微小的星火在浓烟中闪现，宰旺扑了上去，围上火镰草，一边吹着，一边随手捡些枯枝围拢上去。正当我对这一微弱星火燃烧能力充满质疑的时候，新火突然间腾空而起。转眼间，榕树下的篝火已经燃成了熊熊大火。

没有传说中的劲舞狂欢。男人们围着熊熊烈火说了一会儿话，抽了一会儿烟，各自从篝火中取出一段燃烧着的新火奔向自家的火塘，点燃一年一度的新火。新的一年，就这样被这神奇的新火点燃。

九

  神林祭祀房旁已经站满了人。肩负着分肉重任的艾倒正在地上的竹笆上,将煮得半熟的猪肉用尖刀切割成大小相同的方块,穿上竹篾放在一旁。小山似的肉块像是长出千万只手的怪兽,眼睁睁等着各自的主人。艾倒的公信力在于,能够根据猪的大小,凭借肉眼将煮熟的肉平均分配到各户。

  与艾倒精细的分肉相比,旁边简易灶台上大锅里的猪肉烂饭就显得粗糙得多。因为翻搅不及时,加之汤和米的比例严重失调,在整锅的米都还夹生泛白的时候,锅底已经煳了。煳味不断随着气泡向上窜,最后弥漫整整一锅。但是,似乎没有人在意,大家只是来领取一份附着木依吉神体香的圣餐,追求的是神灵面前享有的公平,而非美味。他们抬着小盆或钵头排成长队,平静地接过艾倒递过来的一个肉串,平静地领取一勺散发着煳味的夹生米饭,然后穿过神林,向着村落深处的家走去。

  寨主家里,两头年猪已经杀好,去了头和五脏六腑倒悬在厨房的横梁上,烧得焦黄的皮囊与纵横交错的横梁一起,构成一幅颇具历史纵深感的超现实主义作品。

  在没有了火塘的客厅里,寨老们三五成群地坐在缝有被褥和粗麻床单的竹笆上,或是抽烟聊天,或是做着除夕开年的准备。里间供奉着木依吉木雕神像的公祭房和客厅的公祭神龛前,长明的烛光映照着简朴的供品。王贵喜说,长明的烛光必须与来年的晨光对接,因此,开年仪式必须等到晚上12点以后。这也意味着,我们可以暂时挣脱神灵的意志,去享受俗世生活的乐趣。

十

  芒公的阳光还是像三年前那样灿烂,路边用石头垒得一人多高的石墙,消融了我对红瓦白墙新村的陌生感和疏离感。长着与母亲一样黑皮肤的妇人，穿着筒裙，戴着包头，叼着烟锅，站在自家的围栏里，默望着从她们眼前走过的这个白皮肤族人。待她走近时，就拉着她的手，默望着她的脸，抚摸着她裸露的肌肤，闻着她身上的气息，辨认着这个曾经被芒公水喂养过的女人。当她们粗糙的手，伴着"媽哎（对女子的爱称）"这个世界上最温暖的称呼从她的肌肤滑过的时候，一种如阳光般温暖的电流便从她体内穿过。

在那些留下过她浓重痕迹的家庭里，母亲们拉着她的手，把她领到猪圈的围栏外，指着里面仅存的几头新品种猪和火塘上刚挂上不久的年猪肉，母语夹杂着汉语，汉语夹杂着母语，讲述着三年前她驻村时帮扶的一件件往事和对她没有中止过的思念。

阳光一览无遗奔泻下来，在芒公最光芒的世界里，在最深情的母语里，这个白皮肤的族人倾听着世界上最美好、最动人的倾诉。是啊，自己酿造的仅仅是一点点蜜，这个崇尚爱的村落却给予了她最深情、最无私的回报。往事与现实，在血浓于水的激滟中交替汹涌。她听见，自己的心在人类最生动的厚爱中粉碎，坠落，融化为泥，感受着这看似薄如蝉翼的爱蕴藏着的融化坚冰的力量。

夜幕已经降临，年的气氛变得浓密厚实起来。在新建的篮球场上，一个个用来临时照明的150瓦电灯已经在周边架起，音响已经调试好，幕布已经拉起，写有"2013年芒公村委会迎新春文艺晚会"的布标横幅正随风飘摇。王贵喜，这个立志要报效芒公、改变芒公的村民小组长，要在除夕开年仪式之前，向我们展示他上任后为芒公贡献的第一道精神大餐。

灯光很亮，音响比预想的要好，节目也比预想的丰富得多。演出的，看演出的，挤满了宽大的球场。除少部分成人表演的传统歌舞外，晚会大部分时间被外出读初中、高中的后生们占据。

台上，青春萌动的男孩、女孩们，穿着时尚的牛仔裤、露脐短装、旅游鞋，伴着强劲的音乐起舞，展示着他们长年在外鲜为人知的生活。台下，年幼的孩童，以其超人的模仿能力，伴着强劲的音乐不遗余力地摇摆，全身心投入到追随偶像的狂热中。王贵喜读初中的女儿王颖超，

我的母语部落

则穿着精心准备的裙装，戴着精致的发夹，用英文演唱了电影《泰坦尼克号》的主题曲《我心永恒》。白天取新火前，还在县电视台记者的采访下，讲述佤族取新火传统习俗来历的高一学生岩块，则在强劲的音乐中与一群男孩跳起了时尚的街舞。宽松的运动服，猎豹一样敏捷轻盈的舞步，通体流动的音乐，将佤族与生俱来对音乐舞蹈的痴迷和热爱演绎得流光溢彩。

一步之遥的舞台外，粉丝团们稚嫩的身影跟随着音乐的节奏快速摇摆，陈昆宽大的肩膀也不由自主地律动起来。听到王贵喜播报由我俩共同表演一个节目时，这个一向腼腆内向的男人，竟坚定地拉起我的手，昂首步入了舞台。星空下，回荡起我和陈昆深情的对唱：

> 每天想你无数回，阿妹（阿哥）
> 想你想得掉眼泪，阿妹（阿哥）
> 因为山高路又远，阿妹（阿哥）
> 因为水深无桥过，阿妹（阿哥）
> 我愿变成一只小鸟，
> 天天飞到你的身边，阿妹（阿哥）
> ……

略带哀愁的旋律加上母语"嫡哎（阿妹）""坤哎（阿哥）"的深情叹息，人世最纯真最美好的情欲开始弥漫升腾。从神奇迷幻的神灵世界到动感狂欢的现实凡尘，竟承转得如此自然。

广场上，熊熊的篝火已经点燃，富有山野气息的舞步已经跳起，热烈的情歌对唱已经拉开序幕。母亲植入我血脉的狂野因子被悄然唤醒，沿着情歌舞步一路狂奔、起舞：

> 山樱桃花红艳艳，
> 引来蜜蜂采蜜来；
> 鲜花开在树尖上，
> 有心要采够不着。
> ……
> 打开漂亮的佩盒，

> 亮开动听的歌喉,
> 唱出心中的歌儿,
> 说出心中的思念。
> ……
> 阿妹在河对岸走,
> 与你相会水相隔;
> 芭蕉开花一条心,
> 两地相隔心相连。
> ……

高亢的女声穿过夜空,男人们跟随着舞步的节拍以"嘿哈"之声应和着。女声刚落,男声又起。舞步随着歌声起伏,情感随着歌声飞扬。都是简洁质朴的歌词,曲调也只是不断地循环往复,却有着打动人心的力量。

十一

已是凌晨,仍看不出任何开年的迹象。稚嫩的月牙挂在天际,闪亮的星辰密布成灿烂的银河,篝火点燃的山野气息仍在各自心头弥漫。在陈昆家没有围墙的院落里,在陈昆泡制的药酒和澜沧江啤酒的鼓舞下,所有的人再次敞开歌喉:

> 月亮升起来哟,
> 山寨静悄悄。
> 弹起小三弦,
> 阿妹轻轻唱。
> 让我们相依在一起哟,
> 诉说心里的悄悄话。
> 哎……哎……悄悄话
> ……

没有人说歌声不断酒不断,却没有人停下酒杯止住歌喉。都是山野的汉子，唱的都是原生的歌谣。夜越来越深，情感越聚越密，歌中的思念越深，曲调就越哀伤，我的心早已柔肠万断、碎落满地：

> 我想阿妹九百九十天，
> 我念阿妹九百九十夜。
> 为何阿妹不回还哎，
> 怎叫阿哥不思念哎。
> ……

天空沉默如海，星辰灿若银河，歌声绵延不绝。当开年的铓声敲响的时候，陈昆泡的满满一大瓶药酒早已见底，王贵喜已歪倒在墙脚，啤酒瓶也散落一地。陈昆搂着我的肩膀，摇晃着身躯，步履蹒跚地向着寨桩的方向走去。

十二

打歌场四周挤满了人，热烈的篝火映照着族人们摇曳飘摇的身影，寨桩前魔巴的祷告时断时续，寨老们的影像也变得魔幻迷离。那根曾被王贵喜预言要燃烧到天亮的蜡烛正被安放在寨桩前，映照着寨老们迷幻神奇的面容。在篝火温暖热烈的橘红中，妇人们取下包头搭在肩上，手捧着放有糯米粑粑和芭蕉的篾桌，低着头，迈着碎步，排成蜿蜒队伍，向寨桩走去。寨桩的塔顶淹没在黑暗中，橘红色的烛光照耀着堆得小山似的祭品。

魔巴的吟唱绵延起伏，每次起唱和段落都拖着很长的尾音，如同流星在天空滑过时留下的弧线和亮光。族人们蹲在地上跪拜着，双手合十，低着头，垂着眼，让思绪随着魔巴的吟唱重返部族绵长的历史长河。时光越是久远，曲调就越是哀怨迂回，如同一幅悲壮哀伤的画卷。部族历史文化的相关记忆不断在眼前交错重叠，难言的忧伤阵阵袭来。

已是凌晨四点。睡意越来越浓。寨桩，篝火，寨老神秘莫测的面孔，看不见终点的祭祀，劲舞欢歌的人群，所有的影像不断在眼前重叠交错，如同一个缥缈的梦境。震天的土炮突然响起，三股橘红色的火焰划破天空，女人高亢的歌声再度响起，村落狂欢正式开始。

男人们搂着肩，搭着臂，跺着脚，随着芦笙的伴奏起舞；女人们牵着手，仰着头，迈着强劲的舞步，将一串串山歌掷向舞步飘摇的男人们：

花在山间开放，
云在天空飘荡；
琴在手中弹响，
歌却没人对唱。
……
你的舞步不要跺得太响，
你的歌不要唱得太急；
我的笛子早已经备好，
我的三弹已经为你弹响。
……

全新的一年开始了。陈昆说，蜡烛不熄，舞就不能停，但我的心力已经耗尽，我要去睡了。

十三

在王贵喜家客房醒来时，已是清晨九点。寨桩前的广场已是空空荡荡，歌舞的幻影、如山一样的供品均了无踪影。只有寨主家一派年的景象。

现在的芒公，过年仍旧遵守着村落的旧制：寨主家的年是过七天，族长一级是过五天，一般家庭仅过三天。寨主家开年祭祖之后，各姓氏族长、长辈、晚辈家庭的祭祖才能依次展开。

寨主家，寨老们仍旧三五成群地坐着，或是抽烟，或是聊天，公祭房和神龛前的蜡烛仍像昨日一样亮着。年饭还没有煮熟，寨主家的厨房低矮、狭窄，无法容下太多帮忙的人。院落也过于拥挤，往年做年饭、吃年饭的繁荣景象已无法重现。寨老们的年饭只能挤在红瓦白墙的水泥客厅里，对神灵和先祖的祷告和祭祀也显得急促和潦草。

院落露台的竹笆上，身兼组干部、寨主儿子双重身份的桑木茸正与专事分肉的艾倒一起忙碌着。昨日倒挂在厨房梁上的整猪已经卸下放在竹笆上，被艾倒仔细切割成均匀的长条，桑木茸在一旁一一过秤后，用竹篾穿好堆放在竹笆上。前来领取年肉、年饭的家庭代表们，一边将碗夹在腋下，抽着烟，说着话，一边欣赏着艾倒的刀技。

　　桑木茸一直低着头忙碌着，桑木茸的小妈（佤族称继母为小妈）连同两个女儿也被迫卷进了繁忙的年事中，脸上写满抱怨。但一个村落怎么能没有寨主呢？神通过蜡烛燃烧的时长选中的寨主，怎么能不服从呢？寨桩是村落的心脏，寨主是族人的灵魂，没有了寨主，祭祀山神、寨魂、先祖一类的村落公祭就无法进行，再好的祭司也无法将族人的诉求传达给神灵，族人生老病死时通往神灵世界的通道就无法打通。每个人都愿意成为传统礼俗的受益者，却对必须承担的义务感到厌倦。这也是桑木茸与父亲分家独立门户的原因之一。所幸的是，寨老们对肩负的责任仍旧十分上心。寨主甚至为此断了酒，陈昆的父亲也心甘情愿做着寨老们的配角，期待着晋升寨老时日的到来。

　　年饭算不上丰富，主要是米饭和肉汤。饭后，寨老们用准备好的塑料纸将各自分内的肉块包好放进包里，便抬着篾桌和祭品，分头前往各姓氏家族主持开年祭祖仪式。之后七天，各户将遵行祖制分赴父母家、舅舅家、长辈家和亲友家拜年。这也意味着，热烈的开年仪式已经结束，我也该回到县城的父母家，以汉族的方式迎接马年除夕的到来。

十四

　　下晚，在陈昆的辞别家宴上，昨夜的酒和歌再度被延续。仍是一样的烈酒，但口感已完全不同。酒穿越喉咙向着腹部一路滑行，在离心最近的地方划出一条又一条穿心的刺痛。我说，我要走了。陈昆挥动着宽大的手掌说，不行，360户芒公人要轮流用芒公的水喂养你一天。但我知道，盛宴已经结束，我与芒公的离别在即。

龙潭水清又深哎，
没有阿哥的情意深哎；
你是阿哥的好阿妹哎，
怎叫阿哥不思念哎。
……

这首我无比喜欢的歌谣，此时爆发出万箭穿心的难舍之情。"芒公，我要回去了。"说这话时，眼泪已经伴随着离别的歌声流淌下来。

村委会门前，聚满了前来送行的族人。没有了星星，没有了月亮，没有了歌，没有了酒，只有芒公沉默的夜。伴着汽车发动机的轰鸣声，我的眼泪再次夺眶而出。

第二天醒来时，床脚堆满了乡亲送来的各色山珍，但芒公之行已遥远得如同梦境一般。

2014年5月完稿
2016年5月定稿

2013年芒公村除夕开年门

芒公村除夕开年门祭寨桩

村落的预言

一

村落像人一样有着自己的命运,诞生、兴盛、衰落、消亡。说这话的是芒公村委会支书王林。2010年3月,我进驻芒公村的时候,芒公村的贺帕村正处于兴旺与衰落的节点。

在芒公,在阿佤山区,这样的预言随处可见。比如说,乡党委书记贺富兰送我进村的那天,支书王林就说,那天是佤历属虎的日子,大吉。按汉历,我属羊,羊遇到了虎,多少有些不祥的兆头。但对于佤族这样具有狩猎传统的民族来讲,虎是离神灵最近的动物,猎虎是男人最有意义的冒险,虎就预示着美好和吉祥。

在支书王林眼中,贺帕村落的命运不需要预言就能够一眼看穿。2002年,因与村落掌管风俗的寨老意见不合,老支书钟尼不勒竟然带领着27户人家,举家搬迁到距离寨子八公里的沟谷另立山寨。乡、村、组干部以不修路、不架电、不接通自来水,甚至不予享受包括低保在内的惠民政策相威胁,这些背离村落的族人们还是在狭长的河谷地带盖起了一栋又一栋的干栏式木楼,划出了自己的神林,选出了自己的寨主,拥有了自己的魔巴,供奉起自己的山神和木依吉神来。

举家搬迁、另立山寨,这在过去是常有的事。比如说,现在的芒公村、贺帕村、永莱小寨就是从缅甸一个叫"布冉"的村落分离出来的。仅芒公村就因为田地、水源等纠纷搬迁过三次。但对于现在、对于当下来讲,却是一种离经叛道。

人与人之间的不和,必然引发人与自然的不和;人与自然的不和,又会加剧人与人之间的不和,这是被祖辈反复验证过的。三年前,在没

第一章 芒公村落纪事

有任何预兆的情况下,三个到原始森林砍糯米藤的女人被一只母熊抓伤,其中已育有两女的钟叶茸被母熊抓去了大半张脸。尽管狩猎曾经是男人们的一种生活方式,但这样触目惊心的事情从来没发生过。去年夏天,又有11头牛突然口吐白沫,脖子肿得比头还大,还没等兽医赶到就都倒地身亡。

支书王林讲述这些故事的时候,太阳正滑向村委会对面的山顶。晚霞照在他清瘦的脸上,错落于山坡的芒公村也染上一层橘红。暮归的牛群正拖着满身的泥从寨前枝繁叶茂的榕树下走过,一头,二头,三头,四头……在霞光中,蜿蜒连接成一条暗黑的曲线。女人背着背篓的背影正从寨子中间穿过,机械碾米的声音,水流的潺潺声,狗的叫声,娃娃的哭声在霞光中响起,整个村落一派安详。

支书王林说,贺帕村遭遇的一切是神灵给予村落命运的一种暗示,叫魂做赕是唯一的选择。

二

贺帕村是芒公村委会最大的自然村落。从村委会所在地芒公村步行得50分钟左右,骑摩托仅20分钟的车程。尽管通路、通电仅是去年的事,但电视机、影碟机、音响、摩托车已争先恐后地进入了各家各户。我和支书王林选择徒步前往,这使每个骑摩托车经过的族人感到万分惊讶。虽然摩托车进入村寨才一年多的时间,但50分钟的路程对于他们来说已经成为可怕的、遥远的回忆。

沿途除了以开发荒山之名大规模开垦种植留下的创伤之外,都是森林密布。支书王林说,芒公村委会与南滚河国家级自然保护区相连,所辖六个自然村2/3的林地都划归了保护区,每年村民都可以按面积获得为数不多的补助。因此,我们的行程大多穿行在原始森林。寄生于大树的树花在一米多高的树干上绽放着,白的、黄的、蓝的,低调而优雅。刚经历了一场绵长的雨,一些树干上长满了鲜嫩的木耳,树上的青苔因吸收充足的水分而显得饱满柔润。有河水流过的沟谷,就有独木搭起的

我的母语部落

桥，四周鸟声、蝉声不断。于是，想起了那些骑着摩托扬起一米多高灰尘的男人们。现代化竟如此轻易地将我的族人与他们的森林隔离开来。

还没有看见贺帕村，就先进入了神林。神林是每个村落供奉山神和木依吉神的地方，无论是过去还是现在，一般人是不能随便出入的，女人更是如此。我曾不止一次从那些陈旧的民俗记录中获得过相关常识，但支书王林却带着我一直向着神林的深处走去，连停顿一下的意思都没有。满眼都是笔直高大的百年老树，脚下却只是些无法长成的杂草和灌木，或是倒下枯死的老树，树干上包裹着厚厚的青苔和各种寄生的植物。有阳光从头顶穿过树叶落在脚下，落在肥厚的树叶上，神林也沐浴在星星点点的光亮中。

终于闻到了烟火的气息。青烟缭绕的深处，便是贺帕村的祭祀房，里面供奉着贺帕的山神、寨神和木依吉神。祭祀房的房顶是陈旧得发黑的茅草，用不规则原石垒起的墙壁上长满黑绿色的青苔和旺盛的植物，门柱的木质坚硬发黑，远远望去，如同丛林间一个远古部落的缩影。

伴随着沉重的"吱嘎"声，木门被打开了，几个神情肃穆的老人出来又进去，进去又出来。四周寂静而阴冷。支书王林远离木门站着，侧着身、垂着眼，用母语跟他们低声交流着，母语间夹杂着我特定信息的汉字不时地滚落出来。我紧缩着身体，屏住呼吸，尽量用大树将自己隐藏起来，企图减轻女人进入神林造成的冒犯。

祭祀房前的草地上，一头仅几个月大的黑毛公猪被两只大手紧压着，魔巴用尖刀刺穿它的肋骨，浓黑的血立即伴着温热的气泡涌了出来。动物鲜活生命的气息总是能够刺激神灵和人类最原始的欲望，魔巴拔出尖刀先是割去猪的眼皮，然后是嘴唇、乳头、尾巴、脚趾，再后是肋骨上指甲大的一块肉。猪沉重地喘息着，血从各个创口奔涌而出，流在翠绿发亮的草地上。魔巴用翠绿的芭蕉叶捧着一堆散发着血腥气息的碎肉走向祭台。血的温热气息伴着老人们低沉迂回绵长的吟唱，在神林中弥漫。薄如蝉翼的青烟开始起舞，在祭祀房的上空集结徘徊。伴着魔巴发出的沉重叹息，神灵世界的气息开始向着神林四周飘散。

支书王林瞟了一眼祭祀房前九个暗色的背影说，九个老人都是村落各姓氏家族的族长，负责掌管风俗和神灵祭祀，只有他们才能够肩负起与神灵世界沟通的重任，读得懂来自神灵世界的暗语。自进入神林以来，支书王林说话的语气低沉而谦卑，之前在村级大会上居高临下的气势荡然无存。据支书王林自己说，出任村组干部前，他也是贺帕王氏家族族长的继承人，但因村组干部不能担任村落族长、参与村落民间管理组织，自出任该村村民小组组长之日起，王林便放弃了继任族长的权利，并尽量与这类活动保持一定的距离。

火塘边的祭祀房低矮狭窄昏暗，魔巴蹲在一张摆满祭品的篾桌前，一边做着绵长的祷告，一边撕下煮熟的猪肉向着想象的神灵世界抛撒。每抛撒一次，祷告的声调就起伏一次，寨老们的低吟就响起一次。我止住心跳，屏住呼吸。神林一片寂静，连鸟叫的声音都没有，只有神灵的气息在密林中穿行。

直到走出神林，看见整个贺帕村暴露在明朗的阳光下，听见高音喇叭播放的流行歌曲满寨飞舞，神林神秘气息带来的压迫感才完全消解。

三

打歌场上站满了年轻的男女，有穿着牛仔裤打着赤脚的，有裸着上身染着黄发的，有一只耳垂穿了几个耳洞戴着几个金属耳饰的。他们三五成群，抽着纸烟，喝着啤酒，散布在打歌场寨桩的四周。女人大多披着齐腰的长发，有天然纯黑的，有染成稻谷一样金黄的，有像火焰一样火红的，她们或站在小卖部旁吹牛聊天，或穿着高跟鞋挑着桶不断穿梭于水池边的人群中。刚洗过头的，发尖还挂着晶莹的水珠，在阳光的照耀下闪着光芒。

寨主家就坐落在这片喧闹的人群旁。房子仍是石棉瓦顶的干栏式木楼，只是与一般人家相比，无论是院落还是木楼都更加宽敞。此时，烧火的、做饭的、煮茶的、聊天的、挑水的、洗菜的，正挤满了整个院落和整栋木楼。

下午 2 点左右，铜铓响了起来，叫魂仪式开始了，我和支书随着人

我的母语部落

流进入寨主家。阳光被挡在结实阴暗的干栏式木楼外,满屋的黑影随着火光的摇曳蠕动,早上出现在神林祭祀房中的那九张神秘面容再次出现在寨主家公祭的神龛前。

阳光穿过房顶的红色透明瓦打在寨老们的脸上,世界的中心凝固在九张神秘的面容上,魔巴似曾相识的吟诵再度响起,屋内的繁忙静止了下来。男人抽掉坐着的藤蔑圆凳,取下帽子,双手擎着点燃的蜂蜡,将头垂在双臂间,跪拜在原地。当魔巴的吟唱由高向低滑落的时候,便同时从胸腔发出一声沉重的低吟。屋里的黑暗托着星星点点的烛光,眼前的现实坠落在黑暗中,似真似假,如梦如幻。

迷幻中,我的目光与一张怪异的脸相遇。光线很暗,却很醒目。虽然披肩的长发盖住了她的大半张脸,但在长发与手臂的空隙间,那张破碎的脸仍如此醒目。钟叶茸,那个被母熊在脸上打下永久烙印的女人!她的名字瞬间在我的脑海中闪过。她将脸垂在双臂间,不断用猫一样明亮的眼睛窥视着我。我的心开始迷乱飞扬,似乎再度置身于神林。

她说,她老公到县城去了。她是在向我解释为什么会出现在这众多男人中的原因。魔巴的祷告刚刚落下,她就站了起来,挑着一对空桶出去,再挑着一挑水进来。如此不断往返,直到将水缸装满。

火塘正抽出高高的火苗。两个男人正用二尺长的铁勺奋力搅动着铁锅里的烂饭,寨主夫人和她鲜亮头巾的影像被定格在火光中,四周散落着男人们切肉、做饭、做菜的身影。火光再度照在了那张破碎的脸上,全国一流的造脸术也没能挽救她的容颜:从臀部移置脸部的手掌大的皮肉正在变黑,失败下陷的人造鼻子与变形的上唇、下颚错乱地堆积在一起。钟叶茸破碎扭曲的容颜再次将我导向三年前的那次灾难,我无法想象,当时的她经历了怎样一场惊心动魄的伤害?

屋内的光线显得更加昏暗迷离。我悄无声息地跟随着钟叶茸走出昏暗的木楼。只见她置身于明晃晃的太阳下,挑水、洗头,然后安静地坐在人群边缘,水珠正从她乌黑油亮的发尖落下。院落四周散布着洗菜做事的女人,打歌场上是扎堆的人群,奔跑的孩子,打球的青年。没有人关注她,也没有人鄙视她,她安静得像一桩古老的木雕。身为女人,我知道，她鲜活的生命早已在三年前母熊的一击中丧失。

注定要承受的必须去承受。支书王林说这话时，神林中的祭祀场景再度在我脑海中浮现。支书王林说，钟叶茸与老公订亲时，鸡头骨卦就显示了凶相。这是神灵的暗示，就是爱得要死都必须分开，但钟叶茸和她老公还是执意走在了一起。谁动摇神灵的意志，就是动摇自己的幸福。钟叶茸嫁入夫家没几年，婆婆、公公和还未娶妻分家的二哥相继死亡。母熊抓脸，是命运对她们一家最惨烈的一击。

看着钟叶茸严重扭曲发黑的脸，想到她到县城办事两天未归的丈夫，一些不洁的念头在我心头翻滚。我说，如果她老公另寻新欢或不要她了怎么办？提出这样的问题，是基于芒公村已有一对年轻夫妇离异的事实。我担心，随着公路的通畅，进城打工人数的增多，离异这样的城市病会摧毁她最后的所有。

支书王林用其一贯毋庸置疑的口吻说："不会！如果发生这种事，那我们会把他按倒，把他的脸划烂，让他也跟钟叶茸一样。爱是自己选择的，不可能漂亮的时候爱，不漂亮了就不爱。不消说脸烂了，就是瘫了残了也得爱。"驻村两个多月的生活经验让我相信，渗透于生活方方面面的村落道德具有超越法律的力量。

无论是在芒公，还是在贺帕和其他村落，结婚、死人、生子、盖房、叫魂做赕，甚至播种收割，并非各家各户的私事。艰难岁月结成的命运共同体，使各户各家的悲喜成为全民性的悲与喜。违反村落道德，就会将自己和家族置身于群体之外，这样的道德审判成了许多欲望的枷锁。但钟叶茸的老公仍旧三天两夜不归，据说，这样的现象已不止一次。

四

寨主家里的叫魂活动仍在进行。房外楼脚的院场心，100多斤重的两头老品种黑毛公猪正被一群年轻人用绳子捆着按倒在地。一位脸型和手脚都瘦长的老人，从腰间拔出一尺长的腰刀向猪的脖子戳去。血顺着刀尖流出，染红了他的手和脚下蓝色的塑料盆。老人的手和脚像竹节一

我的母语部落

样修长没有节奏,却有一种特别的气相。支书王林告诉我,老人是祭祀活动中唯一拥有杀猪特权的人,刀如何进去,血如何出来,暗示着神灵的意志和村落未来的走向。血流得越多、血奔涌时卷起的气泡越多,就越是吉祥。

塑料盆中的血还没完全凝固,几个雄壮的男子便用竹竿将猪架起,放到熊熊燃烧的篝火上。风吹动着树林,橘红的火苗蹿出一人多高,猪毛烧焦的香味阵阵扑来,男人们雄壮的声音、爽朗的笑声正随风飘荡,整个院落弥漫着粗犷的山野气息。

猪刚从篝火中抬出放在竹篾笆上,男人们便抽出腰刀蜂拥而上:刮毛净身,开膛剖肚,有的清理肠肚,有的割下猪头,有的割下猪脚,有的则顺着筋骨将肉大块大块地拆卸下来。阳光亮得有些发白,照着抬着、扛着猪头、猪腿往返穿梭的男人们。篝火已经熄灭,浓稠的青烟在院子上空奔散突围。

男人们开始追忆那些随风而逝的往事。那位被我感知有着特别气相的老人是钟叶茸的外公、贺帕曾经的猎王,曾经创下猎过一头虎(应该是豹子)、三头黑熊、五头野猪、数不清的麂子和山驴的业绩,有与黑熊进行过生死肉搏的壮举。老人卷起裤筒,露出被黑熊撕去皮肉留下的伤痕。男人们说,老人成为猎王和钟叶茸被黑熊撕去大半张脸一样,是命中注定的事情。他们说话的语气和支书王林一样平静却充满玄机。男人们均异口同声咬定,老人出生时鸡骨卦就显示了将来做猎王的命相。

无论是在芒公还是在贺帕,鸡骨卦都被认为是神灵对于万事万物神秘的暗示。鸡骨卦对于老人命相神秘暗示的重提,激发起了老人对于往事的激情,老人拍着修长的双腿,讲述着健步如飞青年时代的往事。对于猎王生涯的回忆,焕发了老人的生机。老人从矮凳上站了起来,一边说着母语,一边拔出腰间的腰刀在空中挥舞。脚下的竹笆随着老人舞蹈的节奏响了起来,形成一种富有节奏的韵律。

老人脸上的激情点燃了男人们对于狩猎岁月的记忆。男人们认为,猎场是男人们驰骋的疆场,狩猎是上天赋予男人神圣的使命。几乎每个男人都拥有一段狩猎的光荣记录。支书王林也承认,1995年全面禁猎前,冬季便是男人们狩猎的黄金季节。每逢播种和收割的时节,每家火塘上方的木梁上挂着的是野味,锅里煮的也是野味。那时候,黑熊、野猪常常踩烂地里的庄稼,在村落附近的森林里吼叫。每当围猎的牛角号吹响,男人便抬起火药枪聚集在一起,按照统一指令从四面八方围击。谁命中第一枪,猎物的头、皮毛、前腿和两条里脊就归谁,其余的则平分。猎虎虽然是男人最有意义的冒险,但老虎的命相太硬,命相不硬的人猎到老虎就会给自己或家人带来灾难。

王林的大儿子虽然出生于20世纪80年代,仍能记起和大人一起狩猎的场景。那时的他只是一个十岁的男孩,但已经扛着弩、牵着猎狗混迹于围猎的人群中。"没有野味肠子就会生锈,不得打猎男人的精神就会萎靡。"支书王林用这样的话表达着狩猎对于一个男人的重要意义。很显然,男人们对于那段狩猎的岁月仍然心驰神往。男人们说,在猎枪收缴后的很多年,他们仍然觉得身体和精神都空荡荡的,不消说听到黑熊的叫声手会痒,就是听见鸟的叫声都想摸枪。

由于听不懂汉语,钟叶茸的外公一直望着我们笑。当我问他,如果允许打猎,他还有没有力气上山打猎时,老人的脸一下子就绽放了起来。老人说,他至今仍清楚地记得那头从猎枪下逃走的黑熊的模样,如果给他一杆猎枪,他还能打破那只黑熊的头。老人抽出腰刀,比画了一个瞄准的姿势,然后得意地笑了起来。因为缺了两排门牙,老人的嘴唇整体下陷,使整张脸和整个人显得更加清瘦修长。

五

太阳开始偏西,钟叶茸站在寨主家门前的小卖部旁,望着寨桩和打歌场的方向。寨桩四周,男青年三五成群,几个染着黄色头发、刚从田里劳作归来的男人腿上还粘着新鲜的泥。见我走来,钟叶茸望着我笑了一下。我说,想到她家看看,她没有任何犹豫就同意了。

在挤挤密密的木楼和栅栏间,在百转千回的泥路上,钟叶茸走在前面,我跟在后面。看着她修长的身材,齐腰乌黑油亮的长发,我一边想象着她之前的模样,一边暗自感伤。她五岁的小女儿看见我们,和一个比她高半个头的玩伴一起欢蹦乱跳地跑了过来。

钟叶茸的家清冷而荒凉。火塘里没有一丝烟火的气息,猪圈里关着的两头猪也是一副瘦骨伶仃的模样,院子里的风清凉中带着寒气,让四周显得更加空荡清冷。钟叶茸凑了凑柴火,点燃了火塘,在空荡的房子里翻找了一阵,翻出一个糯米粑粑切成几段,用油炸了端到我面前,然后全神贯注地看着我。我拿了一块,把剩余的递给她女儿,女孩便欢跳着跑了过来。

为了复原被母熊撕去的大半张脸,三年间,钟叶茸在政府和社会的帮助下,辗转于临沧、昆明、西安的各大医院,学会了讲普通话,学会了跟医生配合,学会了跟媒体打交道,看到了之前从未想过的世界。但也就是从那天起,她的生命之花也就此凋谢了。

我俩说话的时候,钟叶茸的女儿扑在她的背上,不断将她黑亮的长发挽起又放下。每挽起一次,就转过头来对着妈妈的脸看一次,然后独自"咯咯"笑起来。我知道,在女儿纯净的世界里,妈妈仍是世界上最漂亮的人。我问:能不能给你们母女俩照张相?钟叶茸说可以。女儿听见,立即跑到旁边的衣柜里翻出一件红衣服换上,从后背紧紧搂着妈妈的脖子,将整张脸紧紧贴在妈妈的脸上。我每照完一张,她就跑到相机前看一次,看见相机里的自己和妈妈时,便欢叫着扑进妈妈的怀里。女儿的幸福让我感到莫名的感伤,我不知道,她这样的幸福能够持续多久?这时,我看到木楼的墙壁上,挂着钟叶茸结婚时与丈夫的合影。照片上的钟叶茸穿着一身傣式的衣裙,婀娜窈窕,散发着年轻女人的魅力;站在身旁的老公则显得瘦弱、矮小,俩人的脸上洋溢着幸福的笑容。

六

深夜 12 点,铜铓再次响起,人群开始向着打歌场流动。寨老们抬着盛满祭品的篾桌鱼贯而出,将篾桌里的茶叶、糯米粑粑一一供奉在寨桩前。铜铓声中,寨主和魔巴各自抬着一根一米多长的蜡烛走向寨桩。

烛光照亮了寨桩和祭台,照亮了寨主和魔巴的脸庞。

女人们抬着祭品依次向寨桩走去,寨桩旁的茶叶、糯米粑粑开始像小山一样堆积起来。随着三声震天的土炮,三条火龙冲进夜空,寨老们的祷告开始响起。女人们蹲着,解下头巾,双手合十,以便寨老们轻柔的吟唱从心底滑过。黑暗中,钟叶茸再次神奇地出现在我身旁。芦笙开始响起,打歌跳摆正式开始了,我拉起钟叶茸的手,汇入了打歌的人群。

虽然传统服装基本绝迹,但唱的仍是原生的曲调,填词遵行的仍是母语的韵律。女人们一边跳着,一边击打着手里的竹筒、木块,形成强烈的节奏;男人们则一边跺着脚,一边发出雄壮的"嘿哈"声。几个男人跳出了人群,两腿张开,跳起了黑熊、麂子、秧鸡的舞步,"嘿哈"声也变得尖锐高亢,竹筒、木块的击打声愈发地猛烈起来,烦琐祭祀带来的压抑感一扫而空。直到凌晨3点,我回支书王林家睡下时,女人们击打竹筒、木块的节奏声和男人们的"嘿哈"声仍旧在此起彼伏。虽然正值木薯开挖、切晒的繁忙季节,但叫魂做赕这样的村落公祭让所有的繁忙都停了下来。

等我醒来时已是清晨九点。寨桩前仍然热闹非凡,寨主家的高音喇叭播放着《让我一次爱个够》一类的流行歌曲。寨主家房外的楼脚下,100多斤重的两头母猪被按倒在地上,猪毛烧焦的香味再一次阵阵扑来,整个院子又一次充满着男人和烈火的气息。支书王林告诉我,这样的日子将持续三天。离开贺帕时,钟叶茸的身影再次从眼前滑过,我又一次想起了支书王林向我讲述的那个关于村落的预言。

2013年11月完稿

2016年5月定稿

2018年沧源佤族新米节

2018年沧源佤族新米节

贺帕猎王

一

刀尼嘎个头高大,皮肤黝黑,沉默不语。每次我抵达芒公村落的时候,这个像山一样沉默的男子都会安静地出现,再悄然离开。他的脸、眼光、举止和背影平淡而安静,看不出岁月留下的痕迹。直到在他家的那个黄昏,他将20多年前猎到的黑熊的整张皮展现在我眼前的时候,我才触摸到他潜伏于生命中的激流。

二

那是2010年初夏,持续了冬春两季的旱情向着初夏蔓延。村支书王林常常站在村委会院场边,一边向着天空下的山外眺望,一边叹息:"再迟的雨水也不会迟过4月20日,现在已经是5月20日了。"为了缓解旱情,整个冬春,县里、乡里先后派来了打井队、抗旱队,但都是徒劳。喀斯特地貌的芒公村,蓄不住水,春种秋收全部依赖上天赐予的雨水。土地吸附不到充足的雨水,就无法耕种。被旱情撂荒的年轻小伙将邻家的狗拖到一棵树桩上吊起开膛破肚,然后围着一大个狗肉汤锅没完没了地吃喝、歌唱,深夜还时不时发出狗一样的狂吠。

这在两年前是不可思议的事情。狗是人类最亲密的伙伴。佤族创世史诗《司岗里》中,狗曾不畏艰险从龙潭为人类取回了谷种,让人类告别了靠山茅野果度日的野蛮时代,开启了春种秋收农耕生活的纪元。在猎人头血祭盛行的时代,狗不仅让许多族人逃脱了被猎头的命运,还替代人牲走上了祭台。在漫长的狩猎时代,狗与家族男人一起,奔赴猎场,不断为族人带回丰厚的猎物，让族人免于肉食的饥荒和饥饿的威胁。虽然全面禁猎已经十余年，但狗仍是男人春种秋收、串山砍柴时不离不弃的伙伴，在家庭里，仍享受着每天吃第一口饭的至尊地位。没有狗的狂吠，村落就会陷入不安的寂静，生魂就会悄无声息潜入村落，扰乱族人的生活。

但是，在外面世界的蛊惑下，村落后生们不仅将祖传的黑发染成黄色甚至是红色，还公然违背先祖千年以来对狗的崇拜和感恩，破除了村落千年禁食狗肉的习俗，将狗五花大绑、开膛破肚。这是一件多么可怕的事情啊！

三

贺帕村是芒公村委会辖区最大的自然村落，也是旱情最严重的地方。为了安抚村民的焦虑，我和村支书王林徒步前往贺帕村的。

空气十分干燥，村民以高涨的热情种下的千亩核桃树苗正荒芜在山野，将裸露的土地衬托得更加燥热惨白。但贺帕村的森林仍演绎着与世隔绝的繁荣和茂密。古树成林成片，枯树横卧在败叶中繁盛成寄生植物和动物的王国；松鼠"吱吱叽叽"地奔跑和跳跃在枝叶间，鸟类的叫声、知了的叫声不绝于耳。支书王林说，过去，这一带是麂子、马鹿、野猪、黑熊、花豹、老虎出没的地方，也是村落族人的猎场。禁猎前，每逢深冬季节，特别是春节年后的初春时节，村落所有的粮食都归了仓，村落的男人们就会吹响牛角号，背上气枪、火药枪、弩箭、长刀和煮饭用的锅，用竹筒装上米和盐，带着成群的猎狗，结队上山围猎。

包括王林这一辈男人在内，狩猎不仅是部族男人一生中最雄伟的事业，也是对村落和家庭必须履行的义务。没有雄壮的猎队和源源不断的猎物，村落的声威就会扫地，安保就会陷入危机；没有雄壮的猎队和源源不断的猎物，就不能用野猪、黑熊、花豹、老虎的头去祭祀谷魂，整个村落的春种秋收都会陷入隐秘的惶恐；没有雄壮的猎队和源源不断的猎物，族人就要忍受在漫长的春种和秋收前没有鲜美肉食的煎熬，村落

我的母语部落

就会丢失许多的欢乐和幸福；没有雄壮的猎队和源源不断的猎物，男人的精神就会得病，心就会荒芜，体魄就不会雄壮，恶鬼就会横行。

因此，每次猎队出征，都是一次村落的集体狂欢。男人们喝着烈性的白酒，模仿着马鹿、山鸡、黑熊的舞步，唱着雄壮的狩猎歌；女人们敲打着木具竹具，踩着热烈的舞步，将嗓音尽量拉得又高又远，好让出征的猎队在幽深的山谷听见她们的祈祷和祝福。场面如远古时代外出征战一样壮观。

支书王林说，他第一次随猎队出征时还不到15岁，并就着山形，向我讲述村落族人沿袭千年的狩猎技巧。进入猎场，狩猎的队伍就会就着一个山谷地带，兵分三路进行包抄，留下一个猎物的出口：没有枪的男孩牵着狗跟随截后围堵的猎队，伴随猎狗的狂吠，一边击打树木、一边奋力吼叫，从后面形成一种包抄围堵的阵势；其余两只猎队则在狗的狂吠和众人的呐喊声中，举枪潜伏在左右，等待受到惊吓的猎物向着缺口夺路狂奔的时候开枪。谁第一枪命中，猎物就归入谁的名下。但第一枪命中者，除了享有猎物的头、皮和一只前腿肉的特权外，其余的均要遵照"参与者和看见者有份"的法则平均分配。猎物的内脏则与猎队成员带来的米一起煮成烂饭，犒劳所有狩猎者。吃饱喝足后，猎人们便带着各自的猎物，踏着山歌，吹着号角凯旋。

随着猎队归期的临近，凯旋的热望就开始在村落间悄然弥漫。老人和妇人们从男人托来的梦境判断谁会是这次的王者，猎到的是麂子、马鹿、野猪，还是黑熊。当山野中仅仅传来一声枪响，留守村落的妇人们就知道，打到的是麂子一类的小猎物，便会在家安静等候各自的男人归来。当牛角的号声伴着男人们的"嘿哈"声和连接不断的枪声，便知道收获了马鹿、野猪、黑熊、豹子一类的大猎物。一些妇人甚至从枪声和男人的"嘿哈"声便知道，今天是谁家的男人载誉而归。

老人、女人和孩子涌向寨门，用歌声应和着猎队的归来。如果猎获的是黑熊、豹子和老虎，铜铓还会被敲响。似乎就在一瞬间，歌声、铓声、木鼓声开始在村落中此起彼伏，人和狗，甚至猪和鸡也繁忙了起来。各家的妇人用竹筒盛满米和盐，有蔬菜的人家还会抱上一把菜蔬和盛满着米和盐的竹筒一起，向着打获猎物的人家涌去。那一天，猎物的头、脚会和米一起被煮成热腾腾的烂饭；那一天，获得猎王美誉的人家会歌舞升平、欢歌达旦。如果猎到的是黑熊或豹子或老虎，这样的庆祝将持续三天三夜，许多年轻的爱情便会在这样循环往复的欢乐中落地生根、开花结果。

"那是村落最丰润、最欢乐的时节。家家户户的火塘头上、房梁上，都挂满了野味。"王林说这话时，满脸的荣光。"打到熊和豹子、老虎是猎人们一生的梦想。"因此，当我抵达贺帕村，坐在村民小组长刀尼嘎家里，看见刀尼嘎从火塘边母亲卧榻的床单下抽出一整张黑熊皮的时候，这个沉默、安静、平淡的男人，在我眼中立即变得不再平凡。

四

刀尼嘎猎获这头黑熊的时候，是1988年的春天。那年，他刚满20岁，女儿刚刚出生。火红的攀枝花，白色的紫荆花、梨花，粉色的桃花、樱桃花，以及各种叫不出名的野花正开满一个个山坡。因为没有通路、通电，也没有电视、音响、手机和摩托，贺帕村61户人家、300多口人仍旧和周边的村落一样，承袭着祖辈千年的生活样式。

虽然每个村落的猎场看似宽阔无边，但要猎到黑熊仍是一件不容易的事情。对于像刀尼嘎这样只有20岁的年轻猎手来讲，更是如此。时至今日，刀尼嘎仍旧将这次猎获视为上天和神灵对他的恩赐。虽然历经20余年的岁月沧桑，黑熊皮仍旧皮质完好，毛质坚硬，余威善存。昏暗的灯光下，火塘边的刀尼嘎借助着橘红色火苗的光亮，将整张脸投射到黑熊皮上，粗大的手掌不断从上到下、从左到右梳理着毛皮，毛皮的光泽连带那段荣光的岁月一起映照在他的脸上，将他黝黯沉默的面容一点一点地照亮……

那天，死去黑熊的毛色鲜亮，眼睛则微闭着，像一个睡去的王者。刀尼嘎环抱着黑熊的头走在猎队的最前面，感受着黑熊雄壮的精魂正随着黑熊温热的血流涌遍全身。他的脚步突然间变得如此轻盈，如同长了

我的母语部落

一对鸟的翅膀,胸膛如有百十只野兔在狂奔跳跃,喉咙间有千百首情歌在激荡。他的身后,黑熊沉重的身躯正端坐在用树枝、竹子、藤条制作的滑竿上,被猎手们抬着、簇拥着,枪声、牛角声伴随着男人们的"嘿哈"声正不断在密林中回荡。刀尼嘎知道,这一年,贺帕的山神将会因他而获得黑熊头的最高献祭,村落将会因他而注入黑熊的英魂,村落的猪鸡牛群从此将会排成队、结成群,谷穗、苞谷、荞麦将会长得像牛尾巴一样粗壮,男人的体魄将会变得更加凶猛雄壮,女人的身体将会像山花一样四季绽放……

此时的贺帕村,寨门已经完全敞开,铜铓已经全部敲响,动地震天的土炮声正在整个山谷回荡。女人呼唤黑熊英魂回家的声音,正不断越过寨门抵达黑熊的耳际,魔巴已经为这只黑熊灵设好了祭台。当黑熊的头颅安睡于祭台时,泪流满面的阿妈便扑向了祭台,一边用梳子梳理着黑熊的皮毛,一边以最动听的嗓音吟诵着黑熊的丰功伟德:

黑熊啊,亲亲的黑熊,
你的爪子是那样的锋利,
你的皮毛是那样的黑亮,
你的眼睛是那样的有神。
你是这座山的主宰,
你是这座山林的王者。
老虎也没有你凶猛,
豹子也没有你敏捷,
野猪也没有你勇敢。
今天你是不是昏了头?
今天你是不是瞎了眼?
怎么会倒在刀尼嘎的枪下?
我们要为你洗脸,
我们要为你梳妆,
我们要把你供奉在神龛,
把你献祭给亲亲的木依吉神。

> 让我们的谷穗长得跟马尾巴一样粗，
> 让我们的猪牛像鸟一样成群，像蚂蚁一样结队，
> 让我们的后人站满整个山岗。

这样的欢歌劲舞要持续三天三夜，直到黑熊的英魂在村落上空与阿妈的歌声起舞盘旋、安睡在阿妈的怀中。三天里，村落镖倒了三头黄牛、五头黑毛猪，神林栽下了新的祭祀木桩，魔巴戴上了黑色的包头、启动了最古老的仪式，迎接这位王者的英魂回家。

虽然过去了20多年，但每个细节、每道仪式、每个场景仍鲜活地存在刀尼嘎的记忆中，如同刚刚发生一样。"好的猎人和好的猎狗一样，不会伤及猎物的皮毛，漂亮完整的皮毛是对猎人最高的奖赏。"说这话时，火光中的刀尼嘎目光迷离、嘴唇微微上扬，整个面部沉浸在荣光的回忆中。

狩猎为刀尼嘎赢得了荣誉，让他的沉默、安静变得像金子一样珍贵。刀尼嘎说，其实，从他15岁第一次抬枪参加围猎的那天起，就知道这一天迟早会来临。那一天，他就猎获了一头麂子，魔巴从鸡头骨卦上一眼便看穿了他狩猎的前程。只是让他没有想到的是，仅仅才过去五年，他就成功猎获了一头黑熊，成就了他在同代人中猎王的美名。之后的刀尼嘎，又成功猎到了五头麂子、一只马鹿和三头野猪，但再也没有与黑熊相遇过。他说，这也是神灵赐予他一生的全部猎物。

刀尼嘎的讲述是如此平静，看不出任何的自喜和遗憾。因为，在他们看来，那些走进射程并被命中的猎物，都是山神赐给族人的礼物。能否射中、能够猎获多少、由谁命中，都是山神的意志，与枪法和能力无关。但所有的族人都知道，神灵只会将猎物和猎王的荣誉赐给那些心地善良的猎人，所有非理性的屠杀甚至是意念都会引发人祸和天灾。邪念是万恶之源，没有一双干净明亮的眼睛是看不到神赐予的猎物的。这或许是政府全面禁猎的命令下达后，族人能够放下猎枪的原因之一。

五

芒公及其所辖的六个自然村从宣传禁猎到全面禁猎，共历时三年。宣传禁猎时期，只将禁猎的范围划定在马鹿、黑熊、豹子、老虎一类的珍稀动物。1995年全面禁猎后，包括猎杀松鼠、山鸡、小鸟这样的小动物都是违法。这意味着，村落延续千年的狩猎时代必须戛然而止。

森林和天空、大地一样是上天赐予的，猎物和空气、水一样是神灵赐予的。森林的存在，就是为了养育飞禽和走兽，飞禽走兽是神灵赐予人类最好的礼物。在村民眼中，禁止狩猎如同禁止呼吸一样荒谬。没有了猎人，飞禽和走兽就会越来越多，最终挤占了人类生存的空间，这将是多么可怕的后果。

当时，正值张斌当选芒公村委会第一届党支部书记。正当村民期待着这个出自贺帕村的支书，能够在全面禁猎令下达后，为村落族人保留一点狩猎的空间时，收枪行动便暴风骤雨般展开。

张斌是远近闻名的猎王，但狩猎的名气有多大，脾气就有多暴烈。当张斌在村民会议上，喷着酒气，瞪着血红的双眼，逐一点出各户藏匿的枪支时，族人们知道，所有的抗争都是无效的。尽管森林还在，猎场还在，男人还在，村落还在，但狩猎时代已宣告终结，那些激荡族人的狩猎故事因时代的突变蒙上了灰尘。虽然偷猎行为仍时有发生，但"偷"字已让狩猎行为蒙上了耻辱，让一代代传承的狩猎技艺无法再光明正大地传扬。

没有了猎枪，没有了猎人，但神灵并没有遵从村民之前的预言，让飞禽和走兽变得越来越多。相反的是，森林变得一片沉寂，麂子、马鹿成群，野猪、黑熊、花豹出没的景象已一去不复返。女人不生育就不会产奶，没有了猎人，神灵便收回了猎物，这在族人眼里是一种合理公平的结局。唯一让村民无法理解的是，猎人全都放下了猎枪，黑熊却变得自私而残暴，将三个进山采药的妇人几乎撕得粉碎，神灵与猎人之间达成的默契已不复存。

现在的森林，曾经的猎场，已大部分划归南滚河国家级自然保护区。除了每年能够从保护区管理局拿到一笔为数不多的林地补偿费外，族人们丧失了对森林的所有权利，哪怕是私自获取一捆枯死的木柴、一根藤条、一只蚂蚱都属于违法。所幸的是，和所有的佤族村落一样，贺帕村的族人们仍固守着为山神预留一片神林的传统。每年，族人们还能够从冗长、烦琐的山神祭祀中，跟随魔巴、寨主和族长们的脚步，重返先祖留下的记忆。

六

每逢开年、接新米和村落叫魂做赕的时候，支书王林向我讲述的狩猎时代的情景便会在各个村落密集上演。

无论有多少故事随风而逝，无论有多少传统正在失落，神林仍是村落族人为自己保留的心灵圣地，神林、山神、先祖、魂灵仍是族人共同的信仰。时至今日，村落四周仍旧保留着古树苍天、独木成林的独特景观，成片成片的千年古树得以以神灵的名誉保存下来，使开年迎新、接新米、做赕叫寨魂等公祭活动得以围绕山神祭祀这一主题展开。

每年开年，当猎鱼队抬着山神的第一批祭品——鲜活的小鱼抵达寨门时，男人们就会伴随着铜铓高亢密集的节奏，村落的土炮声，从胸腔发出短促有力浑厚的"噢，噢，噢"声；在土炮扬起的蓝色青烟中，女人们迎接魂灵回家的深切呼唤就会在村落上空飘荡，木依吉神主宰的世界在魔巴跌宕起伏的祈祷中、在铜铓和芦笙器乐的交集和缠绕中，回归族人的生活——这是许多猎人为我描述的狩猎归来图。只是，那时归来的猎队更加庞大、吼声更加雄壮，他们敬献给山神的或许是一枚黑熊、野猪、老虎一类凶猛动物的头颅，外加族人渴盼已久的黑熊、野猪、马鹿、麂子一类的美食和通宵达旦的劲舞狂歌。

所有的荣光已不复存。曾经的猎手们，只能够用蓄养的家禽——一只或三只红毛公鸡和一头或三头黑毛猪作为敬献山神的祭品。荣光不在，但沉寂的记忆却因为神林、山神和用作祭品的活猪而一次又一次被激活，那些日渐远去的时光，再一次伴着黑毛猪沉重的喘息回归族人的世界。猎人们燃起一个巨大的火堆，燎去牺牲身上的毛，割下牺牲的头颅敬献给山神，再以庖丁解牛般娴熟的技艺，将其依次分解，然后用竹篾穿好平分到户。失落已久的猎场和丛林生活的记忆，在木依吉神的召唤下，以仪式的方式间歇性探访着它的村落和族人。

震耳欲聋的土炮划破了天空，村落的夜空变得七彩斑斓。在这辞旧迎新的时刻，在这通宵达旦的歌舞中，男人们喝着烈性的白酒，模仿着马鹿、山鸡、黑熊的舞步，唱着雄壮的狩猎歌；女人们敲打着竹筒和木具，跺着热烈的舞步，将嗓音拉得又高又远。王林曾经向我描述的"村落最丰润、最欢乐的时节"终于以这样的方式，鲜活地呈现在我的眼前。

只是，那时的舞者均是真正的猎人，他们的内心怀着对神灵深切的感恩和敬畏，他们的歌和舞均是为了取悦神灵，祈求至高无上的木依吉神赐予部落族人更多的猎物。今天的舞者，他们的歌和舞均与神灵、与狩猎、与食物无关，只是体内荷尔蒙与母语血缘文化碰撞交集裂变引爆的原始巨能。寨门已经完全敞开，公路已经通达远方，他们更加关心的是，通向外面世界的那个更加美好的前程。

七

2015年春节前夕，当我再次抵达贺帕村的时候，贺帕村已经像芒公村一样，在新农村、新家园建设风暴的洗礼下，变得焕然一新。

和村落的所有人家一样，刀尼嘎家幽暗的干栏式木楼变成了宽敞明亮的红瓦砖混落地房。宽敞的客厅已经没有了火塘的踪影，眼前的地板砖、白墙、吊顶、沙发、条柜、双混音响、液晶电视，与我所在城市的小康人家没有任何的不同。墙的雪白，地板的亮光，家具的漆香，过度的阳光，没有地域感的空气，将眼前这个男人与身为猎王的过去成功剥离。我们彼此像是各自站在了两条不同时间的河流中。

我说，想要再看看四年前见过的黑熊皮。刀尼嘎说，建盖新房期间，黑熊皮挂在临时居所大棚的房檐下淋了一季的雨，皮下长满了花斑，毛也大片大片地脱落，两年前就随旧物被扔掉了。

看着墙面上五彩斑斓的刺绣和彩色画幅，我想，就是弩箭还在，猎枪还在，也没有了适合悬挂的地方。正当我茫然不知所措的时候，刀尼嘎突然告诉我，在去年政府的收枪行动中，村民藏匿的16支猎枪被全部收缴了，其中主动上缴的13支，另外藏匿的3支动用了警力，且每支被罚以3000元的重金。刀尼嘎说这话时，他家客厅的液晶电视屏正播放着喜剧《人在囧途》，此时影片主角挤奶工牛耿与大老板李成功刚好在飞机上相遇。正午的阳光下，刀尼嘎家的院落四周已砌起了高高的水泥挡墙，院场心铺上了平滑的水泥地坪，耸立着的太阳能卫生间贴上了瓷砖、铺上了马赛克、安上了雪白的蹲坑，崭新得像一个远离都市的度假旅店。

刀尼嘎指了指水泥地坪、太阳能卫生间告诉我："这些用的都是姑娘、儿子外出打工挣来的钱。仅仅太阳能卫生间就花了两万多。"说这话时，当年讲述猎王故事的荣光再次回到了这位沉默男人的脸上，勾起了我对他讲述的那些往事的回忆。

八

几乎和所有的村落男人一样，刀尼嘎自小的梦想就是拥有一支上好的猎枪，像他的祖父和父亲一样做个好猎手，让猎王的声名在他们的家族世代传扬。

童年时代，在与同龄人的游戏中，刀尼嘎就熟悉了麻雀、田鼠、松鼠、山鸡的生活习性，掌握了捕捉螃蟹、河鱼、麻雀、田鼠的技巧。捕鸟的最好季节是秋收之后，成群结队的山雀成片成片跌落在收割后的田野和晒谷场上，只需用一只簸箕或是筲箩，外加一根支棒、一节麻绳，制作一个简易的陷阱就能够轻易捕获。同样是在秋收的季节，田鼠开始在田埂上打洞做窝，带上猎狗，提着弯刀，准备好一竹筒水，沿着田埂一路走去。见到洞口有刨出的松土便向洞口使劲灌水，几分钟后，田鼠便从洞口夺路狂奔，整个田野便会响起猎狗的狂吠和男孩们的奔跑声。

我的母语部落

山鸡、麻鸡、斑鸠、白鹇则生活在灌木丛，行动敏捷，只能白天做好观察，晚上带上照明工具悄然潜入，一个举火把，一个用气枪或弹弓射击，一顿鲜美的山鸡、白鹇烂饭就算是到口了。刀尼嘎说，他的整个少年时代，家里火塘头上成排的田鼠、松鼠、野兔、山鸡、小鸟一类小动物的肉干，大部都是他们弟兄三人初涉猎场的成果。

15岁那年，刀尼嘎抬着爷爷那支破旧的猎枪，参加了第一次围猎，猎获了一头怀孕的麂子。父亲告诉他，把麂子的枪伤治疗好放归山林，山神会赐予他们更多的猎物。18岁那年，刀尼嘎拥有了自己的第一支猎枪，他终于可以像村落的成年男人一样参与猎物的伏击。20岁那年，他猎到了一头一人高的黑熊，成就了猎王的声名。

无论是刀尼嘎的父亲还是刀尼嘎自己，都拥有充足的一生研习和传扬祖辈的狩猎技艺。村落、田野、山林、猎场，就是他们的整个世界；春种秋收，串山打猎，结婚生子，就是他们的整个人生。但到了儿子这一代，生命的节奏开始变得截然不同，似乎都太过于匆忙。儿子的童年和整个少年时代，都没有充足的时间像父亲儿时一样学会小鸟、山鸡、斑鸠、鹌鹑的语言，分辨麂子、马鹿、豹子、老虎的粪便、气味和足印；学会一个猎人必须遵从的丛林法则，对神灵始终心怀敬畏和感恩，更不用说到田野和丛林观察小鸟、田鼠、松鼠、野兔、山鸡的生活习性。从小学一年级的那天起，儿子便开始将大部分的时间用来研习书本的技艺，为离开村落、田野、山林、猎场积蓄着能量。在刀尼嘎猎获第一头麂子、拥有第一支猎枪、成就猎王声名的年纪，儿子和女儿，以及村落的大多数同龄人一样，开始了离乡背井奔赴浙江、广州、深圳沿海一带打工挣钱的生涯。

狩猎已不再是男人安身立命的技能，是否雄壮或英武，也不再是女人衡量男人的标准。虽然外出打工让许多人家盖上了新房、铺上了地板砖、拥有了太阳能卫生厕所，却并不能挡住村落女孩涌向城市、远嫁异地他乡的潮流。如果再不外出打工挣钱，刀尼嘎儿子这样的村落男孩将会变得更加一无所有。

刀尼嘎说这些话时，电视屏幕上《人在囧途》中的挤奶工牛耿和大老板李成功已经成功地走出了囧途,但村里男孩和女孩的人生才刚刚开始。面对这样一个全新的时代,无论是刀尼嘎还是寨老们,有什么理由让后辈遵从祖训,过着像他们一样的生活呢?如果说,刀尼嘎还能够从父辈的身上,看到自己每个年龄段的生活和全部未来的话,那么,刀尼嘎对于儿子未来的想象,早已被日新月异的现实彻底阻断。但刀尼嘎清楚地知道,狩猎的技艺和村落大多数的传统一样,对于儿子的当下和未来都没有任何帮助,就算政府再度开放猎场,他也不会选择让儿子成为一名猎人。他希望的是,儿子能够挣到更多的钱,以确保自己在这个日新月异的时代尽可能幸福地生活下去。

2015年3月9日完稿
2016年5月定稿

对山神的献祭唤起族人狩猎时代的记忆

贺帕村寨桩

贵喜的婚事

一

王贵喜的妻子赵美珍是邻村勐卡村的傣族，也是迄今为止，芒公和翁丁周边几个佤族村娶进的唯一外族人。这个奇异的现象，在我2010年进驻芒公村委会担任新农村指导员后不久，就轻易地发现了。

时年村委会换届时，全村妇女中唯一拥有高中学历的女党员赵美珍被指定为村委会副支书的唯一人选。"一个异族女人怎么可以进入村的核心决策层呢？"这不仅是芒公村民和村组干部的想法，也是被我默认的共识。王贵喜与赵美珍演绎的村落爱情故事也在这样的背景下，断断续续进入了我的视听。

2008年前，王贵喜所在的芒公村既未正式修通公路，也未通电。到距离30公里的乡街赶集购物，凭借的全是脚力。旱季偶尔也有长着蚂蚱头模样的手扶拖拉机不畏艰险地攀越，但那是极少的稀罕事。王贵喜和赵美珍的爱情便是在这样艰难的环境中滋生的。在我与王贵喜建立起真挚的友情后，每次跟我讲起自己与赵美珍的艰难爱情，王贵喜都会为自己的英雄豪举而感动。

王贵喜说，那时赵美珍是芒公村小学的代课教师。自己虽然皮肤黑，长得也不帅，还是勇敢大胆地向她表白。其中包括不惜动用他仅有的初中学历的文笔，向这个在全村人看来高不可攀的傣族姑娘发起猛烈进攻；包括不顾山高坡陡，深夜用他的小蚂蚱头拖拉机送她回家；当然还包括漫长的雨季，每周坚持步行10公里到勐卡傣族村悄悄守候，接她返回学校。但我猜想，教学之余枯燥的业余生活和外族人难以融入的孤独感，才是赵美珍被这个黑皮肤佤族男人打动的真正原因。试想，在这样与世隔绝的边远山寨，没有一份爱情，一个异族女人的生活该是何等的寂寞。

2010年我进驻芒公村委会时，距离两人上演的村落爱情已是十余年，赵美珍已是一个十岁女孩和一个五岁男孩的母亲了。女儿显然继承了赵美珍的肤色，因为白而显得鹤立鸡群，儿子则完全继承了王贵喜深黑的肤色。

驻村不久，我便感觉到了赵美珍与家人和族群的疏离感。在王贵喜爱情的呵护下，生女育儿后的赵美珍就基本脱离了田间繁重的劳动，待在家里领孩子、守小卖部、喂猪、做家务，连带侍候因脑溢血中风瘫痪的公公。这对于我们来讲，是一份极其繁重的责任，但在芒公村民的眼中，这是有了孙子辈后才能够享受的待遇。

我听见了一些关于她和丈夫的传闻。比如说，如何的工于心计以8000元低价，将供销社划拨给依惹父亲的一整排砖瓦房连带地皮盘了过去；如何找关系办贷款买车跑运输，同村人坐个车、拉个货也要收钱；出义务工时总是用钱买工，甚至将自家的田地盘给亲戚去种；有的村民甚至说，他家小卖部卖的东西都要比别人家的贵……

驻村期间，我常常站在村委会的院场心向着王贵喜家的方向眺望。的确，这是一个与众不同的家庭：那排被他连带地皮盘过来的砖瓦房白得那样招摇，宽敞的院场心里停着那辆传说中的中型货车，房顶上的太阳能热水板也是如此地耀眼，小卖部长长的货柜里总是摆满琳琅满目的商品。王贵喜不仅不顾家人的反对和族人的眼光娶进全村唯一的外族人，还将族人们所鄙视、所向往的商业生活模式生硬地植入村落的心脏。不要说是村民，就是我这个外来人，暗地里也对他们夫妻俩产生了莫名的排斥。但赵美珍是整个行政村为数不多的女党员和唯一的女高中生，是我必须面对的工作对象。

2010年村委会换届，赵美珍作为副支书唯一指定人选当选副支书后，副支书的要职不仅没能弥合她与族人的疏离感，反而演变成一种隐秘的冲突。每次，看着她穿着略显娇艳的傣族衣裙向村委会走来的时候，"一个异族女人怎么可以进入村落的核心决策层"的质询就会蹿入脑海，她身后缀满孤独的倒影也变得悲情绵长。

"我婆婆一直不肯接受我,不管我为他们王家生了儿子还是姑娘。"一次,我俩坐在村公委的长凳上,她突然这样对我说。沉默了一会,接着又说:"我婆婆过世前有半年重病在床,我每天给她擦背、擦手、洗脸、煮饭,但她从来不看我。我喂她饭时她就吐出来,死的时候脸都不肯面向我这边。姐,我真的实在想不通。"说这话时,她的目光一片悲凄,木然地望着眼前层层叠叠的群山,很久都没再说一句话。我很奇怪,她为什么会将这样隐秘的伤痛揭开给我这个外来人看。

赵美珍很努力地想成为我们当中的一员,来人时穿上各色的傣族衣裙,忙前忙后,倒水倒茶。但三个月后,还是无奈地辞去了副支书的职务,回家继续以往全职家庭主妇的生活。

二

驻村的一年间,勐卡傣族村是我从县城到芒公的必经之地。

在我 2010 年的影像记忆中,勐卡傣族村与芒公、翁丁周边的佤族村寨并没有什么不同。一样的寨门,一样的干栏式木楼,一样的村落道路,一样用石头、木桩、竹子栅起的院墙,甚至于围绕火塘、木楼衍生的生活方式都惊人地相似。只有通过戴着清一色的浅色头巾、穿着淡蓝色宽短对襟上衣和略带花纹筒裙的妇女,身披鲜亮橘红色袈裟的男孩,以及坐落于村落旁山丘上略显奢华的佛寺,才能看出这个傣族村寨与其他周边佤族村寨的区别。

当我抬着相机,在寨子中间不断来回穿梭、按下快门的时候,傣族女人山泉般轻柔欢快的口音、棉花糖似的问候就会响起:"进家来玩嘛!""坐一下,喝点水。"甚至盛情邀请我住下参加即将举行的村落赕佛活动。在芒公,我与族人达成亲密认同几乎用了一年时间,许多亲密的爱只能凭借眼光的碰撞、肌肤的触摸、情感的试探、民族的识别、文化的认同,以及他们对你倾其所有的给予来确认,而非语言。语言是温暖的外衣,在棉花糖似的问候中,只有在村部落族人间才有的温暖感

第一章　芒公村落纪事

开始在内心涌动。我的脚步变得轻盈欢快从容，心中不断被身披袈裟男孩身上温暖的橘红照亮。

虽然与周边的佤族村寨归属同一个乡、坐落于同一片群山之中，但傣族人的田地占据了大片的河谷地带，加上精细的耕作传统，产量要比周边佤族村落高出两倍还多，猪、牛的存栏数也明显高出了许多，女人的衣裙也显得更加清洁艳丽。仅凭这些，与周边的佤族村寨相比，勐卡傣族就有充足优越的资本。何况，两个民族使用的语言不一样，肤色不一样，供奉的神灵也不一样。周边佤族村落用的是佤历，敬的是山神，过的是佤历新米节和春节；勐卡傣族用的是傣历，信的是小乘佛教，念的是像波纹一样的傣文经书，过的是泼水节。因此，赵美珍十余年前逾越民族婚嫁藩篱的"壮举"，在两个村落间引发了持久的振荡。

"傣族姑娘不嫁佤族伙子，不是部落的民族偏见，而是神灵的意志。"这似乎不仅仅是先辈人为根植的观念，也是族人们对现实生活经验的总结。因此，当听到自己辛辛苦苦养大的姑娘执意要嫁到芒公村落时，赵美珍母亲的内心有着一种莫名的怅然。通过对赵氏家族几代女人命运的梳理，赵美珍的母亲发现：其实，傣族与佤族通婚并非一件稀奇事。仅他们赵氏家庭，就连续几代人中至少有一名女性嫁给了佤族，只是大多数傣家女人嫁的，要么是在乡里、县里工作的佤族干部，要么是嫁到更加富庶的坝区。但芒公村那么穷，穷得连一条畅通的公路都没有，电灯、电视也还没有通，生活如此的艰辛。但看着赵美珍非王贵喜不嫁的样子，也只得是听天由命。于是，赵美珍家通过媒人，向王贵喜家开出了长长的聘礼单：从女方举办婚礼所需的300斤米、200斤猪肉、一箱精装瓶子酒、20斤白酒、两条春城过滤嘴香烟，到按传统习俗支付给赵美珍母亲的12元奶水钱、孝敬村落老人族长的80元礼钱，再到送新、迎新、回门等烦琐的婚俗礼仪要求。这对于当时人均年收入不足500元的芒公人来讲，算得上是一份庞大的礼单和沉重的开销。

按照佤族的习俗，只要两个人相爱，聘礼只是根据男方的家庭情况象征性地收一点。看到一长串的礼单和烦琐的婚俗礼仪要求，王贵喜的母亲当即大怒：他们王家是芒公最具影响力的王氏家族世袭掌门

我的母语部落

人,只有别人来跪拜的礼,哪有自己弯腰屈服的礼!赵美珍就是在这种重重阻挠中,嫁到了芒公村,进了王家的门,做了王贵喜的媳妇。

尽管时间没能够化解一切隔膜,但王贵喜仍然为自己能够娶到这样一位具有高中文凭的傣族妻子而感到自豪。王贵喜仍旧像婚前护卫自己的爱情一样护卫自己的婚姻。他相信,时间能够将眼前的不如意悄然带走,只要俩人同心协力,必将赢得幸福的生活。或许便是源于这种执着的追求,一直以来王贵喜不仅是村落产业发展的引领者,还是全村最早脱贫致富奔小康的人家,日子过得红红火火。

三

三年后,当我重返芒公村的时候,王贵喜中风瘫痪两年的父亲已经去世。王贵喜乘着政府新农村建设的东风,不仅拆掉了父母留下的草顶干栏式木楼,还拆掉了以8000元钱盘来的砖瓦土木结构房,卖了车子、卖了林地、贷了款,盖起村里唯一一栋两层钢筋砖混结构平顶民居,开始了他们向往已久的全新生活。但随着儿子的长大,两种文化引发的摩擦仍时有发生。

在陪我去往神林的路上,王贵喜讲起了与岳母的争执。眼看着外孙到了上学的年龄,岳母执意要求王贵喜将儿子送进缅寺当一段时间的和尚、换一下名字,这让王贵喜十分恼火。但凭借长年与傣族人杂居的经验,我完全理解王贵喜岳母的坚持。在傣族人的观念中,没有进过缅寺当过和尚、换过名字的男人不是真正的男人,连为父母送终的资格都没有。看着懒洋洋的太阳、还没苏醒的草木和大地,我随口劝了一句:"何必拂了老人的意呢?随便送儿子去当几天和尚、走个形式又有什么不可以?"

王贵喜旋即转身面对着我,黝黑的脸有些涨红,音调中夹杂着少有的强硬:"我们有我们的信仰,有我们的传统。为什么非要跟他们进缅寺、当和尚?换了'贺'字当头的傣族名字,以后儿子问我他是傣族还是佤族,叫我怎么回答他呢?"我问:"赵美珍的意见呢?"王贵喜的脖子立刻硬了起来："儿子姓的是王，又不姓赵，肯定要得听我的。"说着，头也不回，向着神林走去。

对于王贵喜岳母的坚持和赵美珍的顺从，我几乎能够感同身受，因为我的大哥娶的就是傣族女人。

新婚不久，皮肤黝黑的大哥便穿上了和傣族男人一样的粉色衬衫，餐桌上时常摆着傣族人做的肉饼和酸笋煮青菜、牛肉一类的汤菜。侄女出生后不久，耳垂就被打上了耳洞，跌跌撞撞刚学会走路，便被戴上红绿相间的耳环，每年泼水节也都一律穿上鲜亮的傣族筒裙。尽管我们整个大家庭都生活在大一统的汉语语境中，但每次见到侄女，大哥的岳母都是满口的傣族话，这让身处其中的我颇为感叹。

想到虽然母亲是地道的佤族人，但在家庭内部是禁止讲佤族话的。父亲说，他在佤族村落任教时是全村唯一的汉族人，因为担心自己的儿女在这样的村落语境中沦落为汉话都不会讲的汉族人，父亲制定了在家庭内部禁止讲佤族话的家规。虽然全家搬离父亲执教的村落已30多年，但这样的家规已经成为一种家庭传统。尽管村落的成长背景使两个哥哥都会说一口流利的佤族话，但我从未听过母亲跟她的孩子们讲过一句母语，从未要求她的孩子们遵从过任何的佤族礼俗。作为恪守妇道的佤族人，母亲清楚地知道，她的儿女们继承的是丈夫的汉姓和根脉，她的责任是全心全意辅佐丈夫将孩子培养成一个个地地道道的汉人。

因此，当傣族人的生活气息在家庭中扑面而来的时候，我们一家或多或少都会有些异样的感觉。所幸的是，随着侄女、侄儿的长大，大哥岳母对侄女、侄儿的影响也随着大哥的粉色衬衫一起退隐、消亡。虽然父亲六个子女族别的一栏也出现了像我这样填写"佤族"的另类，但在父亲嫡系子孙族别一栏中，填写的均是清一色的"汉族"。具有浓重佤族相貌基因烙印的大哥，不仅始终如一在自己族别一栏填写"汉族"，甚至在中考和高考时，不惜让侄子、侄女放弃宝贵的少数民族照顾分，在族别一栏填写上"汉族"，以此捍卫父亲汉系家族族别的尊严。

在赵美珍身上，我时常看到傣族嫂子身上的隐忍和顺从。嫁入芒公的赵美珍虽然时常保持着傣族人的装束，很少进入神林参与村落的祭祀，

我的母语部落

但与女儿、儿子对话时，操的却是一口地道的芒公佤族口音，遵行的全是芒公村落的礼俗。有时她也尝试用傣族话跟儿子交流，儿子总是满脸羞愧地用佤话低声央求妈妈别再跟他讲傣族话了。只有回到勐卡村落的娘家，赵美珍才能够回到从前的自己。

在我驻村前后的几年间，赵美珍一家连续遭遇了婆婆死于胃癌、公公中风瘫痪、小叔子车祸身亡、两个姑妹车祸住院、她和丈夫因胆囊穿孔、肾结石绞痛、急性阑尾炎等险些丧命的家庭性灾难，家族中弥漫着因她嫁入引发不祥预言的气息。虽然内心在竭力抗拒这些谣言，但赵美珍仍全力配合丈夫按照公婆和族人的意志，杀猪看卦，请村落的寨老叫魂做贼、清理魂路。婆婆和公公去世后，虽然背负着沉重的债务，仍严格按照佤族的习俗叫魂做贼，将公婆的阴魂一一送达祖灵的世界。

或许，正是因为对类似潜在家庭原则的隐忍和顺从，让赵美珍获得了王贵喜始终如一的爱情，让越来越多的村落族人敢于跨越村落婚嫁的边界，远嫁外村、外县，甚至山东、湖南、四川等地，成为陌生、遥远的全新世界中的一员。电视里五彩缤纷的世界，越来越密集的乡村公路，越来越畅通的手机网络，将芒公与世界越来越紧密地连接起来。王贵喜与赵美珍的爱情故事也成为村落一段共同的记忆。

2014 年 9 月 15 日完稿
2016 年 5 月 18 日定稿

依惹家的摩托魂

一

依惹一直想买一辆摩托,让自己的男人像别家的男人一样,在摩托上潇洒地做人。这样的话,依惹跟我说过好多遍。但没想到,在我离开芒公村半个月再度返村时,依惹的男人桑木茸就直着身子、骑着一辆崭新的摩托车,从村委会门前的大路呼啸而过,依惹坐在一辆载满人的手扶拖拉机上紧随其后。

就在拖拉机咆哮着从村委会门前大坡驶过的时候,公路上空响起了依惹的声音:"姐,你什么时候回来的?""姐"是依惹对我的称呼,每次"姐"的音节从依惹口中滚落出来的时候,都被结结实实的重音和温情包裹着,在高空形成一段美丽的抛物线砸落心底,炸出一片春光来。

越过拖拉机喷出的浓烟,我看见依惹正使劲向我挥动着手臂,满脸的幸福穿过人群一路随风流淌。不到10分钟,手机便响了起来:"姐,今天你来我们家吃饭嘎。"是依惹的声音,重音下面包裹着的仍是抑制不住的喜悦和亢奋。

公路才修通两年,但摩托车已成为村落男人们的时尚。步行几个小时的山路仍不足以畏惧,但风驰电掣的速度、飞一般的感觉,让男人对摩托车产生了难以抗拒的力量。我不止一次亲历男人们一脚落地、一脚轰着油门、双手捏着扶手,让摩托车轻松转过90度急弯或攀越45度斜坡的惊险场面,摩托的神力让男人的双臂、双肩和整个身体爆发出一种原始的力量之美。

每当夜晚来临时,便会看到装有音响设备的两轮摩托沿着乡村公路一路飞驰,风驰电掣的速度将男人们的衣角和摩托扶手上的牛皮飘带一

我的母语部落

同高高扬起。湛蓝的天空、密布的星河下，风裹挟着音乐满天飞舞，因速度而长上翅膀的男人，正向着缀满星河的夜空翱翔。

这种因速度而产生的征服力量，是后狩猎时代除了酒外，最能够给男人们带来的感官享受。但每个男人、女人都不会说出这隐藏在摩托车发动机深处的秘密，而是不断向家庭和整个村落证明着摩托车在现实生活中无所不在的力量：到30公里外的乡街买一袋盐、一包烟或是一箱酒，得骑上摩托；去50公里外的县城串玩看街景，得骑上摩托；到田间地里劳作、走村串戚，得骑上摩托；驮一袋谷子、一袋苞谷、一棵芭蕉树、一捆猪草、一捆柴火，得骑上摩托；甚至去几十米外的厕所、杂货店，也得骑上摩托。男人们在让摩托车尽可能替代所能想到的脚力和劳动的同时，也让摩托车变成了一件不可或缺的工具。

但对于人均纯收入不足千元的芒公村来讲，给自家的男人买一辆摩托车并不是一件容易的事。有家庭成员在沿海一带打工的，每年会收到两三千、四五千或近万元的汇款，除了买盐、买烟、买酒和少量种子、化肥的开销外，女人们都会毫不犹豫将钱投入买摩托车这样的家庭大件上。

但与大多数的家庭不同，依惹的婆婆是丈夫的小妈（继母），虽然小妈的两个女儿均在外地打工，但依惹没有支配这笔钱的权利。加之住在同村瘫痪在床的母亲必须由她照料，生活更是显得不堪重负。但依惹太想给自己的男人买辆摩托，所以起早贪黑地养猪、养鸡、摘茶、种菜，甚至抛下瘫痪在家的母亲跑到县城打短工。但无论怎样努力，口袋里的钱离买一辆全新的"150摩托"仍旧相差甚远。没想到，正当自己在为依惹想买摩托车的痴心叹息时，一辆崭新的"150摩托"就开进了依惹家的院场心，实实在在地停在了木楼下。

二

依惹是一个拥有强大梦想的女人，她所有的梦想都是建立在对自己男人桑木茸强烈的爱情之上。

"让自己的男人骑着摩托潇洒做人"的梦想诞生之前，依惹的梦想是盖一栋全村最好的干栏式木楼。她种沙松、种核桃、种苞谷、种旱谷、种水稻、种辣子、种蔬菜，种一切可能变成钱的作物；像个男人一样，跟在桑木茸的身后翻山越岭，一棵一棵选好盖房的木材，再亲眼看着一棵一棵木材被劈成大梁、椽子，用电锯分解成一摞一摞平整光鲜的板材。为了建房的开销，她违背村落女人婚后不外出打工的习俗，带着500元钱跟着一个老板跑到省外工地为人家煮饭。7个月自己只消费了200元，其中花费100元买一部二手手机，为的是能够在异乡听见自己男人和儿子的声音，剩余的100元则花在了买日用品和话费上。回家的时候，却带回了整整14000元的巨款！

我第一次踏进依惹家的木楼时，依惹就指着还带着新鲜木料气息的房子跟我说："姐，你有没有看见，每一棵房柱、每一棵横梁、每一棵椽子、每一块木板都刻着我和桑木茸的眼睛和手印？"说着，把我拉到房柱前指着上面的暗斑说："这些，这些，全部都是我家桑木茸的眼睛！不管我是吃饭还是睡觉，我家桑木茸都会用这些眼睛看着我。"然后，又指着木板墙上水波一样的纹路说："这些，这些，这些，全部都是我和我家桑木茸的汗水，里面还留着我外出打工七个月的味道。"一边说着，一边自顾自地笑了起来，满脸的春光随着"咯咯"的笑声在整个房间里飞扬，盖房时的那些苦痛变为了一段段快乐和幸福的记忆。

"只要能住上这样的新房，哪怕吃再多的苦，欠再多的账，我也是快乐的。"依惹说这话时的影像还鲜活地印在脑海，给自己男人买一辆摩托车的梦想就又在她的头脑里疯长，而且还如此迅速地变成现实。

三

还没有跨进依惹家院场的围栏，便看见一辆崭新的大红"150摩托"停放在楼角。

依惹的小妈逆光站在竹篾晒台上，望着眼前崭新耀眼的大红摩托。夕阳穿过身后的竹林，越过她橘黄色的包头和手里透明的塑料红盆，跌

我的母语部落

落在大红摩托上，点点斑斑。依惹读三年级的儿子和侄儿正围着摩托车兴奋地转来转去，摸摸牛眼睛一样的前灯，摸摸牛角一样的扶手，摸摸插在摩托车上的钥匙，摸摸崭新的皮垫，摸摸折射着银光的排气管，用手掌和衣角擦拭着摩托上的灰尘。依惹的男人桑木茸也不止一次昂着头、挺着胸，跨上摩托，摆出一副驰骋千里的姿势。院场边，木楼下，散落着看热闹乡亲的身影。

我正要跨进门栏时，依惹整个的脸就从房檐下钻了出来，声音也随即到了耳边："姐，快点进来。"依然是满脸的春光和抑制不住的亢奋。听见依惹的叫声，依惹的小妈、公公、父亲、男人、儿子、侄儿全都停了下来，望着我跨过高高的门栏，踩着院子里用砖块铺成的羊肠小路，一步一步走向他们。

夺目的大红摩托并没有打破院落原有的和谐。石棉瓦顶上炊烟仍旧弥漫着，晒在竹篾晒台上的各色衣服正随风摆动着，屋檐下铁盆、铝盆、塑料盆中的雨水正从不同角度折射着太阳的光辉。木楼下，母鸡带着小鸡一会儿从猪厩跑向牛厩，一会儿又从柴堆跑向人群，两条狗则安详地卧在门前的房柱下，似乎这辆几个小时前还停放在乡街摩托车销售门市的大红摩托，前世就根植在这块土地上。

崭新的摩托没有引发我的兴奋，倒是摩托车给这一家三代带来的微妙变化感染着我。作为依惹的新闺蜜，我知道，依惹与小妈和公公之间有着许多因观念而引发的不合。比如说，新房落成后，依惹特意在木楼的侧面盖了一间偏房，设置了一个火塘，试图将厨房与正房分开。但公公和小妈却以蚂蚁啃骨头的精神，先是让烧水用的铁壶、煮饭用的罗锅、炒菜用的铁锅悄无声息地回到正房，放在了火塘上。最后，竟当着依惹的面将那口煮猪食用的大铁锅也搬了进来，放在火塘的铁三角上，整日"扑哧""扑哧"响着猪食的沸腾声。在公公和小妈的眼里，没有日夜不熄的火塘，没有煮饭的炊烟，再好的房子也是冰冷的。

再比如说，依惹希望公公和小妈卖掉那头只吃食不长肉的老品种猪，换成能吃能长肉、挣钱快的新品种猪，但那头老品种猪是小妈的哥哥送的，对于小妈来讲具有非同寻常的意义。不同的养殖观，最终导致了同一个猪圈被木板一分为二的结局：左边关养的是我给依惹新买的三头新品种猪，右边关养的是小妈哥哥送的那头老品种猪。同一屋檐下，却是不同的品种，不同的主人，不同的喂养方式。但拥有一辆摩托的崭新事件，填补了两代人之间的隔膜。无论是小妈、公公，还是依惹、依惹的男人和儿子，都认为拥有一辆崭新的摩托是件极其荣耀的事，它给家庭带来的荣光仅次于两年前落成的新房。

依惹和小妈不停地在火塘边忙来忙去。那条纯种黄毛狗睁大眼睛，横卧在离火塘不远的房柱下。依惹的公公坐在低矮的藤蔑凳上，背靠房柱，跷着二郎腿，舒展地抽着用旧课本裹成的纸烟。西下的阳光穿过房头的红色透明瓦，穿过腾起的炊烟，停留在火塘铁三脚架上的铁锅上，照耀着起舞的火苗。安静中弥漫着温暖的气息，以及摩托车带来的喜悦和满足。

见我在火塘边坐下，依惹就将一张摆满菜饭的篾桌抬到了我的面前："姐，明天我们家要给摩托叫魂，你要来呢嘎。"依惹每次跟我说话都会用整张脸对着我，眼光专注而热烈。每当依惹向我发出邀请时，依惹的公公、小妈、男人和儿子都会停顿下来，热切地看着我。我承认，自己与这个家庭建立起了一种血浓于水的深情，让我得以在火塘边，在他们温暖的目光下，续接着失落已久的部族亲情。

四

第二天早上，当我再次看到崭新的大红"150摩托"时，依惹家木楼前已经聚集了好些人。除了依惹一家外，还有依惹的父亲、桑木茸的几个至亲和三五个男人，掌管吉日的宰旺是这次给摩托叫魂的祭司。每次村落祭祀，他戴着的旧军帽、浸满尘世烟火的藏青色中山装、脸上几颗像黑痣一样的暗斑，都会引发我许多神秘的联想。在今天这样的场合遇见他，让我颇感意外。在我眼里，叫摩托魂这类的小魂，完全不必动用宰旺这样的大魔巴。

但不管我怎样想，楼梯的房柱前，宰旺已经将一些还带着鲜活水

我的母语部落

气的树枝和几片翠绿的芭蕉叶铺在地上。脚跟前，装有谷子的铝盆、装有米的瓷碗和包扎成拇指大小的塑料盐袋依次叠加着，像一座耸立的佛塔。宰旺双手抱着一只毛色光滑、神采飞扬的白母鸡，开始了第一轮祷告。每一个段落，都伴随着一声沉重的叹息，每个平仄都隐含着隐秘的悲伤。

雨停在半空的云层上，始终没有下下来。但院子里、屋檐下的地面仍浸泡在雨水中，浓密的雾气在四周弥漫。依惹的眼睛一边紧紧盯着宰旺的脸，一边悄声告诉我，因为闹鸡瘟，几乎整个村落的鸡都死完了，叫魂用的鸡都是从五公里外的姐姐家连夜抱来的。摩托的魂没有进家一天，她就一天都不敢让自己的男人骑着摩托远行。

依惹对摩托魂热切关注的神情，让我想起之前在县城工作的好友尼块。尼块虽然从小在村落长大，但上过大学，不仅能够讲流利的汉语，还能够结结巴巴地说几句英语。但当他贷款买得一辆新车的时候，却提着烟、提着酒，从数十公里外的老家请来魔巴为自己的车子叫魂。那天，在他家院子里，魔巴身着粗布黑色对襟短衫、深裆短筒裤子，戴着黑包头、插着漂亮的羽毛，吹着芦笙边舞边退，将鸡血滴在车轮前的水泥地面上，将鲜红的绸带系在方向盘上和两边的倒车镜上。记得当时的自己，脑子里充斥着时空的混乱感，无法理解更无法相信，一个如此古老的仪式竟然与现代生活发生着如此紧密的关系。却不想，多年之后，类似的情景在我所寄居的村落再次上演。

依惹家的木楼前，宰旺第一轮祷告已经在一声沉重的叹息中结束。我还未转过神来，宰旺已经手起刀落，鲜红的血正从鸡脖子的毛羽间奔涌而出，滴在宰旺脚边的芭蕉叶上，迅速凝结成暗红色的血块。一些来不及凝结的，则随着芭蕉叶间的沟纹流到了地上，像群山厚土中一条蜿蜒的河。鸡垂下了翅膀，羽毛和眼睛都失去了光彩，宰旺从翅膀上拔下几根雪白的羽毛放在凝结的血块上。

这时，宰旺的脚旁燃起一堆篝火，青烟伴随跳动的火苗向四周飞舞弥漫。身旁两位男助理接过宰旺递来的白鸡，一边用火苗燎着、一边拔着鸡毛。不足一斤的白鸡在男助理掌心中迅速萎缩成一只肉鸟，并被开膛剖肚。宰旺熄灭了手里的纸烟，接过男助理手中的鸡，仔细地从各个部位取下指甲大小的一片肉，用芭蕉叶包裹起来放入火中烧烤。七成熟时，拿出来放在托着鸡血和鸡毛的芭蕉叶上，再度开始了漫长的祷告。

宰旺的祷告十分投入，且抑扬顿挫。大量骈俪语及傣族经文的介入，使祷告充满节奏而富于美感，闪烁其间"摩托"一类的汉语词汇，将现实的生活场景与远古部落族群生活的记忆连接在了一起。我很想知道祷告的译文，但没有一个人能够向我准确翻译宰旺这些绵长的经文。只知道，眼前的白毛鸡是用来祭献凶死的恶鬼，经文也是对凶神恶鬼的祷告和贿赂。没有这样的祭献和祷告，车辆行驶时凶神恶鬼就会使绊，出行时就会陷入莫名的不安和慌恐。

五

天仍没有放晴的迹象，但空气已没有先前凝重了。篝火已经奄奄一息，青烟凝结成块、凝结成团向着四处飘散。宰旺绵长的祷告刚刚跌落，静止的人群就立刻骚动起来。

依惹的男人灭了手里的纸烟，将视线从摩托转移到了宰旺身上，宰旺身旁房柱下的白毛狗和黄毛狗也快速挪动了一下位置，母鸡和小鸡的叫声也高昂了起来。一直安坐在楼梯口的两个男助理迅速踩灭了纸烟，接过宰旺手中用树叶包裹的鸡血和鸡肉等祭品，跨过院门，向着寨子后门的鬼林走去。依惹的小妈起身，抬起宰旺面前用铝盆、瓷碗、塑料袋装着的谷子、米和盐巴，向着宰旺家的方向走去。

在我为仪式的结束暗自庆幸时，在刚才放置谷米盐的位置，又有一座由谷、米、盐垒起的"佛塔"在宰旺跟前耸立了起来。一只毛色圆润、满眼飞春的黑毛母鸡，在宰旺咒语的蛊惑下迷离着双眼，沿着时光的隧道，以白毛母鸡同样的方式迈向了祭坛。

桑木茸轻声告诉我，整个叫魂活动总共要杀三只鸡。白鸡是用来驱逐不三不四的恶鬼，扫除一切的晦气；黑鸡是敬奉给让人不得善终的恶鬼，以换来车主的平安；最后的一只红毛公鸡才是真正用来叫摩托魂的，

我的母语部落

杀的时候必须在正房火塘右上角家祖的神龛前,通过祭祀和祈祷,请求祖先接受摩托成为家庭的新成员,赋予它和每个家庭成员同样的家魂,让其随着主人同出同进、同悲共喜。这也意味着,整个叫魂仪式还有漫长的过程要走。

太阳开始突破云层,乌云四周被镀上了一道金边,我的目光开始变得有些散乱。鲜艳的大红摩托仍醒目地停放在木楼前,依惹的儿子和侄儿仍围着摩托转来转去。依惹和小妈仍旧悄无声息地忙碌着,依惹的男人仍抽着纸烟一言不发地注视着自己的新摩托,任由宰旺的祷告从耳边滑过四处飘散:

> 尊敬的神啊,
> 尊敬的鬼,
> 我们用最漂亮的黑鸡献你,
> 我们用最好的肉献你。
> 祈求你不要让我家的摩托撞着别人,
> 也不要让别人撞着我,
> 让骑着摩托的男人平平安安地出门,
> 再平平安安地回来。
> 我们会用最漂亮的黑鸡献你,
> 我们会用最好的肉献你。
> ……

似乎眼前的祈祷仅仅是宰旺与那些潜藏恶鬼邪神的斡旋与言和,包括摩托车主桑木茸在内,尘世间的人除了物质的供奉外,均无须介入。

第二轮祭祀结束,已是午饭时间。白鸡和黑鸡被拿进木楼,在火塘边被依惹剁成指头大的小块和韭菜一起炒了做菜。宰旺和依惹的公公、父亲、叔叔、我,还有宰旺的两名男助理,在直径一米长的竹篾圆桌旁围坐成圈;依惹的儿子和侄儿则各自抬着一碗饭跑到电视机前,边看边吃。和往常一样,依惹的小妈和依惹都没有上桌,依惹的小妈仍旧在火塘边忙着给她的那头老品种猪煮食,依惹则坐在一旁一边说话一边给我们添饭加菜；平时陪我同桌吃饭的桑木茸也没有上桌，只是坐在一旁一边抽烟，一边跟我们说着话。驻村几个月来，我已经学着习惯并顺从于村落的礼俗秩序，让自己与村民们保持着一种血缘般的亲密。

"袁姐，下午你必须来，你还没有看见摩托魂进家呢。"依惹的公公是芒公村的寨主，对我总是有着不可抗拒的吸引。当他用半生不熟的汉语向我发出邀请时，我都会情不自禁地服从。和许多芒公的老人一样，依惹的公公始终误将"袁姐"视为对我的尊称。

六

下午，当我再次踏进依惹家的木楼时，神龛前的祭品已经摆好，蜡烛已经点燃。宰旺怀抱着一只红毛公鸡，开始面向神龛祈祷。昏暗的灯光下，依惹一家赤足跪拜在地板上，手持一根点燃的蜡烛，将头深深垂在双臂间倾听魔巴的祈祷。每当宰旺发出的叹息滚落在地板上时，依惹一家沉重的叹息便会随即响起，如同一声沉闷的春雷。室内的光线比先前明朗了许多，房头红色透明瓦将屋外的光线投射在火塘边的地板上，与火光、烛光融汇成点点星河。

宰旺的旧军帽早已脱了放在脚旁，脸上黑痣一样的暗斑沉寂在黑暗中。依惹的公公脱下了终年戴着的藏青色布帽，露出一颗让我倍感陌生的光溜溜的脑袋；依惹的小妈紧随其后，将橘黄色的头巾舒展开来搭在肩上，稀疏的长发遮蔽着脸颊；桑木茸踩灭了手中的香烟，眼睛直勾勾地盯着脚下的木板；依惹和儿子也将头深垂在双臂间，一动不动地将蜡烛擎在额前。只有宰旺的祷告在耳边回荡，世间的嘈杂一点一点坠入星河。

红毛鸡的叫声平地响起，宰旺将血洒在了神龛前的地板上，血顺着木板的缝隙流向楼下的土地。家祖的神龛前，簸桌上的祭品在不断地增多，先是一块白棉布和一对蜡烛，然后是一串芭蕉、一碗谷子、一碗米和一小袋盐、一小袋茶，接着是依惹公公亲自熬制的浓茶和刚煮熟的米饭，以及整只煮得七成熟的鸡。宰旺和依惹一家正全神贯注地为摩托赢取一个家魂。

几名妇女鱼贯而入,将头巾解下展开搭在肩上,面向门外,站在门的两侧。门外的骄阳,将房内、房外切割成一阴一阳两个世界,依惹的小妈和这些鱼贯而入的妇女,站在阴阳相接的门槛前,等候摩托的魂灵进家。宰旺抬着堆满祭品的篾桌,穿过火塘,穿过人群,穿过彩色透明瓦投下的亮斑,穿过门前鱼贯的暗影,跨过门槛,面向铺满日光的阳界。

整整一天,除了面对魂灵的祷告外,宰旺几乎一言不发。的确,在这个阴阳相隔、人神共居、变化莫测的世界,宰旺需要回想、记忆、讲述、面对的太多,他必须保持沉默,好让自己与魂灵面对时保持应有的优雅和从容。

宰旺将自己的影像定格在门框的左下角,摇曳的蚀光在他阴暗的脸上投下一层橘黄。宰旺的祷告绵延起伏,仿佛来自一个遥远的世界。每次,当宰旺的祈祷从高空向低处滑落,在楼板上汇聚成一片无力的叹息时,身后便会响起女人"荧,荧……怀定,怀定……"("回来……回来")的急切呼唤。前一个音节低沉短促,后一个音节高扬清脆、尾音深远悠长,与宰旺的祈祷互为映衬。

寄居在乡街摩托车销售门市的大红摩托魂,在宰旺的引领下开始起程。在母性原始激情的呼唤中,越过高山,蹚过河流,沿着阳光铺满的大道,踏上了回家的路。依惹告诉我,这些都是小妈的至亲,是专程赶来帮依惹家的摩托叫魂的。没有女人深远悠长的呼唤,魂灵就会迷失在纵横交错的归途中找不到回家的路。

<h2 style="text-align:center">七</h2>

当宰旺将魂线和两根红色绸带系在摩托扶手上时,天已经完全黑了下来。那顶藏青色的布帽重新回到了依惹公公的头上,依惹的小妈又重新顶着橘黄色的头巾转出转进,依惹的脸上恢复了以往的灿烂。

晚餐的长方形藤蔑桌上,用作祭品的红公鸡肉已经分门别类放在了各自的碗上:鸡头连同脖子部分的肉是犒劳宰旺的,没有他的引领摩托的魂灵就找不到回家的路；左腿肉是给依惹的父亲，右腿肉是给桑木茸的叔叔，两位至亲是代表各自的家族和先祖来承受这份殊荣的。我知道，这是传说中佤族分肉习俗的情景再现。

见我目不转睛的神情，依惹的公公开始了更加深入的讲解。依惹的公公说，叫摩托魂只是小魂，只杀三只鸡。如果是婚丧嫁娶、进新房一类的大魂，除了三只鸡，还必须杀三头猪，如果是更大的魂，还得杀牛。与那些驱邪送鬼的白鸡、黑鸡不同，叫过魂的鸡、猪、牛都是神灵所授，必须按佤族的礼节分食共享。

为了解说得更加清楚，依惹的公公不惜动用所有的汉语词汇，向我讲解魂肉的分配法则：猪的左前腿必须送给女方的父母，父母去世了就要送给舅舅家；右前腿必须送给男方的父母，父母去世了就要送给和自己排行最近的叔伯家；右后腿必须送给男方的大哥家，再由大哥主持分送给其他的同胞兄弟；剩下的则煮熟切成肉片，平均分给每个到场的客人。为了让我听得明白，说到猪的左前腿时，老人就伸出整个左臂；说到猪的右前腿时，又交替着伸出整个右臂，像是在表演一种史前舞蹈。

说话间，依惹抬着一个装满肉的铝盆，从身后往每个人的碗里加了三块四指宽的腊猪肉。正当我面对肥厚的腊猪肉无从下筷时，只见宰旺、依惹的父亲、桑木茸的叔叔从容地将碗里的肉块和鸡肉放到碗边的篾桌上，开始喝汤吃饭。吃完后，各自掏出一块塑料纸，将自己分内的肉块和鸡肉仔细包好，装进随身背着的挎包，带回家去与家人分享。我无家可回，只得将分内的腊肉归还依惹的肉盆。

八

天完全黑了下来，依惹的公公匆匆收拾了一下就出门了。依惹说，隔壁家刚买回一把电锯，公公忙着去给电锯叫魂。我也站起来，与依惹一家告别。

天很黑，云很重，风很清凉。隔壁家的院场心燃起了一堆熊熊的篝

我的母语部落

火。火光中,新买的电锯、长筒猎枪和长刀一起摆放着,由依惹公公主持的新一轮叫魂又在悄然展开……我知道,叫魂、安魂是村落族人对全新事物、全新世界引发焦虑的释放,通过这样的释放,他们才能勇敢地迈向全新的生活。

2015 年 4 月 21 日完稿
2016 年 5 月 26 日定稿

芒公村大魔巴达鲁

魔巴为达鲁家的新房注入家魂

寨主的家事

一

无论是寨主王尼门还是寨主的儿子桑木茸都认为，盖了房子、买了摩托车后，日子就会安稳悠长地过下去。等到12月，猪圈里的那三头新品种猪就可以卖了，一头杀了卖给乡亲，另外两头卖给乡街的猪贩子，这样一来，前两年盖房子剩下的2000多元欠款就可以还清；买摩托车欠下的2000多元，等桑木茸的独生子女补贴发下来也就可以还清了。的确，盖了宽大的木楼，买了崭新的摩托，日子就可以重新慢下来。桑木茸和妻子依惹商量着，再砍几根木料做两个猪圈，买上几头新品种猪，一边壮大养猪事业，一边等着山地里的沙松、核桃长大成材，日子就可以安稳从容地过下去。

但是，生活偏偏不按常规的逻辑延续。2010年10月的一个下午，乡里来了一些官员，说是全村所有干栏式木楼都要拆了，统一规划、统一设计、统一贷款、统一施工，全部建成红瓦白墙的砖混落地建筑。为着这个宏大的新村计划，县里、乡里接二连三来了好几拨干部。村民们甚至还来不及讨论人要搬到哪里、猪和鸡该如何安置，拆除木楼已经是迫在眉睫。

此时，寨主王尼门和儿子桑木茸一家合盖的干栏式木楼，房顶的大梁和椽子都还没有被火烟熏黑，还透着木头本色的暗黄和清香。为了在横梁和火塘之间加盖一层阁楼，王尼门每天早上坚持到村落外面的竹林，砍一根粗细长短一样的细竹，削去旁边的枝叶，一根一根整齐地铺放在火塘上面的横梁上，然后将背篓、簸箕、篾笆、晒干的辣椒、干笋一类的杂物一样一样地放到上面去。王尼门还打算在横梁四周再搭上几

我的母语部落

棵粗大一些的竹子，到苞谷进家的时节，好将苞谷一包一包地挂上去，一来不会生虫，二来不占粮仓。桑木茸和妻子依惹则忙着准备建盖新粮仓的木材，粮仓木门上的两个牛角木雕已经刻好，还仔细用木炭涂抹成了漂亮的黑色；新猪圈的木料已经全部劈好，榫槽和卯眼也已经全部打好，到时候只需要穿斗起来、用锤夯实就可以了……拆房令的下达，让所有的一切都停了下来。

可是，每个村落的布局都暗含着一套潜在的法则：像王尼门这样的寨主家，必须在离寨桩最近的地方；掌管神林的大魔巴，必须在离神林最近的地方；负责对外联络、掌管寨门前小神林的王氏家族族长，必须在村落门前的大青树旁；那些分家出去独立门户的晚辈，房子只能盖在寨桩的下方和比自己父辈更加低矮的地段。

推土机、挖掘机进村，会不会扰乱村落的布局？会不会激怒山神和木依吉神？房子全都拆了，家魂、人魂、猪魂、鸡魂、狗魂莫不是要满世界乱窜？就算这一切都可以不管不顾，那么，政府帮贷的五万多元建房贷款要咋个赔？原来盖房子欠下的钱咋个办？拆房子带来的损失哪个负责？村落每户人家的每一栋房子，可都是整个村落族人用一根一根木料、一块一块板材一点一点盖起来的啊！里面烟火的味道、人的味道、猪食的味道、狗的气味、猪的气味、鸡的气味，都是家魂和先祖魂灵所熟悉的味道。拆了房子，人住在哪里？猪住在哪里？鸡住在哪里？柴火、谷子、苞谷、簸箕、篾笆往哪里放？还有乱七八糟的杂物放在哪里？这些拆下来的上好板材难道就这样白白地浪费掉？……自建寨以来，问题从未像今天一样集中呈现，整个村落陷入一片迷乱之中。

二

王尼门是芒公的一寨之主，但拆房令是通过村干部传达到组干部，再由儿子传达到他的耳朵。

王尼门发现，自从自己接任寨主之后，人世间突然间变得眼花缭乱起来：电线架通了，公路修通了，摩托车、电视机、巡耕机、拖拉机、电动钢锯、农用车、微型车，还有很多叫不上名字的东西，全都涌进村里来。作为一寨之主的王尼门可以为每一样陌生的事物叫魂安魂，却阻止不了任何一件事的发生。包括即将拆除的自家的干栏式木楼，跟随自己记忆成长的村寨，以及儿子桑木茸提出分家独过的要求。

王尼门坐在低矮的藤篾凳上，靠在离神龛最近的一根房柱上，抽着纸烟，仰着头，望着房顶，盯着一根根横梁，看着横梁上一排一排精细均匀的毛竹。因为是寨主，他享有建盖 8 根房柱、12 根横梁的大房子的特权。12 根横梁中，有 5 根是自家山林生养的，有 5 根是从怕塘大山请回来的，有 2 根是老婆舅家赠送的。每根都是上好的红毛树和红栗树，漂亮光滑笔直，一个结疤都不生。房顶的那块红色透明瓦也是他亲自选定的。

每天早上，红色的透明瓦将太阳光送到火塘边地板上的时候，王尼门就出门。或是从竹林砍回一根竹子，或是从山林抬回一捆干柴，或是从地里砍回一串芭蕉，放倒在火塘边，一边削着竹子编着篾箩、篾框、篾桌、篾凳，一边看着妻子将芭蕉切碎了放在猪食锅里面煮。然而，铺在横梁上毛竹表皮的绿色还没有完全褪尽，叫魂时的鸡血还清清楚楚留在横梁上，房头和神龛都还没有熏染上足够的烟火气息，房子的生命就将终结。

作为房子的主人，王尼门知道，建盖这样一栋房子需要花费多少的心血！八根房柱，每一根都是挑选了吉日，从五公里外的芒旧、怕塘、怕迫村落背后的大山抬回来的。那时候，公路还没有完全修通，大多数路段全部靠的是男人手上脚上的气力，遇到上坡路段，一根木料要四个男人才能抬得回来。靠近公祭房的那根，是神灵最喜欢的红毛树，光滑得连个疤痕都没有；靠近家祖神龛的那根，虽然有两个疤痕，但也是上好的红毛树，坚硬得连虫都吃不动；其他六根，不是红毛树，也是红栗树，全部端端正正地排在火塘和门的两边，让整栋房子是那样的坚挺、稳当、温暖。

新房落成后，坐在房柱旁的藤篾凳上，面朝火塘，抽着纸烟，看着房顶，看着横梁，看着椽子在横梁上交错舞蹈，看着阳光从房顶的透明瓦顶穿过落在地板上,看着青烟从火塘飘扬在房顶上飞舞,成为王尼门的一种享受。在王尼门看来,眼下的生活是神灵对他履职一寨之主的一种回报。

三

　　王尼门接任寨主是公路修通的那一年初冬,担任了12年寨主的王岩倒因病去世。

　　依照旧制,王岩倒的儿子将承袭寨主一职。但王岩倒的儿子及家人对父亲履行寨主这一沉重的责任早已厌倦,并坚定地认为,寨主沉重的责任是导致他们家无法重整旗鼓的根本原因。他们一家希望尽早从这种责任中解脱出来,像村寨的大多数人家一样,外出打工挣钱,将时间和劳力投入更具现实意义的劳作上。加之,王岩倒寨主的职位并非世袭,而是源于12年前村权的争夺,王岩倒的儿子及家人没有确保寨主职位在家族世代相传的责任。

　　尽管王岩倒接任寨主时,神灵赋予寨主的特权已经一路旁落,村民在猎获老虎、豹子、黑熊、麂子、马鹿、野猪一类的大猎物时,不会再将一整条前腿、脊肉和剥下的虎皮、豹皮、熊皮敬献给寨主;开田开地、播种收割的时节,摊派义务工帮助寨主播种收割也不再是天经地义的事;寨主也早已不再具有发动一场战争、处死一条人命的特权,也不再具有捍卫村落安全和每一条性命尊严的责任和力量。但一寨之主神奇的诱惑仍旧根深蒂固:逢年过节、叫魂做赕时,村民仍旧严格遵行祖制,将猪的左前腿敬献给一寨之主,右前腿敬献给大魔巴;逢年过节、婚丧嫁娶、起房建屋、生老病死时,村民仍要带上一串芭蕉、一包茶叶、一对蜡烛、几元钱,登门跪拜和敬告寨主;在佤族最为重要的节日——春节,一寨之主仍旧享有过七天大年的特权。在传统礼俗的挟持下,在这样一个上至飞鸟、空气,下至一片树叶、一块石头,均为神灵所授的国度里,寨主仍旧是村落灵魂和村权的象征。

　　当村落越来越多的女人受到外省男人的诱惑,抛寨离家,远嫁异乡的时候，当村落连续发生几起酗酒闹事、打架斗殴的事件，牛群出现了口蹄溃烂，成熟的稻谷因阴雨连绵大片大片腐烂在田地里的时候，村落中开始传播着因世袭寨主家道败落引发村落晦气的谣言。寨老们发现，祭祀山神时，鸡头骨间那条连接神界的通道不再那么通亮透明，代表神界、俗界的两根软骨不再像以前那样紧密地扣在一起；黑毛猪的胆汁也不如之前的通透饱满，肝的筋络也没有之前的白亮通畅，脾脏甚至出现了卷曲和微弱的裂纹。寨主主持的祭祀不再具有保护村落人畜兴旺、五谷丰登的神奇力量，黑毛公猪的血和红毛公鸡的血也不再具有唤醒万物生殖力的功效。寨老们认为，这是主宰万物的木依吉神通过鸡头骨卦和猪的肝胆脾卦向族人们暗示，是该更换寨主的时候了。

于是，就在 12 年前开春谷种下地前，寨老们遵行黄蜡烛燃烧时间最长者当选的旧制，选出了新的寨主。在神林的祭祀房前，在自家公祭房的灵祖神龛前，老寨主将世袭了四代的寨主位置传给了新当选的寨主王岩倒。本以为王岩倒之后，寨主的职位会在王岩倒家族中世代传承，却不想，王岩倒才死就面临寨主承袭的难题。

王尼门与王岩倒虽然姓的是同一个"王"，却并非创建芒公村王氏家族的后裔。因此，无论是 12 年前村权的纷争，还是王岩倒去世引发的又一次寨主更迭，王尼门从未妄想过成为一寨之主。他已经习惯了和父亲在世一样，数十年如一日安心于一名族长的本分，习惯了位居人后参与神灵祭祀的角色，习惯了跟着春天的脚步耕地播种、在秋天来临时收割的生活。任何变动都会引发他内心极大的不安。然而，王岩倒的死，改变了王尼门的生活，而这样的改变不是源于威望，而是源于神灵的选择。

四

王岩倒的阴魂刚刚送达鬼林的那天晚上，12 名族长再次围坐在王岩倒家的火塘边。木依吉神的神龛前，烛光迷离，照着深沉无边的夜；火塘里，火苗的摇曳如同奄奄一息的病人；风不断从篱笆墙的缝隙吹进来，带着深冬的阵阵寒意。在大魔巴的带领下，寨老们煮着茶，烤着火，

我的母语部落

抽着烟，讨论着新寨主诞生的祖制和议程。只有选出新的寨主，山神、寨神、先祖、神界的通道才会重新向族人敞开，族人的日子才会重新丰满圆润起来。

无论时光如何斗转星移，无论世道怎样变迁，没有一个人敢于试想没有寨主的生活该是怎样一种生活。没有了寨主，开年、春耕、播种、接新米的时节，山神、寨神、先祖如何祭拜？没有了寨主，寨魂、家魂、人魂、鬼魂、猪魂、牛魂如何安抚？没有了寨主，结婚生子、起房建屋、死人或是疼病，谁来主持叫魂做斋？无论世事如何变迁，都不能够任由村落堕落成为孤魂野鬼的时代。

微弱的烛光下，在大魔巴悠扬的祈祷声中，一只红毛公鸡的血滴落在了神龛前的地板上。寨老们各自点燃了用蜂蜡自制的蜡烛跪拜在神龛前，接受木依吉神的选择。12支一米高的蜡条，12盏错落的烛光，在神龛前汇成点点繁星。繁星中，木依吉祭祀木雕神像张着大嘴，嘴角上扬，双目圆睁，露出两排粗壮发黑的牙齿。

王尼门喜欢这样的烛光，喜欢这样的黑暗，喜欢在这样的黑暗中任由魔巴的祈祷从头顶、从耳际、从身体间温柔地滑过。王尼门看见一条时间的河：从木依吉神开天辟地、造人造物的时代一路流淌，木依吉神赤着足、提着花篮，为每一座山、每一条河、每一棵树、每一只飞禽、每一种走兽起了一个温暖的名字，为每一个人、每一个村落、每一座房屋、每一种家畜家种下了不朽的魂灵，并以她的神性赋予了每一个物种、每一个生命不同的生命轨迹和离合悲欢。

烛光矮下半截，将整片光投射在王尼门的脸上。光影的背后，王尼门看见死去的前妻抱着早年夭折的大儿子，看见长年外出打工杳无音信的二儿子，还有刚结婚生子的三儿子桑木茸。王尼门越老就越是想念这个杳无音信的儿子，就越是希望着三儿子桑木茸搬回来住，为自己养老送终。但自从前妻死后，两个儿子和后妻之间总是隔着一座山，王尼门不知道如何才能跨过这一座山。王尼门多么希望从自己过往的生命轨迹中，窥视神灵对自己命运的安排。

在这样的冥想中，王尼门的烛光神奇地亮到了最后，按照"谁的蜡烛最后熄灭，谁就是木依吉神选定的寨主"的祖制，王尼门成为新的寨主。从这一天开始，他必须接过王岩倒曾经肩负的责任，将村寨传承了上百年、上千年的传统承传下去。

五

当三儿子桑木茸决定带着儿媳、孙子搬回家住的时候，王尼门坚信，这是木依吉神给予他履行寨主一职的回报。建盖新房的时候，供奉木依吉神祭祀房的每一块板材、每一根椽子都是王尼门精心挑选的，房柱是最光滑、最漂亮的红毛树，木雕和神龛用的都是上好的楠木，每次年节门头的横梁上都会换上用新鲜竹篾编制的梁花。

自接任寨主以来，王尼门一直尽心尽责履行着寨主的职责：每年开年、春耕、播种、接新米、祭山神、祭寨魂的日子，他都会腾出院落和新建的木楼，让寨老们安坐于神像前从容地走完整套礼仪，让寨老们从魔巴冗长的祭祀和祈祷声中获取神灵的暗示和抚慰；都会准备好柴火、菜蔬、油盐，让出火塘、腾出所有的锅碗瓢盆来给村民煮饭做菜，让族人从热腾腾的大锅中领取被赋予神性的肉块和饭菜；平日里，王尼门则和寨老们游走于族人结婚生子、起房建屋、死人、疼病的各种叫魂祭祖仪式中，然后再把分内的鸡腿、肉块用塑料纸小心包好，带回家来与家人分享。

王尼门喜欢这样的生活，喜欢这样的存在感，并因此戒掉了酗酒的恶习。尽管儿子、儿媳和后妻之间仍然隔着一座山、横着一条河，但才短短几年的时间，家里便盖了新房、买了摩托，日子真真切切地一天比一天好过起来，这无论如何都是一件欢欣鼓舞的事。却不想，对神灵的感恩还在内心升腾，拆房令便将王尼门的这种安稳、幸福生活打乱。

六

晚饭后，桑木茸没有去劈盖猪圈要用的木料，依惹也没有去给她的

我的母语部落

新品种猪喂食，两人一起围坐在火塘边。王尼门从火塘抽出一根燃烧的木柴点燃嘴角的纸烟。

"爸，我们想分家出去。"王尼门一直等着儿子桑木茸说出停在嘴边的这句话，但到真真切切听见的时候，心里还是有一种深切的刺痛感。但儿子、儿媳说得是多么地在理：趁着政府新村建设分家出去，王尼门和儿子桑木茸均可以分别获得政府的建房资助，多盖一幢房子，桑木茸有了自己的房子之后，王尼门就可以把自己的房子留给多年飘游在外的哥哥。

王尼门踩灭手指间的烟蒂，从火塘抽出一根燃烧着的柴头，再度点燃了一根纸烟。纸烟的外皮是孙子废弃的课本，里面裹着的是刺鼻的草烟。"我们是老人，不管你们说什么，我们只得听什么。"说这话时，王尼门的语气平静、悲凉，作为一寨之主、神灵的子民，王尼门却没有办法看穿神灵投向自己的命运。

如果他和后妻带来的不是两个女儿，而是儿子，或许眼前的困境就不存在。就算两个女儿中，有一个娶了上门女婿，解决了养老的问题，但王尼门还是不知道应该怎么面对族人们的眼光。有着两个儿子，却没有一个留在身边与自己安度晚年，这是多么难以言说的悲伤啊！木依吉神为王尼门点燃的那盏灯就这样突然间熄灭，王尼门的眼前一片荒凉。但他是村落的寨主，是这个家庭的一家之主，他不能在神灵和儿子面前展现他的悲伤。

"如果阿爸同意，我们想请阿爸为我们选一块地基。"当桑木茸将嘴边的最后一句话说出的时候，王尼门知道，一切都已无法挽回。王尼门踩灭余留在指间的半截纸烟，将烤在火塘边的茶罐向里推了几下，连一声轻轻的叹息都没有发出。村落的重建，改变了王尼门和儿子桑木茸一家生命的轨迹和生活的进程。这是命中注定了的，王尼门无力阻止，也无法改变。

距离拆房最后的期限还有七天。村干部、组干部提着一条红梅烟、两瓶南腊酒进了王尼门家的木楼。"新村建设，除了每家每户都要建成红瓦砖混的落地房外，还要盖公共厕所，建打歌场，修通水泥硬板路。"

第一章　芒公村落纪事

村支书一边指着一张七彩规划图，一边向王尼门比画着。王尼门低下头，在墙脚里摸索了一阵，拉出一本废旧课本，撕下一页不带彩的纸，将晒干的草烟一叶一叶撕碎了放进去裹好，再从火塘抽出一根燃着的火头点燃。

火苗有些奄奄一息，烟雾在王尼门和村组干部之间缭绕。副组长王明峰将杯里的茶水倒在火塘边，拧开一瓶南腊酒，倒了半杯，昂着头一口气喝了下去，然后垂着头望着脚下的地板说："达，你是头人，是一寨之主，你家的房子不拆，全村的房子都拆不了。"

王明峰跟王尼门漂游在外的二儿子同年，跟王尼门姓的是同一个王，但现在的王明峰是组干部、组领导。山里面、地里面、田里面种什么，村里面的房子要盖在哪里、如何盖，房子什么时候拆、怎么拆，都是他们说了算，作为一寨之主的王尼门和寨老们管理的只是与现实无关的神灵和鬼魂的世界。

王尼门将指间的烟蒂放在脚下使劲搓了两下，烟蒂在地板上变成了一块黑斑："桑木茸要分家出去，我要帮他选一块地基。"说着，将篾桌上小半碗黑茶一口喝了下去，然后抽出藤蔑凳下的长刀，将一根毛竹从头到尾剖成两半，再剖成一指宽的竹篾，整个房间即刻弥漫着竹子的清香。

七

拆房最后期限的第六天，是宰旺为达鲁一家选定的建房吉日。达鲁是芒公村最大的魔巴，在寨老中是仅次于寨主和副寨主的三号人物，是寨主王尼门的亲密伙伴。

驻村一年，每逢村落公祭，我都会与身为大魔巴的达鲁不期而遇。神林祭祀房前，无论春夏秋冬，达鲁总是戴着一顶旧棉帽、穿着那件发白的浅蓝色中山装端坐其中，瘦长的脸如同一尊活动的雕塑。我不止一次远远地将镜头对准他，但从未敢靠近，只是将他的庄严和从容一次次收录在相机中，在夜深人静的时候拿出来比对品读。长年的魔巴身份，让达鲁身上笼罩着一层神秘而高远的气息，没有他安坐其中，神灵的祭祀就缺少了一种神圣与庄严。

直到距离政府拆房令只有最后六天的期限，在达鲁家拆除旧房的空地上，一栋崭新的干栏式木楼仍顽固地拔地而起，才让我真切感受到蕴藏于老人平静外表下那种石破天惊的力量。因为作为一名下派的新农村建设指导员，我知道，这栋正在拔地而起的干栏式木楼，必须在六天之内拆除，与全村80户人家一起，以全新的姿态迎接一个整齐划一新村的到来。

从理论上讲，达鲁家应该是这次新村建设的最大受益者。他家的木楼是村里为数不多的草顶房，因为始终未能遇上吉日良辰，准备兴建的木楼一直未能破土动工。当大家都在为达鲁和其他十几户未建新房的人家暗暗庆幸的时候，达鲁却按照宰旺测算好的吉日，拆除了住了数十年的草顶木楼，在自家旧房的空地上，竖起了新房的第一根房柱，拉开了筹备三年之久的干栏式木楼新居建盖的序幕。

在芒公人的意念中，村落如同自然生长的万物，是伴随着岁月一点一点成长起来的。先是十几户，然后是几十户，再慢慢长成今天的样子，前后经过几代人、十几代人甚至几十代人。其间，有生有死，有兴有衰，每一块家族的宅基地上，都沉淀着几代先祖的魂灵，每一根房柱、每一根房梁都携带着家魂、人魂的精灵。一栋木楼整个建盖过程看似只是三天，但从第一根木料的选择、砍伐到所有木材的筹备，短则两三年，长则五六年。每一个阶段都伴随着严密的祭祀和整个家族、村落的集体劳作，木楼建盖的过程，就是房主一家为新房注入生命的过程。起房建屋的三天，是木楼生命诞生的三天，达鲁不想因为世事的变迁而让它胎死腹中。

达鲁建房吉日这一天，王尼门一大早起床，围着火塘和锅边转了许久，从头顶的横梁上取下一张小篾桌，铺上一块白布、放上一对蜡烛、一块钱的纸币，用塑料纸包了一小包茶、一小包盐、一小包兰烟放在上面，抬着向达鲁家走去。

达鲁家宅基地前，已是人声沸腾。第一根房柱已经竖起，房柱和横梁上的榫和卯已经扣在了一起,所有的横条、椽子已经穿斗在柱子和横梁间,正一排一排整齐地横卧在地上。阳光下,泛着木材本色的梁和柱、椽和条被黑色的土地托举着,像一片刚刚收割的稻田,散发着木材特有的清香。

此时的天空阳光灿烂,万里无云,早晨的风还带着些许凉意。魔巴怀抱着白毛公鸡站立在第一根房柱的柱洞前,祈祷声中夹杂着一个个恶鬼凶神的名字,由低到高、再由高到低往返循环,最后一个尾音滑落时,手起刀落。白毛鸡抖动着白色的翅膀,迎着朝阳,将鲜红的血洒落在柱洞前黑色的土地上。几乎所有人都清楚地看见,魔巴手中的鸡头骨卦是那样的通透,鸡腿骨卦也是那样的圆满。

建房总指挥王桑木永高高挺立在宅基地的中央,挥动着瘦而有力的双臂,从胸腔里发出一声雄师的怒吼。横卧着的柱和梁、椽和条,在王桑木永刚柔相间、悠扬起伏的号令中,伴着男人们雄性的呐喊,一寸一寸缓慢地生长,直到刚劲地耸立在晨光中。先是六根房柱,再是墙壁的柱子和横梁,然后是穿斗成三角形的木架和房梁。

虽然拆房令的下达,让每家每户面临着搬家、拆房等诸多事务,但每家每户还是放下了眼前的繁乱,派出了最壮实的劳力,投入达鲁家新房的建设。老人们站在一旁指挥围观,男人们则奋战在起梁盖屋的一线,或是填埋房柱、起梁架顶,或是凿榫槽、劈卯眼,或是架楼梯、抬木板;女人们负责煮菜做饭,孩童在奔跑玩耍,场面充满村落乡土的盎然生机。

达鲁呷着一尺长的烟锅,王尼门抽着废旧课本裹成的纸烟,并排坐在宅基地边的土坎上,看着六根房柱一根一根稳稳当当地扎在柱石上,横梁上的榫槽一个一个牢牢实实地扎进预设的卯眼里面;横条和椽子一根一根穿斗在三角形的梁架上和四壁的横梁间,让空洞的实木房架一点一点严实起来,变成一个家的模样。

为了建盖这栋房子,达鲁用五年多的时间为每一根房柱、每一根横梁、每一根椽子、每一块板材、每一个榫槽、每一个卯眼注入生命,终于在宰旺选定的这个阳光灿烂的吉日——复活。这是老人梦想了一生的事,老人一家不仅为此倾注了三年多的时光,还投入了三万多元的巨款,其中的一万多元是向亲戚借的，这对于当时和现在的芒公人而言都是一笔不小的投入和债务。木料大多是从数公里外深山挑选的上好木材，每一根房柱、每一根横梁，都动用了整个家族和全村壮劳力，砍伐、劈料，再半人工、半机械地一根根搬运回家，仅各种祭祀活动和招待亲友、帮工一项就支出近万元。从砍第一棵木料到毛料运送，再到劈料打榫凿卯，均伴随密集的祭祀。达鲁要亲眼见证梦想了一生的房子走完整个的生命历程。

起房建屋的三天里，达鲁家杀了8只纯毛鸡、镖倒了5头黑毛猪、杀了3头肥猪，用最后的积蓄买了20多箱啤酒、10多条烟，将房子诞生的整个过程变成了一个盛大的节日。虽然这栋饱含着达鲁一家心血和毕生梦想的干栏式木楼仅能存活一天，但达鲁终于如他所愿的那样，让这栋房子圆满走完了整个的生命历程。

八

达鲁家新房落成的次日，是王尼门家木楼生命终结的日子。木依吉神像木雕、寨魂、家魂才刚刚请出，还没有完全安稳下来，房顶的第一块木板便被抽了下来。

男人们爬上房顶，举着铁锤、刨杠、斧头、刀子、木棒，对着房柱、横梁、椽子、墙面、地板、木梯、竹篾晒台飞舞。先是房顶的石棉瓦顶没了，接着是三角形的梁架、坚挺的横梁，然后是整面、整面的墙壁，最后是坚如磐石的房柱，在疾风暴雨的行动中消失殆尽，只留下满目疮痍。

倾注了一生心血的木楼不到半日就丧失了房屋的模样：东倒着一根房柱，西睡着一根横梁，全都没了先前做梁做柱时的尊严，曾经作为墙壁的木板上印满了大大小小的脚印。横条、椽子被轻佻地从横梁、房柱中抽出，扔得整个院子都是，有的被踩断了脊梁，露着鲜亮的伤口；那些想要扣手一生的榫和卯、柱和梁、椽和条，被活生生地拦腰斩断……每一栋房子的诞生是多么神圣庄严，败落时却是如此卑贱。但这是没有办法的事，推土机就要开进村，全村80户人家的80栋木楼还等着拆除。他们必须分秒必争，没有时间为一栋栋木楼的终结忧伤。

天下起了雨，王尼门尽可能地将拆下的板材理顺，将木依吉神像尽量安置在清静、干燥的角落。对于王尼门而言，虽然看不清楚、想不明白的事情越来越多，但生活却是变得越来越好。所以，王尼门相信，哪怕经历一千次一万次的死，神灵都会在人的心上播下希望的种子。

九

推土机将村落路边的山坡推成了平地，桑木茸一家得到了那块梦寐以求的宅基地。宅基地一面紧靠通往芒旧、怕塘、怕迫三个村组的公路，一面紧靠通往乡政府的大道。桑木茸一家已经从村落开放的经验中领悟到交通枢纽隐藏的商机。

新家园建设为桑木茸一家注入了强大的希望。虽然推土机还在"隆隆"作响，村落还是一片废墟，但一个接一个的梦想已经在桑木茸一家的心田疯长：新房盖好后，桑木茸和妻子依惹谋划着在紧靠路边的空地上再盖一间砖混石棉瓦顶房，先开个小卖部，待旅游业进村后再搞成农家乐，名字就叫"佤妹依惹农家乐"；在靠近坡地的空地上再盖一排猪圈，养一批新品种黑毛猪，不仅可以杀了就地卖钱，还可以整头出售给为新房叫魂做赕的人家。

桑木茸和依惹的日子再次变得丰满起来：桑木茸将原来木楼的柱子、横梁、横条、椽子一根一根地整理出来，分门别类一堆一堆地堆好；从山脚地边将一块一块石头背回院子里堆放起来，跑到乡上、县上的砖厂、沙厂选砖、订砖、买沙……无论村落如何破碎，依惹都精心喂养着自家的新品种猪、新品种鸡，一头一头地杀了卖给盖房的包工头；像男人一样，跑到盖房的工地背沙、背砖、运石料，帮工地的工人煮饭，挣为数不多的工钱，甚至不惜跟着老板跑到海南去打了近一年的零工……为了梦想中的生活，桑木茸和依惹一直背负着族人沉重的眼光，吞咽着比别人多得多的眼泪，吃着比别人多得多的苦。

我的母语部落

进新房那天，依惹在自家水泥地坪的院落里，在"伍妹依惹小卖部"醒目的广告牌前，学着城里人的样子，做了九个花样菜招待全村人。她想让所有村落族人清清楚楚地看见，她和桑木茸正在展开的全新生活。

果然，仅在短短的三年间，依惹家就在自家新民居旁续建了一栋砖混结构房、一个太阳能卫生间、一排砖混结构水泥地坪的现代猪圈。院心不仅打起了水泥地皮还建起了水泥蓄水池，生猪存栏数也由之前的几头增加到几十头，鸡的存栏数也增至几十只。他们一家还利用新民居地处芒公、芒旧、怕塘三个村交通要道的便利条件开起小卖部，家庭收入和生活质量均实现了质的飞跃。

2015 年 5 月 20 日完稿
2016 年 5 月 20 日定稿

2010年贺帕村新米节

每逢中秋,便是佤族村寨叫谷魂、接新米进家的时节

新米的节日

一

立秋之后,进入中秋,芒公绵长的雨季开始变为晴雨各半的天气。天一放晴,村落的男人和女人们便从村落坡脚的羊肠岔道涌出,先是三三两两,然后结队成群。男人不再扛着犁头赶着水牛,而是扛着扁担捏着麻绳,骑摩托的则在后座驮着三两个人,女人鲜亮的头巾、闪亮的镰刀、宽大的背箩也夹杂其间。村委会前空寂的村落大道立即变得喧闹起来。

支书王林说,谷子开始进家了。我知道,支书的意思是到谷子收割的季节了。

太阳穿过厚重的云层,将芒公村80户人家暴露在明晃晃的阳光下。雨水正从上寨坡头羊肠小道间的缝隙奔涌而下,和着牛铃的叮当声、狗的狂吠声、音响里飘出的歌声,随着淡蓝色的炊烟飘舞、升腾。虽然寨子坡脚下的群山仍旧白茫茫一片,但人群的喧闹却变得敞亮起来。

二

为了背靠大山、迎着早起的太阳,和所有的佤族村寨一样,芒公村委会所辖的六个自然村都建在了像芒公村一样陡峭的山坡上。这样一来,各家各户的旱地和水田,要么开在另一座山的坡面上,要么种到离家数公里外的河谷间。往来一趟,少则一两个小时,多则三四个小时,这也让同一个村落数十户人家收割的时间参差错落近一个月。此户人家的新米还未完全进家,彼家的收割又拉开了序幕。此起彼伏间,田间地头、整个村落热闹得如同节日一般。

王林说,这种繁忙的景象要到 10 月 28 日才结束。每次说到一个节令,平时连开会都不能准点的支书总是能够准确到天。今年云南遭遇百年不遇的旱情,芒公村的雨水总是下不下来。支书说,芒公的雨季来得比较晚也比较绵长,一般头阵雨最迟不会迟过 5 月 20 日。5 月 20 日那天,雨果然毫无预兆地下了起来,只是应该缠绵充沛的雨水变得稀稀落落。

虽然杀了母猪祭了山神、叫了谷魂,但秧苗仍然栽插不下去。地神没在充足雨水的浸泡下彻底苏醒过来,田里的泥土就无法彻底唤醒,秧苗就无法落脚,谷魂就入住不了大田。稀稀落落的雨水让栽种的时日向后一推再推。王林说,到 6 月 10 日还无法栽插,长出来的就不是人吃的谷子而是牛吃的草了,但许多人家还是顽强地将秧苗插满了地块。

栽种的延迟,导致了收成的减少和收割的延迟。但各家各户的粮仓都还装有去年甚至是前年的存粮,大面积减收并没有引发族人深切的焦虑。族人们仍和以往丰收的季节一样,将全部的热情投入新米进家的喜庆之中。

三

村委会干部中,最早收割的是治安联防队员陈昆家。陈昆家的田地是距离芒公村五六公里远的河谷地带,每年接回的谷子都要比别的人家多出十几麻袋甚至几十麻袋,粮仓也比别人家的宽大得多。

在族人们眼里,这样持续不断的丰产是神灵特别的恩赐。有一种传闻在族人间暗地流传:陈昆家供奉着一堆像眼珠一样深幽通透的神石,每粒神石都住着一种谷物的精灵。每次家族祭祖的前夜,陈昆的父亲和家庭男性成员便会在夜深人静的时候祭祀神石。据说,因为拥有这样的神石,就是在饥荒年代,陈昆家粮仓的米也没有吃完过。虽然没有人见识过这些被叫作"向"的神石,但几乎每个族人都能够绘声绘色地讲述有关这些"向"的传奇。

第一章　芒公村落纪事

雾还重重地压在坡脚的群山顶上，陈昆从30多公里外乡街买来的20多斤猪肉、四五箱啤酒、两条烟已经堆放在案头，前来帮忙的亲友挤满了木楼，煮茶倒水的，挑水煮饭的，洗菜切肉的。人声越是沸腾，火塘就越是热烈，整栋木楼里肉的清香就越是浓烈。

当太阳驱散了浓雾，将阳光洒满整栋木楼、整个竹笆晒台、整个村落、整片山坡的时候，收割的队伍便开始出发。陈昆挺着胸、昂着头，骑在崭新的大红"150摩托"上，一脸的荣光。旁边是男人们组成的摩托车队，各自的后座上载着三两个强劳力，在陈昆的带领下，伴着摩托车上低音炮音响强劲的节奏，向着五六公里外河谷的大田奔去。

虽然外出打工的潮流让田间劳作的场面不像往昔一样壮观，但摩托车、音响的加入，为传统的劳作平添了许多乐趣：

是谁吹响了我的口弦？

是谁拨动了我的心弦？

远飞的鸟儿是否还会回还？

归乡的路上怎么看不见你的脚印？

村口的榕树下怎么听你唱响的歌声？

散落的珍珠找不到串起的珠线，

思念的人儿总是藏在白云的深处……

这首流传了几代的山野情歌，被陈昆摩托车上的便携式音响播放着，在田野间、人群中飞舞。女人的高音站在白云的深处，只听得见歌声看不见人；男人的高音藏在深山密林间，只感受得到深情看不见人。男声落了，女声又起，循环往复，歌声在田野、密林间穿梭回荡，感人肺腑，摄人心魂。这是佤族男女最古老、最传统的劳作方式和情爱方式，许多情爱都是在播种、薅秧、收割这样充满欢乐的气氛中滋生的。

我不想踏进你家的寨门，

我不想踩响你家的竹笆；

我不想看见家乡飞来的斑鸠，

我不想听见思乡的琴弦吹响。

断了的弦子谁来接？

我的母语部落

> 掉了的腰箍谁来捡?
> 思念的人儿藏在了云深处,
> 为何只听见歌声看不见人?
> ……

女人的高音掠过金黄的稻浪,情歌的记忆撩拨着丰收的激情。稻谷先是在女人们的镰刀下卧成一层层、一叠叠厚实的金黄,有的被一把把捆了站成一排排的稻垛,有的则直接被男人捏在手中在打谷桶前摔打成了谷粒。

几个人身长的竹笆将数十亩连片的稻田分割成一块接一块的方形方舟,方舟上堆满了金灿灿的谷粒。女人站在一人多高的木梯架上,扬着装满稻谷的篾筐。饱满的谷粒穿过阳光落在了方舟上,瘪谷和杂草则顺着歌声和风向飘落田间。梯形的打谷桶前,男人"乓乓乓乓"的打谷声和女人们的笑声融成一片在山谷里回响:

> 月亮爬累了会蹲在房顶歇脚,
> 蟋蟀叫够了会钻进草丛伸腰。
> 不知是谁家栽的竹子眼那么高?
> 不知是谁家种的芋头那么麻手?
> 是不是飞来的阳雀歇错了桩?
> 是不是清晨的公鸡叫错了音?
> ……

歌声中,会有麻鸡、田鼠、野鸭、蛇突然腾起窜出的身影,田野的放歌就会立刻转化为临时的猎场,劳作的乐趣又会以另一种方式展开。

夕阳西下时,陈昆带领的摩托车队便会驮着半人多高装满稻谷的编织袋,穿过旷野、穿过村落后面的密林,奔向自家木楼。这时,阿妈的苦茶早已经熬好,米饭也已经煮好。只等他们一落座,饭桌就可以摆开,肉和菜就可以端上,一场酒肉的宴席就可展开。

陈昆是一个嗜酒的人,平日里总爱用白酒泡一些兽骨、鸟骨、鹿茸或是植物根茎一类的药酒。喝到半酣的时候,就会拿出来示人,将兽骨、鸟骨、鹿茸里的故事通说一遍之后,便再次推杯换盏,喝个瓶底朝天,将田间劳作的欢乐又再延续一次。一些平时不被唱起的歌谣会在这时被再度唱起，许多远去的记忆会再度被唤醒，丰收、劳作的欢乐冲刷着日常生活的烦恼。

同样的热烈在陈昆家持续三天后，又续转到另一个收割的人家。陈昆和他摩托车队的男女们，也会从这一家的稻田辗转到另一家的稻田，每天都是一副酒足饭饱的模样，看不出任何因减产带来的焦虑和失落。

四

的确，在陈昆这一辈人眼中，粮食不再具有神奇的力量。自第一批到沿海打工的族人通过邮局寄回第一笔汇款开始，他们便发现了潜藏于货币背后的巨大力量：一个月打工挣得的钱，竟然能够买回盖整栋房子所需的石棉瓦片；打工半年寄回来的钱可以买回一台彩色电视机，配上播放器和音响，音乐就可以整日整夜响遍村落的每个角落。

虽然村落道路还没有完全畅通，建盖新房的浪潮就从芒公村、贺帕村一直向着山背后的芒旧、怕塘、怕迫三个村落蔓延。最早的人家将茅草房顶换成了石棉瓦顶，将透风的竹笆墙壁换成齐齐整整的实木板墙。后来，又将踩着"噼啪"作响的竹笆地板换成了厚实的实木地板，房柱由之前的四根增加到了六根，窗子由之前的一扇增加到了两扇。房柱、横梁、楼梯、火塘用的都是上好的红毛树、花桃树、黄栗树、红栗树，因为觉得刀斧劈出的木料不够平整笔直，全部改成了电锯。

就连在雨季，陡峭的山路上，仍然能够看见男人们光着臂膀拖圆木、扛木料、背石棉瓦片、拉石料的场景；女人也不会懈怠，她们头力、背力、脚力并用，将田间地脚的石头一块一块装进竹篾背箩背回家，堆放在院场边。似乎过了这个雨季，盖房的机遇就不复存。所以，当几个四川人、山东人踏着泥泞的拖拉机路来到寨子，将5000元或10000元现金摆在阿妈的竹篾桌上时，一些女人便义无反顾地离开了山寨。

外出打工和远嫁外乡成为一种潮流。自20世纪80年代，陈艾不勒的姑姑跟随着四川人离开山寨后不久，两个妹妹也相继离开了山寨。先

我的母语部落

是到了广西,之后又辗转深圳、东莞。几年后,两个妹妹便追随着姑姑的脚步,分别远嫁湖南、安徽,成为说着普通话的外乡人。

"钱那么轻,却可以帮全家买回好的生活;米那么重,却只能帮我们填饱肚子。"

"打工,不仅晒不着太阳、淋不着雨,挣的钱还多,还可以打开我们的眼睛,让我们看见外面的世界。"

在这样朴素的真理面前,钱和外面世界的诱惑越来越大,越来越多的男女离开了山寨。先是一些未婚的姑娘,后来是一些读过初中的男女,再后来连像依惹这样只念过几年小学、已经结婚生子的女人也加入了打工的行列。寨主王尼门的两个女儿一个去了东莞、一个去了深圳,魔巴高尼门的两个儿子一个去了广东、一个去了杭州。王林的儿子、陈昆的弟弟、肖永华的侄女、王永华的女儿都一个踩着一个的脚印远赴外乡打工,北京、广西、河南、安徽、杭州、广州、深圳、东莞,这些之前从未听过的地方,成为村落后生们向往的天堂。

外出打工的子女越多,家里建盖新房的时间就越早,用料也就越讲究,消费也就越铺张。仅仅一栋木楼的诞生,消费的啤酒就是几十箱、烟也是不下几十条,酒肉更是不计其数。没能盖起新房的人家,也以自己的方式消费着打工的成果。除了电视机等常规消费外,有的人家将半人多高的音响挂在了房门外,让音乐从早到晚在村落上空盘旋回响。

继电视机、音响之后,碾米机、巡耕机、摩托车、电锯也相继进了村。族人们亲眼看着一袋袋黄灿灿的谷子,在碾米机的转动中,仅十多二十分钟就脱成了一袋白生生的大米,巡耕机的气力也远比水牛的气力大得多,摩托车的速度和给生活注入的活力也超出了他们的想象。眼前的一切,都不得不让族人们和从未进过县城的寨老们对那个未知的世界充满着敬畏。

电视机替代了歌舞,巡耕机替代了耕牛,电锯替代了斧头,碾米机平铺直叙的响声替代了富有韵律的舂米声,摩托让族人们的脚长出了翅膀,许多被世代坚守的传统开始迅速衰落。

五

尽管每年秧苗下田、青苗拔节、稻谷扬花、新米进家的时节，族人们仍按照祖辈传承的习俗，将暗红的猪血滴在神林的土地上，将鲜活的猪肉祭献给山神，用鸡血安抚正在成长的谷魂，从鸡骨卦中窥探神灵的喜怒、来年的收成。但是，在产业结构调整浪潮的席卷下，包括一村之长的支书王林和大多留守的族人，对粮食的情感都正在发生着微妙的变化。

2007年的新米才刚刚进家，全村便掀起了千亩核桃种植的大会战。早在会战以前，有关核桃产业创收的传奇便在村落被广泛传扬：云南一个叫作安石的地方，因为种核桃，家家户户盖起了两层高的洋楼，一些二三十年的老树还连续几年创下年收入万元的奇迹。每种下一棵核桃就相当于每年存下了3000元钱，种10棵就是3万元，100棵就是30万元！这对于年人均收入不足千元的芒公村而言，是多么致命的诱惑！

支书王林去过那个叫作安石的村，亲眼见过万亩核桃挂果的诱人景象，亲耳听过当地农民讲述核桃创收的传奇。他暗地里盘算了一下，按照每亩种植10棵的标准计算，如果芒公村委会六个自然村、360户人家，投入一个冬春，每户完成30棵的种植任务，那么十年之后的芒公，家家户户就全都是年均纯收入八九万元的富裕户了，这是多么令人振奋的愿景啊！

整个冬春，芒公失去了往年自在悠闲的生活，全民投入了千亩核桃种植的大会战。虽然时逢大旱，坡地上、灌木丛、茶叶地里仍旧人头攒动：刈草的，打塘的，运苗的，背水的，种植的，培土的，施肥的……一些地块还挂上了"大干冬春一百天，脱贫致富奔小康"的横幅。

运送苗木的农用车、拖拉机，进进出出的官员，来来往往的督导组，驻村入户的产业辅导员，打破了山寨的宁静。一些外出务工的青年也被裹挟回村。每棵年均收益3000元的诱惑，像一个巨大的魔盘，将全村人卷入核桃产业的风暴。支书王林家、治安联防队员陈昆家、各村落小组长家的茶地、坡地、房前、屋后,甚至村委会的门前地脚、村落主干道的两边,都种上了半人高的核桃苗。

当核桃年度种植任务由2007年的1000亩攀升至2008年的3000亩、2009年的4000亩,总面积由2007年的1560亩攀升至2009年的10128亩时,产业风暴几乎席卷了芒公村委会的每一块坡地、每一片灌木、每一块茶地,生长野鸡、麻鸡、斑鸠、白鹇的灌木丛被开垦成了千亩连片的示范种植基地,播种旱谷和玉米的坡地打满了1米×1米的深塘,荒芜的茶叶地里栽满了核桃茁壮的幼苗。

雨水一年比一年来得迟,土地一年比一年干燥,太阳则一天比一天热烈。为了拯救稚嫩的幼苗,留守村落的劳力、半劳力背着二三十斤的塑料水泵,走半里或一里的山路去喂养那些干涸的幼苗。但是,一个水泵的水只能够喂养一棵幼苗,更多的幼苗只能等待上天的雨水。许多活了一年甚至两年的幼苗,如恶鬼附体般渐渐枯萎,直至根部腐烂,整棵树干干枯如柴,曾经热烈的壮志也随着日渐荒凉的盛景冷却了下来。

族人们发现,我们向土地要得太多。三年的时间,1万亩核桃、10万个深坑、10万棵幼苗,要汲取多少土地的乳汁啊!很多很多年以前,先祖们就知道,土地不仅养育着森林、养育着天空、养育着河流,肚子里面还埋藏着金子、银子和许多的宝藏,但先祖只向神灵索取过猎物和谷种。神不喜欢想要得太多的族群,她只会眷顾那些懂得感恩的人们。族人们为之前对土地的疯狂掠夺充满着愧疚,他们希望山神、地神、木依吉神、谷神能够感受到他们的忏悔的诚意。

六

当田野的稻谷已是一片金黄,新米乘着欢乐的酒香不断走进家门,一年一度的叫谷魂、接新米的日子也就日益临近。2010年,芒公村叫谷魂、迎新米的日子定在中秋农历八月十五日,也是一年中月亮最圆的时候。

因为连绵的雨,神林的土地汲取了足够的水分,空气里的尘埃已经

第一章　芒公村落纪事

落尽，许多杂草趁势抽出一些嫩绿来，东一簇西一片，古树因换了油绿的新装而显出勃勃生机。因为雨水的滋润，山神祭祀房院落的围墙上也布满了浅绿的青苔，寄生石缝、墙头的植物也生出宽大的叶面，祭祀房的茅草顶上和房檐上挂满晶莹的雨滴。这是族人为神灵保留的栖息地，是交付山神主宰的世界。树木、杂草、清凉的空气，小鸟、飞鼠、流动的阳光，都住着一个灿烂生动的魂灵；祭祀房的院落、青苔、繁杂的野草，杂石垒起的围墙、竹子实木栅起的门栏，都暗含着神灵世界的密码。

神林的枯枝已经清理干净，进寨的木桥已经重新搭好，谷魂回家的路已经清扫干净，谷子进家的寨门已经敞开，祭祀山神的黑毛母猪已经镖倒在祭祀房前，煮熟的肉已经供奉在祭台前。魔巴的祈祷中，佤族创世神话《司岗里》，有关祭祀谷魂由来的片段再次鲜活起来：

很久很久以前，人类组织各种动植物开会，推荐万物的首领。从蚂蚁到黄牛，从老虎到大树，几乎所有到场的物种都被一一推举了一遍，唯独遗漏了谷种。养育了人类的谷种委屈得掩面而泣，她要离开忘恩负义的人类。她跑出了深山，跑出了树林，躲进了大海的深处。无措的人类这时才明白，背弃了谷种，就是背弃了自己。他们祈求亲亲的木依吉神。亲亲的木依吉神派出了长尾巴的蛇，会飞的小鸟，偷吃粮食的老鼠，打猎看家的狗，为人类请回了谷种。为了感激亲亲的木依吉神，为了安抚被人类挫伤的谷神，先祖发誓：无论是开荒还是播种，无论是薅秧还是收割，都要按照木依吉神的叮嘱，杀鸡问卦、剽牛杀猪，为开垦的荒地、落地的谷种、长成的青苗、进家的新米举行隆重的祭祀……

一声沉重的叹息后，魔巴的吟诵开始在密林间盘旋回荡：

　　亲亲的木依吉神，
　　看见了人类的忏悔，
　　就会为我们调顺风和雨；
　　亲亲的谷神看见人类的诚意，
　　就会让谷穗像马尾巴一样粗壮，
　　让牛像猪一样繁殖，
　　让猪像鸡一样成群，

我的母语部落

让部族的后人站满山岗，
……

七

寨主王尼门家收割的第一把谷穗已经供奉在木依吉神像前，女人们捏着一元的纸币、抬着自家收割的第一筒新米，踩响了寨主家的木楼。

钱是用来叫回离家一年的谷魂，新米是用来敬献亲亲的木依吉神、逝去的先祖和村落的寨老们的。等到傍晚，从寨主家抬回赋予木依吉神性的新米烂饭后，各户就可以接回自家的谷魂、迎回自家的新米了。

亲亲的木依吉神，
谷子长成青青的叶苗时，
我们选龙的日子祭祀你；
青苗开出串串的谷花时，
我们选蛇的日子祭祀你。
今天，
谷花已经长成饱满的颗粒，
谷魂已经敲响寨子的竹门，
新米已经等着进家。
叫魂的母鸡已经杀好，
祭神的母猪已经杀倒，
第一锅新米饭已经贡在案头。
请你帮我们将恶鬼赶出寨门，
请你帮我们的谷魂接进家。
别让我们做错事，
别让我们走错路；
别让我们的心神不定，
别让我们触犯了神灵。
……

第一章　芒公村落纪事

魔巴起伏悠扬的祈祷伴着芦笙婉约迂回的曲调，三步一停、五步一跳，时而婉约凝塞，时而欢快舒展。铜铓低沉浑厚的声音穿行其间，为婉约平添了一分凝重，为欢快增添了一分厚实，让族人们对谷神祭奠的诚意传扬得更远、更长。

在寨主家昏暗的木楼里，木依吉的神像前，族人们双手擎着烛光，将头埋在双臂间，不时伴着芦笙的节奏发出一声沉重的叹息。昏暗的光线阻隔了俗界的纷扰，以便让族人们乘着蜡烛的点点星光抵达先祖的神灵世界。

支书王林总是回避亲临这样的现场，宁可待在木楼下面，或是跟三五成群蹲着的后生吹牛聊天，或是跟挑水洗菜的妇女开几句玩笑，或是看着艾倒和尼门把祭祀山神的母猪肉分成均匀的小块，再望着各家将属于自己的那份领走。大部分人家都停止了一天的劳作，等待着魔巴将谷魂接进寨主的家门。

天空没有盘结乌云，四周一片的湛蓝。族长达旺率着几个壮小伙举着竹子编织的人头兜鱼贯而出，向着村落后门走去。只是，今日的人头兜里供奉的不是人头，而是用芭蕉叶包裹着从祭祀母猪各部位割下的指甲壳般大小的鲜活肉块，上面插着几面施加了魔巴咒语的白幡。寨子后门是为凶神恶鬼开设的专用通道，插上施了咒语的人头兜，恶鬼就会被拦截在后门以西的地界，谷魂和新米便可从容回家。

神龛前，寨主手里的铓锤变得舒缓起来，声音变得高昂悠远。两位族长开始舞动双腿，手里芦笙的音节也错落开来，形成两个高低相合的声部。音节由急到缓时脚掌向上扬，由缓到及时脚尖向内紧收；音符密集串联时，整个身子前后倾伏、左右摇摆。这是迎接谷魂的舞蹈，这是新米进家的脚步。

火塘热烈地燃烧起来，铁三角上的大锅散发出迷人的肉香。木楼的拐角上，魔巴悠扬的声音再次响起：

　　大田的谷魂，
　　小田的谷魂，
　　回家的道路已经为你铺平，

家里的粮仓已经为你修好。
请你跟着我的声音来，
请你随着我的脚步走，
你不要害怕，
你不必慌张，
遇到人魂他会领你回家，
遇到狗魂他会为你让路，
遇到公鸡他会为你打鸣。
请你跟着我的声音来，
请你随着我的脚步走，
翻过前面的陡坡，
跨过前面的木桥，
进到我家的竹楼，
住进我们的粮仓。
……

太阳爬上了房头，穿过房头的红色透明瓦，在满屋的黑暗中溅起一片红霞来，为箩筐中像山峰一样隆起的新米镀上了一层金黄。

神龛前的长桌宴上，第一碗新米饭已经盛好了，第一碗肉汤已经端上，大块的肥肉已经分好，寨老们已经安坐，一场由长辈引领的尝鲜新米饭晚宴拉开了序幕。

八

村寨的谷魂刚一进家，各家各户的谷魂、新米也挤满了田间、挤满了地头，心急火燎地等着家人领回家。

王林入赘芒公村的弟弟王桑木永杀倒了自家养的肥猪，在村委会的小卖部旁搭起了临时的卖肉摊。卖肉摊前聚满了接谷魂、打新米人家的主顾。所有部位的肉价都是十元一斤，最好卖的是肥瘦相间的五花肉，煮在菜锅会浮起一层厚厚的油花，切成坨放在桌前也是一副油光可鉴的诱人模样。不能付现的人家，就将名字记在账本上，等领了低保、卖了春茶、猪鸡，或是收到了在外打工子女寄来的钱，再一次还清。

陈昆家大田里的谷子虽然进了家，但新谷、新米全都好好存放在粮仓里面没有尝新。今年，他们一家将和往年一样将叫谷魂的日子定在爷爷去世的兔日。

这天一大早，当小田里的第一把稻谷放在神龛前时，陈昆家收割的队伍再次出发了。与前一次收割相比，这一次收割仅仅是一种象征。全家一起出发，仅半日的功夫，最后一丘稻谷便收割完毕。等待他们的是收割后的新米家宴。陈昆的阿妈打开了粮仓，翻出半年多没用的舂臼，舂了半口袋多的新米。其中的一小半是当天煮了吃，余下的一大半则分成若干小袋，等着第二天分送两边的父母、兄长、至亲尝新。

全村的寨老，陈昆的父母、兄长、岳父岳母，以及嫁到外村的姐姐和一些至亲都已经到齐。大部分人家专程送来了自家的新米，陈昆外嫁的姐姐除了新米，还送来了几斤新鲜猪肉和两瓶苞谷酿制的白酒。陈昆的父亲将红毛母鸡的血滴在神龛前，开始了向家魂家祖的祷告。经过十余年的跟学，他已经成长为一名可以独立主持家庭祭祀的魔巴。他将当年的旱情报告了家魂家祖，对大旱下的收成充满着感激之情：

没有山神怎么会有村寨？

没有谷魂怎么会有新米？

没有父母怎么会有儿女？

拜了山神以后别忘了拜谷魂，

拜了谷魂以后别忘了拜父母。

我们要用红毛母鸡祭献谷魂，

要把第一碗新米供奉在神龛；

我们要把新米送给父母共享，

要把新米分给兄弟亲友共享。

我们要让日子过得和和美美，

我们要让世世代代幸幸福福！

……

我的母语部落

这几句祷告词被他翻来覆去地吟唱着。陈昆的母亲将煮熟的鸡头放在了陈昆父亲的饭头上，两只鸡腿分别放在了陈昆的舅舅和岳父的饭里。此时，肉汤和菜已经被端上桌子，煮熟的肉块也一块块平分在每个人的桌前。新米的饭宴在陈昆父亲最后一轮祷告之后拉开序幕，又一轮村落的盛宴就这样陆续展开。

收割进入了繁忙的旺季，陈昆仍旧每天骑着他崭新的大红摩托，出了这一片的稻田，又进了另一家的地块。歌声便会伴着摩托车上低音炮音响强劲的节奏，一次又一次在田野中回荡：

  月亮爬累了会蹲在房顶歇脚，
  蟋蟀叫够了会钻进草丛伸腰。
  不知是谁家栽的竹子眼高？
  不知是谁家种的芋头麻手？
  是不是飞来的阳雀歇错了桩？
  是不是清晨的公鸡叫错了音？
  ……

新米进家之后，新一轮起房、嫁娶即将紧锣密鼓地展开。

2015 年 8 月 13 日完稿
2016 年 5 月 20 日定稿

2010年的永莱村

2010年新村建设前祭祖仍是永莱生活的日常

永莱动迁记

一

佤族的皮肤是黑的，但通常这种黑里总是透着一层暗红，这种暗红与表面的黑色叠加，呈现出来的是一种古铜色的健壮与豪迈。永莱村落的则不然，他们黑色的皮肤上面要么覆盖了一层暗淡的灰，要么加盖了一层更深的黑，不仅使整个面容呈现出深不见底的黑，甚至嘴唇也黑得如同密布的乌云一般。

据说，这种族群记忆是从缅甸北部村落携带入境的，并从毗邻境内的村落一路向南分裂。创建了诸如怕塘、芒旧、怕迫、芒公、贺帕、永莱等数十个村的同时，这种颇具特色的肤色也一路向南，沿着延绵百里的山脉传承至此。虽然具有同质肤色的实证，但在现实生活中，芒公贺帕周边几个村说起永莱村却没有传说中的这种亲缘感，而是像在讲述一个与自己族群无关的遥远传奇。

传奇之一：永莱是一个屡遭厄运的村。当永莱人迫于猎人头部落的追杀迁徙至芒公村附近建寨后，再一次遭到猎人头部落的追踪偷袭，直到逃到现在的永莱大山，方才彻底逃离了被猎头的命运。为什么被猎头的是永莱部落，而不是其他的部落呢？有人说，用永莱部落的人头祭祀神灵，神灵最欢喜。若再追问下去，便没有了回答。

永莱村人被偷袭一次就逃离一次，迁徙一次，与外界的疏离就更加深一层，与外族、外寨的交往、通婚便成为一件极其危险的事情。20来户的村落原生家庭长此以往循环往复地迁徙、通婚，使不足200人的村落有近十人患上了先天性侏儒症，这种先天的暗疾随着婚配范围的扩展，向着与永莱邻近的贺帕、芒公等村悄然蔓延。

我的母语部落

于是乎，说起永莱，便会想到那群又黑又瘦、日渐枯萎的矮人群落，似乎永莱从不曾有过健康、壮实的男人和丰茂的生活。即便看见，也会努力透过他们的肤色、眼睛、言语和行动，捕捉矮人群落身上的暗影。由此，皮肤的黑也不由得增添了一层暗灰，面容也多了一分畏缩，正常的木讷和害羞也演化成了群体性的愚钝。然而就是在这样的永莱村，在2010年第四届村委会换届时，竟然有人没有悬念地坐上了村委会副主任兼文书这把交椅。

二

在芒公村委会，副主任兼文书是一个重要的职位，除了副主任这个耀眼的头衔外，必须具备会写、会算、会填各种繁杂表格的技能，加之每月800元（2015年为1450元）的工资收入，在村级算得上是一个荣光的职业。这样重要的职位向来都被芒公、贺帕这样的村子占据着，不要说是永莱，就是芒旧、怕塘、怕迫这样的村寨，也未曾有人想要高攀过。

永莱人的出现，确实让村民和我吃惊不小。后来才知道，闪亮的高中文凭和十多年小学代课教师的经历，是让这个名叫肖永华的永莱人稳当当选副主任的根本原因。

芒公村委会虽然拥有5万亩辽阔的土地，管辖的六个自然村散落在芒公村委会绵延数十公里的几座山头上。但要在1600多人口中，依照新规挑选出几个初中以上学历的人参加竞选，却是一件困难的事。为数不多的几个初高中生也早已远走他乡，成为外出打工的一员。

对于永莱村的肖永华来讲，参加副主任竞选也是一件不得已的事。肖永华梦想的是教书，并希望通过教书这一职业彻底摆脱永莱人的命运。但还来不及恋爱、结婚、生子，十多年的代课生涯却因政策的改变戛然而止。尽管无法安心于村落生活，但参加村委会班子的竞选似乎成了他唯一的出路。

就任村委会副主任兼文书那年，肖永华已经年过三十，是典型的村落剩男。如果没有村委会干部鲜亮的光环和每月1000多元的工资收入，是很难娶到一名村落女子的。代课生涯的荣光已和青春岁月一样一去不回，肖永华就任村委会副主任的当年，就把结婚生子这样的大事提到人生重要的议事日程，并且像他所在村落的族人和父辈一样，将目光投向了永莱村的女子。

三

其实，永莱村距离村委会驻地芒公村并不算远，只有不到三公里的路程。37户人家（1988年是27户、2015年是46户）就散落在永莱大山的一道斜坡上。或许因为左边、右边、背面三面环山的缘故，散落的草房，错落的木楼，斑驳的寨桩，羊肠的土路，被层层叠叠的大山和绿色挤压着，显得孤寂而荒凉。肖永华说，因为三面环山，永莱的太阳比其他村起得要晚、落得要早，稻谷的产量也比其他村低得多。

整个村荒寂得没有人的声响，甚至连狗的叫声也听不见，有一种离天很近的感觉。肖永华家的干栏式草房就坐落在离天最近的坡头。顺坡而下，已经有许多人家盖起了石棉瓦顶的干栏式木楼，让穿插其间的几栋草房显得更加破败；再往下，是菜园、灌木、丛林、荒野、白云、蓝天，再往下就是遥远得不着边际的绵延群山。

显然，十多年的代课生涯并没有让肖永华家比别的人家稍显富裕，相反更加穷困。草房是父亲在世时就盖下的，草顶是二哥去世前换下的。虽然草片、房柱、横梁、椽条已经被烟火熏得发黑，楼梯和地板也被踏成了暗灰色，但木料和板材仍很结实。因为三角形的草顶以30度的坡度向下倾斜，木楼内的空间显得逼仄、昏暗，加之终日的青烟缭绕，更显得压抑、灰暗。

就在这样不足50平方米的狭窄空间，却住着肖永华和他的母亲、叔叔、三哥和侄女、侄子三代人。母亲已年近七十，叔叔、三哥是传说中的侏儒症患者，侄女、侄子是死去二哥的遗孤。如果没有火塘，没有肖永华母亲鲜亮生动的气韵，整栋木楼便会沉陷在这一张张黑暗荒凉的面

我的母语部落

容中。

　　肖永华的母亲虽已年近七十，但年轻时代的鲜亮、风韵、生动犹存。黑色粗麻上衣对襟前佩戴着掌心大小的八瓣莲花银饰，每瓣莲花都围绕着太阳纹饰绽放着精致的纹线，珠链是白色、咖啡色、黑色串成的彩珠；耳垂被银制耳柱坠得一寸多长，与胸前的银饰和瘦长的脸形成完美的映衬。虽然听不懂汉语，但对我们的每一言、每一语都表示出强烈的兴趣和十足的好奇。人群中有人说了什么笑话，便用一只手掌掩住半张嘴，一边侧面低眉开心笑着，一边侧目四顾流盼，年轻时的风情、韵致暴露无遗。

　　老人的气韵点亮了整栋木楼。看到我的相机总是对准她，老人的笑容显出更多的妩媚和风情。这样风情生动的颜容，让我不得不重新审视对永莱人既已形成的印象和传闻。我不断想象着这位风情老人年轻时代的爱情，以及她的风情万种如何给这个沉重的村落注入持久的惊喜和光亮。但每次浪漫唯美的想象，都不断被现实所摧残。我不仅无法从肖永华患侏儒病症的三哥身上寻到肖永华母亲优质基因的踪迹，就是在肖永华和他的侄女、侄儿身上，也无法寻觅到老人身上一丝一毫的遗风。这样的结局，让老人的风韵成为木楼一道孤寂美丽的奇观。

　　似乎是为了缓解这种孤寂唯美的荒凉，副组长王永新带着他年近七旬的母亲，穿过楼梯的拐角出现在大家的眼前：同样风韵犹存的老人，同样的黑色粗麻上衣对襟前佩戴着同样的八瓣莲花银饰，同样的太阳纹饰，只是耳垂银制耳柱上坠有一寸多宽的空心银饰，与胸前的八瓣莲花、银制手镯、瘦长的脸相映成辉。与肖永华母亲四顾流盼的风韵相比，王永新的母亲多了一种厚重，多了一种富贵。王永新说，这仅是母亲日常随身的佩戴，家里还存留着父亲迎娶母亲时成套的银饰盛装，仅厚重的银制项圈就值好几头牛的价钱。再看老人手腕上的银制手镯，果然比肖永华母亲手腕上更加圆润夯实，呈色也更加温润内敛。

　　这是要怎样的男子才配得上的富贵！老人的风情富贵映衬着现实的荒凉，那个远去的年代更加变得扑朔迷离。

四

就任副主任不到半年，肖永华的婚事便已尘埃落定。未婚妻叫依门，刚满21岁，是永莱王氏家族的后人，两家直线距离不过50米。两人姻缘的鸡卦显示，大婚那天必须用一头怀孕的母猪祭祀家魂。这可是永莱建寨以来第三个获此吉卦的族人。

第一个获此吉卦的是寨主达昆。在永莱再次遭受偷袭后，寨主达昆带着族人沿着山脉一路向南，来到了这个三面环山、长满了鼻涕果树的地方（佤语叫永莱）。杀鸡问卦时，鸡腿骨卦说，必须杀一头怀孕母猪祭祀山神、地神、树魂、水魂，将寨名改为永莱，稻谷就会旺盛，族人和猪、牛家畜便会站满山坡，永莱人被猎头的命运也将从此终结。

第二个获此吉卦的是上一代王氏家族的族长。因为用怀孕母猪祭谷魂，王氏家族的谷穗长得像牛尾巴一样粗壮，谷粒像怀孕母猪一样饱满，每年金灿灿的谷子、沉甸甸的苞谷都装满了粮仓；因为用怀孕母猪祭家魂，王氏家族的猪牛产仔一窝接着一窝、一年胜过一年，后人更是一代比一代健壮、一代比一代繁盛。

肖永华获此吉卦后，他的家族故事重新回到了火塘边：传说中，肖永华的父亲曾是肖氏家族的族长，是一个推山山会倒、踏石石会碎的人，曾经创下猎获两头黑熊、三头野猪、五只马鹿、数十只麂子的狩猎业绩，在永莱流传着他的许多传奇。肖永华的大哥则是全村的第一个初中生，会弹、会唱，会说一口流利的汉话，却在20岁那年，因上山采集蜂蜡惹怒蜂神，莫名失明不治身亡。也就是从那一天开始，肖永华父亲的魂灵一年弱过一年。2004年患有胃病的二哥撒手人寰的一年半后，父亲不治身亡，家里的猪、牛也一头接着一头死亡。肖永华一家跌入万劫不复的深渊。

往昔越是悲伤，现实就越显得灰暗，一点一滴的亮光便能够将整个的希望点燃。

肖永华当选村委会副主任被认定为吉祥的开始，我结对帮扶肖永华家和其他几户养猪户的事件，被认为是肖永华当选副主任后结出的硕果之一。其他的永莱人和肖永华全家一起，迫切期待着一个光明的转机和一个吉祥的未来。尽管永莱的太阳仍旧晚起、早落，肖永华家的草房还是那样的陈旧、逼仄，甚至早过了落雨的时节仍不见有雨点落下，但生活却发生着微妙的变化。

老组长开始为肖永华婚礼所需挨家挨户寻访那头准备用于祭祀的怀孕母猪：个头不必太大，但毛色必须好，受孕时间最好不超一个月，胎数不能是一胎，也不能是二胎，最好是三胎或者三胎以上，胎数越多，前景越繁荣。

肖永华的母亲则将自家两头老品种猪和我扶持的两头新品种猪分栏喂养：两头老品种猪一头是要用来祭祀山神、一头是要用来祭祀家祖和家魂的，两头新品种猪是要杀了做菜招待参加婚礼的来客。祭祀山神、祭祀亡魂，看的是头数和毛色，所以不必太大、太胖；杀了做菜招待客人的，则是越胖越好，喂的时候除了芭蕉、菜叶子、米糠外，还要添加一勺苞谷面粉和一勺混合饲料。

虽然与未婚妻子还未发展到梦想的恋爱状态，但自从送了小酒、杀过鸡、看过卦、订下婚期之后，肖永华一有空闲便到未婚妻子家做些砍芭蕉、劈柴火、栅篱笆、修粮仓、收苞谷一类的重活，黑暗的皮肤、浓厚的嘴唇、深色外套带来的沉重感也舒展了许多，话也比平日多了许多。

五

新米进家之后的时节，是佤族村落的黄金时节。在久远的年代，当金灿灿的谷子、苞谷装进囤箩关进粮仓，砍木鼓、拉木鼓、祭木鼓、开新年、祭山神、送旧鬼、祭谷魂、取新火、开荒山、播新种等村落公祭便陆续在村落上演。阿妈用糯米、小红米、高粱、玉米、苦荞酿制的水酒在整个村落上空飘香，全村的男人和女人、老人和娃娃吃着烂饭、喝着水酒，围着寨桩欢歌劲舞，通宵达旦，祈求谷穗长得像马尾巴一样粗壮，牛像猪一样繁殖，猪像鸡一样成群，村落的后人站满山岗。

第一章 芒公村落纪事

如今,虽然村落公祭的乡村盛宴已不复存,阿妈的水酒也不再飘香,但从秋收到春种仍是村落一年最好的时节。结婚、起房盖屋、叫人魂、叫家魂、进新房仍会在宰旺测算的吉日持续不断地展开。再贫穷的村落也有白酒、啤酒的飘香,再穷困的人家也有吃不落的村宴、喝不完的美酒。肖永华的婚期便定在这样的时节。

达旺给肖永华测定的吉日是阳历的 10 月 17 日。虽然象征永结同心的芭蕉堆积如山,前来祝贺的族人往来不断,但婚礼并没有给肖家带来焕然一新的变化,甚至房顶的草片都没有更换过一片。但肖永华仍希望自己的婚礼与其他村落族人有所不同。

肖永华用攒下的工资给自己买了一件桃红色的马夹,马夹滚着金绒黑边,黑边钉满了铝制的亮泡花边;给新娘依门买了一套紫色的衣裙,衣裙的领口、脚边全都钉满了铝制的亮泡花边,这可都是县城最流行的佤族时装。还给母亲买了一块红色的金绒面料,缝了一件对襟上衣。紫色、红色是太阳的颜色,火焰的颜色,点燃未来生活的颜色,在肖永华的眼里,为那个心目中的未来,这样奢侈一把完全值得。肖永华期待着让这些热烈的、充满希望的颜色,为婚姻谋一个吉祥的未来。

11 日是拜见女方长辈的日子。晚上,肖永华在媒人老组长的带领下,带着一只红毛公鸡、一串芭蕉、一尺白布、一对蜡烛踏进依门家低矮的木楼。当芭蕉、白布和煮熟的鸡一起供奉在依门家的神龛前时,老组长点燃了蜡烛,以起伏跌宕的吟唱向依门的先祖报告两人婚恋的经过和即将大婚的消息。依门的爷爷端坐于神龛前,以先祖的名誉接受了未婚新郎的祭拜,然后用浑厚的嗓音回唱道:

> 王家的种子就要落到肖家的田里发芽,
> 希望你们像小鸟一样双双飞,
> 像马鹿一样对对走;
> 一起向着太阳升起的地方,
> 一起向着铺满花香的方向。

第一道通往婚姻殿堂的门也因此向肖永华完全敞开。

第二扇婚门是新娘的舅舅家。虽然吃小酒、看鸡卦、测算婚缘、过

我的母语部落

聘礼、订婚期,都是在新娘舅舅的主持下完成,但"舅家的婚门比娘家婚门高"的礼俗,仍给肖永华带来隐约的不安。12日晚,肖永华在媒人老组长的带领下,以11日晚上的同一时辰、带着同样的礼物进了依门舅舅家的门。

舅舅家的房门早已敞开,舅舅家火塘边的茶早已煮好,舅舅已经端坐在神龛前。老组长将带来的礼物一一摆放在神龛前,点燃了蜡烛,以悠扬起伏的吟唱向依门娘家先祖报告了两人婚恋的经过和即将大婚的消息。依门的舅舅点燃蜡烛,以娘家先祖的名誉接受了祭拜:

你们没有失去礼节,

你们没有忘记礼仪;

没有种子就没有翠绿的大地,

没有森林就没有欢腾的小溪。

我把依门的手放在你的手心上,

她为田地播种的时候你要犁地,

她煮饭的时候你要凑火。

要把欢乐的日子过长,

要把幸福的一生过完。

祷告完毕,舅舅代娘家向媒人传递了一份大婚之日女方待客所需物品的清单:半头杀好的全猪、两箱酒、三条烟,还有糖茶盐若干。

祭祀山神,是通往婚姻殿堂的最后一扇门。16日一大早,肖永华母亲喂养的黑毛母猪就被几个壮汉抬进了神林。当魔巴用尖刀将黑毛母猪杀倒在神林的祭祀房前时,寨老们烦琐的祭祀和漫长的祷告便乘着风的翅膀在树林中飞翔。从祭祀用的鸡的毛色、骨卦,到猪喷射出的血泡,再到猪肝的颜色、胆的饱满程度、脾脏的平滑程度,每一个细枝末节都是如此的精细。没有山神的认可,大婚之日,新娘依门的魂灵就无法从王氏家魂中分离出来,顺利入驻肖氏家魂的魂谱,新郎、新娘的魂灵就无法交融,日子就会过得支离破碎。

在魔巴和寨老们的祷告声中,肖家亲戚和村寨族人,抬着谷子、米、盐巴、茶叶和礼钱,踏响了肖永华家的木楼。血缘越近带来的谷子越多,送的礼钱也越重：有10斤的、20斤的、100斤的，有10元的、20元的、50元的、100元的。无论送的是多还是少，肖永华的母亲都一边接下，一边以一串芭蕉、一块白布、一对蜡烛作为答谢。渐渐地，装满谷子、米的囤箩和编织口袋摆满了火塘边的墙脚，与房梁间金灿灿的苞谷、火塘间跳动的火焰相映成辉。一场等待已久的婚礼终于可以拉开帷幕。

六

婚礼那天，肖永华脱去厚重的夹层外衣，桃红色马夹下面穿了一件白色的短袖T恤，母亲也穿上红色金绒的对襟上衣。沸腾的人群中，两件红色衣装像两束耀眼的星光，照耀着昏暗、狭小的木楼。

那两头由肖永华母亲精心喂养的新品种猪已经杀倒，烧好，洗净。其中的半头猪和两箱酒、三条烟，连同糖果、茶叶、盐巴一起，被迎亲的队伍抬着，按照达旺预定的迎新路线，绕行至寨脚，又曲折蜿蜒通向新娘坡头上的家，像一条盘绕村落起舞的飘带。

肖永华家的木楼前，那头经过千挑万选的怀孕母猪已经被按倒在地上，血正顺着魔巴的刀尖奔涌而出。血是如此的鲜艳，将蓝色的塑料盆、银色的刀刃和灰暗的地面染成了血红，一个灿烂的前程似乎就在眼前。

魔巴的刀尖落在了母猪下垂的腹部，一直向下，如同拉开一道机械的链锁。胎囊一个连接着一个，抬在魔巴的手中竟是长长的一串，白嫩得连半点血腥都未曾沾染。魔巴选中了一个，用刀尖挑破胎囊，切断脐带，一团小猪模样的胎囊便安静地躺在掌心。胎囊已经有了完整的手脚、白亮的蹄子，耳朵和尾巴不明事理地耷拉着，眼睛闭成一条优美的弧线，鼻子和嘴努力向前伸展着，一副沉睡千年的模样，粉红透明的皮肉在阳光下嫩得耀眼。这是灶神最欢喜的模样。魔巴双手捧着这个被灶神选定的沉睡的胎囊登上了木楼。

此时，整栋木楼已是人声鼎沸，洗菜煮饭的，杀鸡切肉的，煮茶凑火的，喝酒聊天的，挤得满一屋。魔巴穿过人群，向火塘走去。火塘里火苗正摇曳着,铁三角上炖着一口大锅,锅里的米和肉沸腾着。魔巴在火塘边停了下来,蹲下身子,扒开热烈的炭火,将透着粉红的胎囊放了下去。

魔巴回到竹笆前,仔细数了一下一字摆开的胎囊。总共是五个,是神灵喜欢的单数;每个胎囊都是那样的鲜嫩饱满,也都是家魂、家祖喜欢的模样。一切都是那样的完美!魔巴摆好供桌,点燃了蜡烛,用抑扬顿挫的祷告将这喜讯报告了家祖。木梯上的脚步声,地板在脚下发出的吱吱声,锅碗瓢盆的碰撞声和人的欢笑声,绘就了家祖满心欢喜的现实图景。

家魂已经迫不及待。魔巴再次在供桌上铺上一块白布,摆上一杯浓茶、一杯清水,点燃蜡烛,抬着走下楼脚。

七

肖永华婚礼一步一步进行的时候,正是村委会接到拆除旧房命令、全面掀起新村建设风暴的前夜。无论是破旧的草房,还是新盖的木楼,所有的干栏式建筑必须在半个月内全部拆除,统一设计、统一规划、统一施工、统一盖成红瓦白墙砖混落地房。

这样的砖混建筑村民在公路沿线的一些移民新村见过:远远望去红灿灿的一片,像是山坡开出的一片桃花,河谷系上的一条红色绸带。但没有人梦想过住进这样的房子,他们习惯了跟山一样颜色的村落,住惯了干栏式木楼,习惯了围着火塘煮茶、吃饭、聊天、睡觉。老人们说,木楼多好,第一层可以堆柴火、放碾米机、放巡耕机、停摩托、堆放各种各样的杂物,可以养牛、养猪、养鸡、养狗;第二层住人的地方有永不熄灭的火塘,热热乎乎的梁柱,暖洋洋的地板,再长的雨季也是干干爽爽的,再冷的冬天也是暖暖和和的。在火塘上面的横梁上铺一层木板、竹笆,可以放背箩、簸箕、篾笆、晒干的辣椒、干笋一类杂七杂八的东西;苞谷进家的时节,可以一包一包拴起挂在四周的横梁上,满眼都是丰收暖人的景象。这是传承了数百年的生活,每一种

第一章　芒公村落纪事

改变都会引发他们强烈的不安。

虽然拆房令如急雨一阵接一阵地下着，族人们该嫁娶的仍旧嫁娶，该起房的仍旧起房，该杀猪叫魂的仍旧杀猪叫魂，该走村串戚的仍旧走村串戚，将日子过得仍旧和往常一样，没有人相信，一个全新的时代和一种全新的生活会如此迅速地到来。

永莱村的坡度太大，因有着山体滑坡危险的传闻和极度贫困的现实，而成为芒公村委会所辖六个村落中，唯一新村建设风暴未能抵达的地方。就是到了后来，芒公、贺帕两个村和距离村委会最远的芒旧、怕塘、怕迫三个村都以疾风骤雨的速度拆除了旧房，全面展开新农村建设的时候，永莱人仍旧安然地过着自己的日子。房子虽然破旧，出行虽然不便，还面临着山体滑坡的危险，但长年固守的生活让他们感觉到安稳。

这并不能阻挡正在全速推进的新农村建设浪潮不断引发族人内心的波浪。

如果不涉及数万元的巨额贷款，肖永华倒是希望新村建设的风暴能够光顾自家的村寨。肖永华一生都在梦想着摆脱这栋破旧的草楼，结婚之后更是如此。于是，新村的画卷被永莱人在火塘边一次又一次地描绘、展开，又被一次又一次地品评、收藏。许多村民认为，只要不异地搬迁，就在永莱原址上建盖红瓦白墙砖混落地房的新村也是一件美妙的事。如果地皮不够宽敞，就像芒公村一样，在寨脚的空地上劈出一块地基建盖新村。但山体滑坡的隐患，整村异地搬迁仍旧是永莱人实现新村梦的唯一选择。

那些被政府新村意志动摇的村民，开始将目光停在了永莱山脚的集体林地上。但这是住过几代人的村寨啊，水源是如此的丰沛，森林是如此的茂盛。神林里面、寨桩跟前，我们祭祀过多少头牛、镖倒过多少头猪；每家神龛前，我们看过多少次鸡卦、供过多少个鸡头；每家房柱前，我们滴过多少头猪的血、多少只鸡的血，祭过多少次家魂，叫过多少次人魂；有多少先祖的阴魂还睡在西面的山坡下，村寨的每一栋房子、每一块石头、每一条道路、每一棵树，甚至连寨子里的风、天空中的云，都带上了寨魂、家魂和人魂的气息。

活人可以活在生魂的世界，但山神、寨魂、家魂、先祖的魂灵也能够随着活人的生魂漂泊吗？何况，除了木楼、猪圈、牛圈和打下的水泥地坪，还有寨脚地里生长的红薯、辣椒、白菜、辣蒜、芫荽、芭蕉又如何搬得走？每块地的栅栏上可是一年四季爬满着各式的瓜果和蔬菜啊！

永莱山脚的集体林地开始传来了推土机的轰鸣声，曾经的绿地被推成一台一台黄土的地基，这是新村风暴给予永莱的最后机会。肖永华和两名组干部的名字悄然进入了搬迁户的名册，许多人家开始举棋不定，甚至于那些最坚定的族长。老组长和当寨主的侄子结成捍卫老寨的坚定同盟，他们希望永莱人能够和他们一起守着先祖创下的老寨、神林和旧式的生活。

对于全新生活的向往不断瓦解着老组长和寨主的阵营。搬迁户名册上永莱人的名字一日比一日增多了起来。先是由之前的几户增加到十几户，再由十几户增加到二十几户。与村支书的一次彻夜畅谈之后，寨主背弃了与舅舅结下的同盟，加入了搬迁户名册，搬迁户名册也由之前的二十几户骤增到 35 户。老组长与当寨主的侄子率领的新旧阵营就这样被定格，村落的分裂似乎变得无可挽回。

八

春节是佤族最重要的节日，接着便是备耕、春耕、播新种，一年劳作的开始。开年门是开启通向新年的年关，从祭山神、祭寨魂、祭先祖，到送旧鬼、取新火、杀年猪、吃年饭，再到诵经打歌开年门、迎新春，每一次仪式、每一个环节、每一次祷告都关系着来年粮食的丰产、家畜的兴旺、族人的平安、村落的祥和。无论时事怎样冲淡着族人对神魂世界的敬畏，仍没有人敢于冒犯这些神圣的礼仪。

每逢春节前的一个多月间，开年门、春节祭祖等活动便接踵而至。再穷贫的村寨也是酒香、肉香，再偏僻的村落也是欢歌达旦。走亲串戚的村民像赶山街一样，出了东村又进到西寨，只要有亲戚的地方，都有他们拜年的芭蕉、糯米粑粑。如果是娘家和舅舅家,还会外加几斤猪肉、一套新衣、几包糖果。古往今来,对于佤族而言,村寨与村寨之间、亲戚与亲戚之间,这些走动和礼节如同祭魂拜祖一样重要。

但自2011年的新村建设风暴之后,永莱老寨每年春节都没有比平日更喜庆,反而显得有些荒凉。整面山坡上冷冷落落散落着11户人家。搬去新村的35户人家留下的一座一座地基散落在空地上,被丢弃的草片、木桩受着风雨的浸湿,变成一节一节暗黑的颜色,打了水泥的地坪也长上了青苔。房子的柱洞留了些雨水或杂草,有的已经长出鲜嫩的颜色,瘦弱弱、孤零零的,东一棵、西一苗。种着的小树,枯萎的枝叶,顶着满头的杂草和塑料垃圾袋在风里摇来荡去。已经接近开年门,寨桩仍旧没有涂上新的白色,木依吉神的嘴巴、眉眼的涂料已经被风雨侵蚀,在陈旧的寨桩上拉出狰狞的嘴角和黑色的泪线,地面上的杂草仍旧荒芜着。

自2012年,35户人家陆续搬到政府建盖的永莱新村之后,永莱老寨选出了新的寨主和寨老。老组长,永莱世袭寨主的亲舅舅,曾经肖永华婚事的媒人和主婚人,成了永莱老寨新的寨主,11户人家的户主成了新的族长。从与新寨决裂的那天起,他们必须学会管理自己,从逢年过节的村落公祭到叫魂祭祖的家庭祭祀,从村民的起房建屋到修桥补路、通电接水等公共事务。

寨子可以分裂成不同的村,神林可以重选定,山神、寨魂、家魂可以慢慢培育,先祖的魂灵也可以慢慢安抚。但是,亲情、血缘又该如何阻断?经历过人世数轮风暴、曾经身居要职的老组长感觉到从未有过的迷茫:世袭寨主是他亲亲的侄子,他是寨主亲亲的舅舅,按照礼俗,这是比娘亲还要重的亲情!搬迁新寨的35户人家,与旧寨11户人家都是打断了骨头连着筋的亲人啊!

老寨人的心开始出现了动摇,开始是年轻人,然后是寨老。在永莱新村,除了一排排整齐划一的红瓦白墙砖混结构的新民居外,还建盖了厕所,铺上了水泥硬板路,建起了打歌场,日子过得热热闹闹、红红火火。抑制不住对新村生活向往的老组长,带着老寨的族长们来到村委会,向支书陈昆提出搬迁新寨的请求。

　　当我再次重返芒公的时候,老组长已经带着老寨的 11 户人家搬到了新寨,与分离多年的亲戚和族人团聚。

2015 年 6 月 21 日完稿

2016 年 3 月 26 日定稿

第二章　拱弄村落纪事

贺帕寨桩

支书的家事

一

李贵东以高票当选拱弄村支书,这是2013年5月的事情。似乎这也是他人生的分水岭。之前的人生,可谓是曲折跌宕;之后的人生,却是顺风顺水,一路扬帆。每逢酒至半酣,那些陈年往事就会扑面而来。特别是那次突如其来的转折,在李贵东眼里,更是充满着梦幻般的传奇。

"那是2012年的春节,我和媳妇大吵一顿之后,媳妇就跑了,到处问也问不着。我想,我俩的婚姻这次可能是真的走到了尽头。"每次说到这里,李贵东都会收回游走于酒杯中的眼神,深深地望我一眼后说:"袁姐,你永远不会知道,结婚11年还没有娃娃的滋味。虽然是副支书,人家表面尊敬你,但婚丧嫁娶这样的大事,你连正席都坐不上去。"紧接着,他便滔滔不绝地讲起往事。

二

恋爱时节,李贵东魂牵梦萦的并非妻子叶惹,而是远嫁山东的依门。李贵东说,那时的自己,刚刚初中毕业,已经做着用拖拉机贩运日用品的生意,而且不喝酒,不抽烟,一表人才。每天晚上,太阳刚刚落山,李贵东就换上干净的衣服,用瓶子灌满酒,朝着依门家的木楼走去。如果道路泥泞,他就用塑料袋将皮鞋包起,穿上长筒雨鞋,到了依门家的木楼前再换上。

每次李贵东踏进依门家的木楼时,依门的阿妈都要说:"依门亲亲的姑妈嫁了你亲亲的大伯,算是亲亲的一家人。哪祖哪辈听说过,一家人串一家人的道理？蜜蜂采花为的是蜜，你何必只是盯着一朵鲜花呢？阿妈劝你换一片山坡，换一个枝头，莫要浪费了你的烟，莫要浪费了你的酒。"

李贵东再去的时候，阿妈的话语就不再这样温柔了。骂着鸡、骂着狗的时候，就会将火塘边的柴火朝着他的脚面丢来。但是，李贵东仍旧不肯放手，天一黑就潜伏在依门家的木楼旁，直到他的阿妈用刀逼在他的腰间，要他发誓再也不去串依门，直到依门嫁了同村的男人。

那时的他，一想到依门就万箭穿心，就是一心窝子的血。所以，当依门的男人突然间抱病身亡，李贵东又重新踏上了依门家的木楼。哪怕那时的她，已经是一个两岁儿子的妈妈；哪怕他的阿妈再次用刀逼在他的腰间，也依然不管不顾。"也是因为太爱我，她后来远嫁山东，从此杳无音信。"每次说到这里，李贵东都会将杯里的酒一饮而尽。

三

李贵东让媒人提着酒、提着烟踏上叶惹家的木楼，不是因为她的长相，而是因为她的善良、她的勤劳和她的沉默。就是在结婚以后，以及李贵东借酒消愁的漫长岁月，叶惹一个人养猪、种地、摘茶、揉茶、收茶，独自支撑着家里创办的茶叶初制加工厂，然后把所得的收入全部交由他支配。但是，这有什么用呢？众目睽睽下，李贵东仍旧是无儿无女、上不了大雅之堂的残缺男人。自己的女人越是贤能，他内心的火气就越是热烈。李贵东常常借着酒气，摔盆砸碗，日子过得一片狼藉。

祭祖的鸡卦说，俩人的肉身虽然贴得很近，但魂灵却各自向着一方。李贵东按照魔巴和老人的指引，用白毛鸡的血清扫了庭院，用竹篾编织的咒符挡住恶鬼进出的魂路，提着烟酒重新跪拜了叶惹的舅舅。并像新婚那天一样，沿着达旺指定的迎亲路线，将叶惹重新迎进家门，跪拜在家祖、家魂的神龛前，让主婚人重新将俩人的魂线拴在了一起。叶惹的娘家人，则一遍又一遍唱着送别女儿的出嫁歌，剪断了所有连接家祖家魂的魂线，切断了叶惹魂灵重返娘家的所有魂路。

第二章 拱弄村落纪事

时光仍在一年一年地流逝,在对一儿半女的渴望中,李贵东历经了村支书竞选失败的惨痛之后,顺利当选第五村民小组副组长。此时的拱弄村,在县乡两级描绘的脱贫致富蓝图推动下,满山遍野、田边地脚、村头村尾,正涌动着种桃核、种竹子、发展绿色产业的浪潮。一直被村民戏谑为"野鸡"一族的李贵东,终于获得了自我发展的全新机遇。

四

"野鸡"一词源于村落纷繁复杂的祭祀。李贵东说,拱弄村没有圈养家禽的习惯,山林旷野觅食的家鸡时常会获得与野鸡交配的机会,孵出的鸡仔虽然与纯种家鸡同生同长,但体格、习性和肉质却有所不同。因为神灵只接受纯种家鸡的献祭,祭神祭祖叫魂时,都会被仔细地分辨出来,疑似"野鸡"一族大多只能作为世俗尘凡的肉食。村民将"野鸡"作为李贵东这支李氏家族的代称,则源自李贵东父亲的汉人血统。虽然早在李贵东七岁那年,父亲就因病去世,但关于父亲的故事,李贵东却总能够口若悬河。

1957年,初中毕业的父亲作为支援边疆建设中的一员,离开临沧圈内老家,随着支持阿佤山区建设的滚滚洪流抵达了沧源,并被分配到与永安、公撒、班列、英格、单宽交界的拱弄村粮食收购站,开始了自己的职业生涯。那时的父亲,年仅16岁,是唯一入驻拱弄片区的汉人。

虽然现在,李贵东已无法知道父亲进驻拱弄长达30年的心路历程。但是,拱弄片区这个唯一的汉人,却在22岁那年娶了拱弄村落的佤族女人为妻,生育了包括李贵东在内的七个儿子,让他这支归属为汉人家族的李姓血脉植入了拱弄这个清一色的佤族村落。在这个清一色的佤族村落,李贵东和他的六个哥哥一样,长着与村落佤族人一样的古铜色皮肤,讲着标准流利的佤语方言,玩着同样的游戏,为捍卫同村人的利益打架斗殴。

但是,自他们的佤族阿妈随着父亲转为非农业人口之后,他们一家还是失去了最后一亩茶园和最后一亩耕地,正式沦落为同生同长却不同根同源的"野鸡"一族。2004年第二届村委会换届时，年仅26岁的李贵东以为数不多的初中生资历参与竞选时，再次引发了"家鸡"与"野鸡"的争执。时任支书的亲舅舅甚至当着众人的面，用"'家鸡'都不叫，'野鸡'乱叫个什么？"来斥责他。

而这次，作为五组副组长的李贵东，终于得以借助席卷村落的绿色产业风暴异军突起。并在时隔六年之后，也就是2010年第四届村委会换届前，被乡党委委以副支书的重任。

五

日子似乎可以这样过下去，但李贵东偏就不满足。出人头地的梦想成真并没有丝毫缓解他内心的痛疼，相反，结婚十年之久没能生育一儿一女的事实，变成一把越来越锋利的尖刀，插在他的心口子上，轻轻触碰，就满心是血。特别是在婚礼、进新房、叫谷魂等重大活动此起彼伏的时节，更是如此。

"的确，按照风俗，结婚几年无子，便可以协议离婚，另找所爱。但是，我不甘心啊，袁姐！你的妹子那么好，无论是对老人还是对我。但是，她越是对我好，我就越是恨她。我宁愿她拿刀割我的心，也不想让人家在背后戳我的脊梁骨。没有一儿半女，哪怕你活得再老，都不能被人叫作'保'，都不会被人尊敬。"在流言引发的风暴中，李贵东常常借着酒性，将结婚十年无子的郁闷一股脑向着妻子宣泄。

满屋的狼藉，满屋的凄凉。这个沉默如山、善良如水的女人始终一言不发，只身回了娘家。当娘家人要按照风俗，将李贵东家的拖拉机、家具、家电，还有猪和鸡强行拖走作为赔偿的时候，这个沉默如山、善良如水的女人却说："我的魂线还拴在他的手腕上，他家先祖、家魂的神龛前还印满着我的脚印。只有等到别的女人怀上他的孩子的那一天，才是我彻底切断我俩姻缘线的日子。"

此时的李贵东，守着空荡荡的房子，回味着魔巴最后一次看鸡腿骨卦时的细节："不管是绕着山还是绕着海，不管是乘着风还是坐着船，你们两个命里终是会有一子。"

院落的门头上，还挂着两人驱逐恶鬼祈求吉祥的神符；房屋的四角，还插着两人祭拜山神的旗幡；先祖的神龛前，还余留着为妻子叫魂的魂线；祭祀家魂的角落，还闪动着两人姻缘线的光亮；寨门口的大榕树下，还存放着两人祭路魂、搭木桥时缔结魂线时的脚印……李贵东放不下这个与他生活了十年的沉默善良的女人，终于还是提着烟、提着酒、提着茶，踩响了叶惹娘家的木楼，他决定踩着满心的疮痍，将这份剪不断、理还乱的姻缘维系下去。

但这次家庭风暴之后，叶惹却没有选择回到娘家去，而是与同村返乡过年的人群一起，汇入去往沿海打工的洪流，这可是一个永不回头的迹象。村落里，有着越来越多的女人踏上了这条充满诱惑的不归路。先是未婚的，后来是已婚的。越来越多的家庭，遭受着分崩离析的打击。

酒后的李贵东终于坐上了去往昆明的班车，踏上了寻妻之路。在昆明一个破败的旅店，李贵东终于看到了魔巴手中鸡腿骨卦显示的吉兆——一个专门治疗不孕不育症的送子鸟医院广告！李贵东立即向着妻子在昆明打工的表姐家奔去，要与妻子一道开始看病求子的征程。

六

魔巴说，把家里的魂路彻底清理一下，至少从祖父那辈开始。李贵东知道，魔巴指的是按照本族的风俗，将去世入土多年祖父、祖母的魂灵接回家。

回想自己越是顽强越是跌宕的经历，李贵东终于参透，按照汉族的风俗，清明到远在200公里外的父亲老家给祖父祖母扫墓，并不能使自己的家庭获得庇护。家祖的灵魂应该供奉在家祖的神龛上，过年过节、婚丧嫁娶、叫魂做赕时接受家人的祭拜，让祖灵伴着一家人生、伴着一家人长，在生命的最后时刻，接着家人的阴魂回归他们的世界。但是，这么多年来，祖父、祖母的魂灵却一直盘旋在父亲老家的坟头，从不知道去往沧源拱弄的路，从不知道父亲这一支儿孙的生与死、苦

我的母语部落

与痛。

从送子鸟医院回来后,李贵东和妻子便和母亲、大哥一起开始了接魂祭祖的筹备:猪至少得准备五头,其中,祭祀山神的那头母猪不用大,但毛色必须纯正黑亮。只有这样,肝的筋路才会白亮通达,胆汁才会饱满透明,脾脏才会平滑顺畅,山神与家魂的路才会相通,家人的魂路才能畅通。祭祀家魂家祖的那头公猪也不用大,但必须品种纯正、毛色黑亮,而且懵懵懂懂情窦未开,才能够获得家魂家祖的垂爱。如果肝胆脾的卦相不好,鸡腿骨卦的路不通畅,必须重新宰杀,直到魂路通畅、神灵欢喜满意为止。用于祭献祖父亡魂的那头,必须是繁育过猪仔的母猪,而且最好是像祖母一样,有着饱胀的乳头,有着成群结队的子孙,而且要足够的肥壮,好让整个家族成员都能够分享它的美味。用于叫人魂、叫家魂、祭火塘神的那头公猪,个头也不用太大,只要肝的筋路白亮、胆汁饱满、脾脏平滑,人魂和家魂就不会颠沛流离,一家人就会和和美美。用于叫谷魂、叫钱魂、叫猪魂、叫牛魂、叫鸡魂的那头母猪,个头也不用大,但必须天庭饱满、毛色光亮,肝的筋路、胆的色泽、脾的滑润,都决定着今后一家子的财源。

鸡至少得准备七只。到神林祭请山神,远赴临沧老家坟前祭献祖父的魂灵,魔巴用鸡腿骨卦隔着时空与祖父的魂灵对话,透过鸡腿骨卦窥视山神、家祖的态度,祭献祖父魂灵的早餐和午餐,都必须杀鸡和占卜问卦。鸡是最接近神灵的动物,无论是山神、家祖和家魂,还是恶死、凶死的鬼魂,都会依托鸡的头骨、腿骨向族人传达泄露神灵世界的信息,这些信息比猪的肝、胆、脾脏来得更加准确、更加直接。因此,只有那些出生纯正、毛色鲜亮、风华正茂的公鸡和母鸡,才能够成为通向魂灵世界的使者。

李贵东希望一切都尽可能地尽善尽美,希望神灵和家祖能够看见他的虔诚,将父亲和他这辈字派中的"福"和"贵"蕴含的好运都赐予他和他的家人。

七

距离爷爷的忌日还有近半年,种下的苞谷已经结籽,院落的鸡猪已经成群,一个欣欣向荣的崭新未来似乎就在眼前。

在一个月明星稀的夜晚,妻子叶惹悄悄告诉李贵东,自己已身怀两个多月身孕!李贵东仰望着星空,在星光与星光的交汇中,果然看到,曾经紧紧拽在魔巴手里10多年的鸡腿骨卦终于骨门洞开!这个一直将骄傲印满胸膛的男人,哭声像一阵阵空雷,眼泪像疯狂的雨滴,将压抑心底十余年的晦气冲刷殆尽。

2012年,李贵东迎来了生命中最为繁盛的一年:这一年,采收的春茶、夏茶一袋一袋堆满了墙脚,母猪、公猪、大猪、小猪关满了圈舍,大鸡、小鸡蹲满了墙头,葫芦、面瓜、洋瓜、黄瓜爬满藤架,金灿灿的苞谷挂满了房梁。为祖父叫魂祭祖时,杀给山神和家祖、人魂和家魂、谷魂和钱魂的公猪、母猪、大猪、小猪,肝的筋络都是那样的通达白亮,胆汁都是那样的饱满透明,脾脏都是那样的平滑顺畅;每次插在鸡腿骨上的竹签都是那样的挺拔稳健,骨洞是那样的通透明亮,从神灵世界传递的信息是那样的喜人。

第二年开春时节,洞开的骨门就结出了累累的成果:这一年2月,历经12年的煎熬,李贵东的妻子叶惹终于在县医院顺利产下一子,从了父系孙辈的"如"字辈,取名为"如宝";5月,历经九年的拼搏等待,35岁的李贵东终于以800多的高票当选拱弄村委会支书!

无后的屈辱、"野鸡"与"家鸡"的纷争终于尘埃落定,李贵东终于可以扬起生命的风帆,向着梦想的彼岸前行。

八

2015年金秋,我作为单位挂钩帮扶工作队员抵达拱弄村委会开始为期一年的驻村工作时,新一轮农村危旧房改造正自上而下而来。

拱弄村依山而起的240多栋干栏式木楼,重重叠叠,从山脚延伸至坡顶，再从坡顶蜿蜒至山的另一脊。每栋木楼都顶着孔明帽式的石棉瓦顶，经历十年、数十年的岁月风尘，和周边的近林远山、古树苍天、黑土白云浑然一体，让原本荒凉的山坡、散淡的流云、幽暗的丛林沉寂为一片人间凡尘的厚土。加之山脚那个有着神奇传说"龙溏"的托举映衬，以及朝暮云雾的缭绕，更是平添了几分世外之境的迷幻。

这是自先祖创寨以来村落的生存样式，是俗世与神界达成的人魂共居的礼俗世界。每一条村落道路，每一座居民院落，每一栋流动着亚热带风情因子的木楼，都暗含着人魂之间隐秘的情感和礼俗秩序：村头最茂密、最幽深的那一片森林是山神、木依吉神栖息的圣地，村脚一直向西的那一片丛林是善终者的亡灵之地。再一路向西，是被恶鬼追命凶死的亡魂的居所。公路旁先祖创寨时种下的那棵榕树是村内村外隐秘的疆界，环绕"龙溏"沿坡而上的人家都是创寨最早的家族，离寨心越远，离村落的核心越远。

人魂和家魂、祖魂和灶魂、粮魂和谷魂、牛魂和猪魂，这些与人世间最为紧密的魂灵，都以最高的祭典供奉在各家的神龛上。木楼的每一根梁柱、每一块楼板、每一道回廊、每一个阁楼、每一块人魂共居的区域，都饱含着部族人最为隐秘的情感法则和最为严密的礼俗秩序。

自20世纪80年代以来，越来越多的村落族人走出山寨，或是远嫁山东、湖南、四川、安徽，或是远赴天津、杭州、广东、深圳沿海一带打工，将挣来的钱换成电视机、摩托车、拖拉机、微型车，开起了小卖部、组建了电声歌舞乐队、跑起了运输，甚至将孩子送到遥远的省城读书，但毁掉粗石木栏的院墙、拆掉榫卯结构的干栏式木楼，盖成汉族的砖混落地瓦房的人家并不多见。

现在，以"农村危旧房改造"为重点的新一轮新农村建设中，拱弄村304户人家（含拱弄村所辖单宽村的63户）的干栏式木楼被列入了拆除重建的名册，并要求自2016年起，以每年不低于100户的速度全面展开。村落创建以来，最为激烈的村落变革自此拉开了序幕。

村委会变成了一个繁茂的市场：挂钩帮扶单位和乡政府派驻的工作队员住满了村委会和学校的空房，操着不同方言的建筑包工头来了又去、去了又来，施工队已经推平了一片山坡。被推倒茶树、核桃树、占了土地的村民，以及被动员参与第一批搬迁、重建的户主，刚从村委会会议室出来，又围满了支书的办公室。支书李贵东也几乎吃住在村委会，忙得手机不敢离手。

村落240多栋榫卯结构的干栏式木楼依旧沿坡而上，因为冬春的萧条显得有些苍茫。村民们一边议论着旧房被要求拆除的理由——"C级不防震危房"，一边打量着用榫卯转承连接起来的门柱、房梁、屋架，用刀斧劈出的横木板材，用电锯平整出的地板。最老的梁柱和干栏式木楼已经承载过两代人的历史，经历过不止一次地震的冲击。但四万元无偿补助的建房资金使议论仅仅停留在口头上，他们想得更多的是，如何让旧房与新房同存共生，以便让新旧两种生活模式得以并肩同行。

作为村委会支书的李贵东并未加入首批拆房重建的行列。在他和家人眼中，2016年是他生命中又一个关键之年：新一届村委会换届在即，儿子正拔节成长，一个全新的村落即将破土重生。他要恪守对家祖的承诺，在祖母忌日这天，从祖父魂灵经过的路上，在父亲垒下的院墙、立下的房柱前，将祖母的魂灵从临沧老家的坟前接回拱弄，供奉在家祖的神龛上。

虽然说，拱弄新村和新民居房还仅仅停留在规划图和彩色打印纸上，但可以预见，一个全新的拱弄和一种全新的生活即将到来。包括李贵东在内的所有村落族人，都不想在这样浴火重生的时刻，让未来的生活增加更多的不确定性。他和每一户即将拆除旧房的族人一样，希望畅畅顺顺地迎接全新的生活。

九

这是一场比婚礼礼俗秩序更加严密、财物消耗更加巨大、耗时长达三天之久的祭祀。每一件祭品、每一个细微的礼俗程序都是对传统的继承。

显然，支书一家对这次叫魂祭祖做了充分的准备：祭献祖母亡魂的

我的母语部落

大母猪比三年前祭献爷爷的那头更加肥胖，胸前双排扣般的奶子也更加粗壮；祭祀山神、家魂的黑毛公猪和黑毛母猪，是同一头母猪头胎产的一对龙凤仔；叫人魂、家魂和谷魂、钱魂的黑毛公猪和黑毛母猪，都是30斤一样的大小；鸡也是经过千挑万选的，无论是祭祀山神用的黑毛母鸡，还是祭献祖母用的红毛公鸡，每一只都是毛色鲜亮、神采飞扬。支书及全家都热切期待着，这些细心、豪迈的投入能够换来猪的肝胆脾卦上平滑畅顺的魂路，以及鸡腿骨卦上敞亮洞开的骨门。

再尊贵的祖灵也是与神林、山神同源共生，再宽阔的魂路也是与供奉山神的祭台相连相生。所有与魂灵世界相关的仪式，都必须从村落背后的那片神林开始；所有的魂路，都必须在供奉山神的祭台前开启。红毛公鸡的血已经滴在供奉神林的祭台前，蜂蜡制作的蜡烛已经在祭台点燃，蜡纸制作的七彩旗幡已经插满古树和祭台的四周，主祭司悠扬的祷告已经在神林间回荡：

> 来自缅甸绍帕的山神，
> 来自永和达懂的山神，
> 我们在拱弄的神林祭祀你们。
> 我们为你们献上了长着七彩羽毛的公鸡，
> 为你们插上了七彩颜色的旗幡，
> 请你们领着我们从先祖来时的路上来，
> 请你们领着我们沿着先祖回去的路回去。
> 村落周边的山坡已经种上了新的作物，
> 进村的道路已经铺上了水泥变得平平滑滑。
> 我们仍旧按先祖的礼仪迎接你，
> 仍旧按先祖留下的礼节供奉你。
> 请你们领着我们从先祖来时的路上来，
> 请你们领着我们沿着先祖回去的路回去。
> ……

一条宽阔的魂路从供奉着山神的祭台前徐徐展开，人们似乎看见了支书李贵东向他们所描述的那个崭新的拱弄、崭新的未来。

第二章　拱弄村落纪事

十

迎接祖魂的微型车已经停靠在大路边，由支书的四哥率领的接魂队伍已经整装待发。

这将是一次艰难的行程。因为县际二级公路的修建，让原本往返300多公里的路程又平添了近100公里。但无论路途多么遥远、道路如何艰难，只有等第一头黑毛母猪的血续接起山神敞开的魂路，猪的肝胆脾卦显示山神敞开的魂路与家祖的魂路实现完美会合，鸡腿骨卦显示通往神林、村落、家门的魂路已经敞开，接魂队伍才能够出发。因此，直到大魔巴结束最后一轮祷告，将祭献祖母坟前的祭品一一放入魔巴助理和支书四哥的挎包，支书一家的心才算安稳了下来。

开局是如此顺畅，猪肝胆脾卦和鸡腿骨卦传递的喜讯，经过族长们一一确认，向着整个家族扩散：祖母亡灵早就想踏上这条南归的魂路，和祖父、父亲的亡灵一起供奉在拱弄家祖的神龛上！这也意味着，通向未来美好生活的路将畅通无阻。迎接祖魂微型车的身影消失在村前的密林中时，族长们甚至看见支书祖母的亡灵正沿着猪肝上白亮、通达、润滑的筋络，越过高山、河流、密林的阻隔，向着村落，一路向南。

　　祖灵啊，
　　我们要让您回家的路，
　　像肝的筋络一样通达；
　　要让您回家的心情，
　　像胆汁一样饱满，
　　像脾脏一样润滑。
　　村口门前的道路早已经清扫干净，
　　院落门前的沟渠早已经畅通，
　　院落、木楼的魂线早已经展开。
　　请你顺着肝的路线走，
　　请你跟着我的声音来。

我的母语部落

……

火塘边,支书儿子如宝在妈妈叶惹的带领下,跪拜在支书跟前。橘红色的烛光映照着大魔巴黑暗的脸,悠扬的祈祷仍在木楼中弥漫:

我们要把家族的魂路理清,
要把家祖的牌位理顺;
要让家族的魂谱一代一代流传,
要让回家的祖灵顺顺畅畅
踏着家族的魂谱回家。

……

这是祖灵抵达前一项神圣的仪式。大魔巴正以神圣、专业的姿态,按照从小到大、从底到高的礼俗秩序,为回归的祖灵清理着魂路:先是如宝在妈妈的带领下跪拜支书,接着是支书领着儿子如宝和妻子叶惹跪拜没有分家的大哥,然后由大哥带领支书一家跪拜母亲,最后是全家在母亲的带领下跪拜家祖。

家族的魂路已经理清,家魂的棉线已经拴好,祭献亡灵的红毛公鸡已经煮好,家祖神龛前,供奉祖母亡灵的祭品已经铺展开来:从衣服、裙子、被子、床单、挎包、头巾、凳子、箧盒、茶杯、碗筷等生活用品,到背箩、镰刀、锄头等生产工具,从烟锅、茶叶、草烟等传统消费品,到啤酒、白酒、饮料、饼干等现代消费品。寨老们以他们所能预见的欢喜,去取悦这位未曾谋面的先祖的亡灵。

木楼外,引导祖母亡灵进家的祷告开始响起,大魔巴立即将连接家祖的魂线向着房门的木梯展开:

回来,回来,
听着先祖的呼唤,
踏着先祖的脚印,
回来……
我们用最漂亮的红毛公鸡祭献你,
用最鲜美的猪脖子肉供奉你,
用白色棉线搭起的魂路迎接你。

请你洗尽一路的风尘，
坐到供桌上，
让我们为你唱起美丽动人的招魂曲。
……

十一

虽然春茶已经开始采摘，甘蔗也正值砍割入榨的繁忙季节，村委会拆房重建动员会不断从村开到组、从组动员到户，支书家院落、木楼仍挤满了往来的族人，族人们一边议论着即将启动的新村建设，一边等待着接魂队伍的归来。

随着接魂队伍而至的还有支书80岁高龄的大伯、大妈和堂哥、堂嫂，叫魂祭祖仪式将失联多年的他们重新联系在了一起。支书的大伯回顾着弟弟16岁时进佤山、进拱弄时的情景，使那些尘封的往事得以隔着半个多世纪的时空获得短暂的对望，已经渐行渐远的父系家族的魂灵开始在木楼间穿行游荡。

祭献祖母亡灵的公鸡、母鸡已经先后供奉在神龛前，祭献家祖、家魂的小伢猪已经杀倒在支书父亲栽下的房柱前，寨老们悠扬的祈祷在木楼间绵延起伏。

太阳已经当顶，祖母的亡灵安坐在神龛前的祭台上，看着汹涌的人潮。支书家的七个弟兄，以及由七个弟兄衍生的繁茂支系，抬着烟、抬着酒、抬着糖、抬着茶，不断涌进木楼。神龛前的祭祀篾桌上，儿孙们送的魂钱已堆得小山一样地高，送的米、茶、烟叶也装满了墙角的塑料编织袋，袋装的糖、瓶装的酒一排一排放满了祭台前的阁楼。此时的拱弄，已经不是支书父亲16岁时独步南疆的蛮荒之地，而是一个蓬勃发展的现代新村。

祭献祖母亡灵的大母猪已经杀倒在西边的坟场，用喷涌而出的鲜血、烟火缭绕的毛香，扣开了祖母亡灵进入阴魂世界的大门。后生们按照上一辈传承的记忆，将近200多斤重的大母猪分割成块，一起放入木

我的母语部落

楼火塘上的大锅烹煮。

太阳已经西下，火塘上肉香正在弥漫，给祖母亡魂献食的时辰到了，前来为祖母亡魂献食的孙儿从神龛一直跪拜到门口。大魔巴试图通过自己的祷告，让祖母亡魂看见，儿子播下的种子已经在异地结出繁茂的果实。

祖母啊，
我们带着最纯的美酒去跪拜我们的大伯，
用最漂亮的红毛公鸡供奉在你的坟头，
用最诚挚的心恭迎你的魂灵回家。
我们将把你供奉在家祖的神龛上，
用最好的美食祭献给你。
请你用你的魂灵看护我们，
让我们种谷会长、种花会开，
养猪成双、养鸡成群，
家里像鹦鹉一样热闹，
儿女像麻雀一样欢快。
……

在大魔巴悠扬的祈祷声中，宰旺用刀从猪肉各部位切下小块的肉放在旁边的篾碗里。在母亲带领下，支书兄弟七人和族亲，按照从老到幼、从至亲到外戚的礼俗秩序，依次给祖母亡魂献食。

这是一个温暖的场景：温馨的烛光下，魔巴悠扬的祈祷将失散多年的亲情紧密连接在了一起。晚饭后，祖母的亡灵将带着这份温暖的记忆，在寨老们的护送下去往西边的坟场，在先祖魂灵建构的世界获得一块安身立命之地。

一切都是那样的完美，祖母的亡灵已经供奉在家祖的神龛上，家族的魂线已经拴在了每个家庭成员的手腕上，祭祀人魂、家魂和谷魂、钱魂的猪肝胆脾卦也全都是那样的白亮、透明、圆润、平滑，祖母的亡灵也要重新踏上回家的路。

供奉在祖母灵前的七彩衣服、裙子、挎包，麻线编织的被子、床单，手工编织的背篓、篾凳、篾桌，与长着双排扣般粗壮奶子的祭祀母猪的肚腩肉一起，被一一打包，装上了停靠在路边的微型车。大魔巴的诵经声再次响起：

  我们已经搓好了棉线，
  已经点燃了蜡烛。
  戴上你的头巾，
  穿好你的衣裙；
  背上你的背篓，
  抬上你的篾凳；
  带上你的镰刀，
  扛起你的锄头。
  沿着来时的大路去，
  沿着来时的河边走；
  回到你住的地方，
  回到你来时的世界。
  ……

十二

又有一片山头被推成了平地，一个崭新的村落就要破土重生。告慰家魂、家祖的叫魂祭祖开始在村落各个角落密集上演，魔巴的祷告终日在村落上空飘荡：

  山神啊，寨神！
  家魂啊，人魂！
  请你们不要惊慌，
  请你们不要害怕！
  请你们不要丢失了自己的魂线，
  请你们不要斩断了自己的魂路。
  我们要沿着先祖来时的路来，

我的母语部落

要跟着先祖的脚步走；
我们不想失落祖先传下的谷种，
不想丢失祖先传下的礼俗。
……

　　在这样与旧生活做别的仪式中，一幢幢砖混结构新民居拔地而起，拱弄村不断褪去旧时的模样，变得日益鲜活明亮起来。

2016 年 4 月 21 日完稿

永莱村妇女服饰

2010年永莱村肖永华婚礼实录

延迟的婚礼

一

甘蔗种植技术辅导员李艾不勒相貌平平,常黑着寡瘦的脸,沉默不语。如果没有今天的相遇,他的故事定会永远沉默在我的视线之外。

已是傍晚,村色暗淡了下来,李晓芬家的小卖部却开始喧闹起来。聊天的,抽烟的,喝酒的,买东西的,挤满了狭窄简陋的空间。李艾不勒就在这时悄然出现。他一口气买了一大瓶散酒、几包香烟、两袋芙蓉糕、几袋瓜子、一块白布,将一个塑料袋塞得满满的。在拱弄村,这样的购买情形,要么是自家办事叫魂,要么是亲友家叫魂做贱。别人问时他却说,要为"回门"的媳妇叫魂拴魂线。

因为甘蔗种植技术辅导员的特殊身份,我与李艾不勒在村委会有过多次接触,知道他不仅已婚多年,且有一个读三年级的女儿。而"回门"是新婚妻子回娘家的一种礼俗。就在这样的不经意间,沉默于李艾不勒黑暗面容下的婚恋故事开始向我徐徐展开。

二

李艾不勒与妻子李安姆块相恋于2004年初,那时的李安姆块正处于丧母的悲痛中。母亲去世后,19岁的李安姆块成了孤儿(父亲早年去世),按照习俗只能寄居在叔叔婶婶家。

同样的天空,同样的村落,同样的干栏式木楼,同样日夜不熄的火塘,生活的心境却再也不同以往。都是19岁的大姑娘了,完全可以独自承担得起生活的责任,但村落的习俗却让她别无选择。未出嫁一日,这样的寄居生活就得继续一日，这是谁也奈何不得的。

李艾不勒的出现，为她早日结束这样的寄居生活带来了希望。何况，李艾不勒的条件并不差，除了俊朗的外表、稳沉的性格、扎实的作风外，还有一个闪亮的初中毕业学历。虽然同村不同组，但彼此知根知底，嫁给他无疑是一个不错的选择。而在李艾不勒的眼里，李安姆块不仅长相不错、性格内敛、劳动扎实，小学六年的教育经历，也让两人的交流更加舒心顺畅。

然而，当两人的爱情以一日千里的速度发展时，"同姓不婚"的习俗却成为两人难以逾越的鸿沟。更为要命的是，两人的"李"姓还是出自同门家族！同姓如兄妹，同门如手足。虽然上古时代有着兄妹成婚的传说，但是兄妹成婚必遭天谴是被祖辈验证和世代传承的共同经验。虽然斗转星移，时代变迁，许多习俗开始变通，但在族人的意念中，同门手足结婚，会给整个拱弄村和李氏家族带来无尽的灾难。如果木已成舟、定要结为夫妻，则必须经过繁杂的宗教洗礼，获得神灵的豁免之后，才能够按照村落婚嫁礼俗，叫魂祭祖，理清魂路，结为夫妻。

但当时的李艾不勒刚年过二十，且接受过完整的初中教育，并不相信同门通婚会遭天谴的说法。贫困的家庭现实，也让他对烦琐费时且消耗巨大财力的宗教仪式和婚嫁习俗产生巨大的抵触。他只是一门心思想着，在次年李安姆块母亲忌年来临之前与李安姆块成婚，早日结束她寄人篱下的生活。

三

2004年10月的一个晚上，李艾不勒决定在舅舅的带领下，前往李安姆块叔婶家登门提亲（佤族叫作送小酒）。当他和舅舅将提来的烟、酒、茶和一对蜡烛、一块生白布一起，摆放在李安姆块叔婶的篾桌上时，却被李安姆块的叔婶以"同姓不进同姓门，同门女不嫁同门郎"为由拒绝。这意味着，李艾不勒和李安姆块通向婚姻殿堂的大门已经被关闭。

作为家里的长子，李艾不勒不能像许多年轻人一样，约着心爱的人负气出走，汇入外出打工的洪流。作为一名村落族人，他知道，就算来日回村时已是木已成舟，那道横在两人之间的鸿沟依旧存在，那些烦琐的宗教礼仪依旧横在两人的面前。现在的他，不想等待，不想千回百转之后再次回到原点，接受传统礼俗的审判。他要用法律捍卫自己婚姻的自由。

一个星期后，李艾不勒黑着寡瘦的脸，来到李安姆块家的木楼下。他要李安姆块自己做出决断：要么跟他一起去把礼酒提回来，要么从此就分开。李安姆块叔婶对两人婚姻的拒绝，让李安姆块的心情沉入了谷底，她从来没有像今天一样期待着李艾不勒的到来。她知道，同意和李艾不勒一起潜入叔婶家把礼酒提回来，便意味着，与李艾不勒私奔和与叔婶一家的决裂，甚至是对村落传统风俗的公开对抗。但现在的她，是多么想要嫁给这个总是黑着脸的男人啊！最终，李安姆块选择了和李艾不勒一起潜入叔婶家提回了礼酒，到乡政府领了结婚证后，便搬到李艾不勒家成为李艾不勒的妻子和他们家庭中的一员。虽然没有婚礼，没有祝福，但作为一对受过教育、接受过现代文化洗礼的新生代，他们坚信，只要两人相亲相爱、辛勤劳作就一定会过上幸福美满的生活。

四

生活虽然清苦，李艾不勒一家的日子却一直顺风顺水。直到2009年初，二女儿出生后，生活似乎突然间发生了逆转。

先是妻子李安姆块得了肺结核，只短短三个月，人就瘦得皮包骨头，身子重得像背着一个磨盘，走到哪里都是一副沉重的模样。接着是李艾不勒的母亲连着几次生病住院，再接着是小女儿高烧不断。李艾不勒说，小女儿自出生就身体不好，三天两头吃药打针，一家人都已经习以为常，但这次的高烧好像不是烧在皮肉上，而是烧在心肺上。女儿不断抓着心口子，最初两天还会哭个不停，后来就只是涨红着脸，话也不会说了，连哭都不会哭了。

那时的李艾不勒，为了摆脱因病欠下的债务，正跟随着村落外出打工的人潮露宿在山东的建筑工地，起早贪黑挣着每日120元的工钱。当他听到电话里妻子抽泣的声音时，知道小女儿已是危在旦夕。时至今日，李艾不勒仍旧能够清晰记起，他连夜坐火车到达昆明的那天是2011年9月12日上午，正值一年一度的中秋佳节。

李艾不勒在电话里告诉妻子，自己已经买好了晚上的夜班车，第二天早上便可以回到县城、回到家。但从妻子和母亲语无伦次的抽泣声中，他知道，半年未曾谋面的小女儿已经永远离他而去。因为担心月亮照亮魂路，女儿的阴魂不敢踏上归西的路，家里人正赶着在月亮出来前将女儿的阴魂送上山去。

李艾不勒次日回到家时，家里再也没有了小女儿的身影。但是，每当黑夜来临的时候，李艾不勒和妻子总是会听到小女儿的哭泣声，夜深人静时，更是显得清晰真实。李艾不勒的母亲甚至说是在火塘的灶灰里，看到了孙女亡魂归来留下的脚印。

从未尘封的流言通过村落族长层层传递到老人、族长、亲戚和朋友间，李艾不勒和妻子也在遭受天谴的流言中，变得日益不安和焦躁起来。整个家庭如同背负着一块石头，重重的，沉沉的，无法变得轻松起来。此时的李艾不勒才发现，世俗是如此强大，个人是如此渺小，在这个被世俗缠绕的世界，每一种对命运的抗争都是对自己残酷的伤害。夫妻俩决定遵照村落习俗，补杀因违反同姓不婚习俗拖欠了十年之久的那头怀孕母猪，向山神、寨神、村落、族人谢罪，祈求灾难远离村落、远离族人，远离自己、远离家人。

五

2013年5月，李艾不勒和妻子亲自喂养了两年多的那头怀了头胎的黑毛母猪被杀倒在村口的古榕树下，喷洒的热血随着魔巴绵长的咒语沉入厚实的泥土，抵达神灵的栖息之地，清扫着乱世恶魔留下的痕迹，将神灵的庇护注入黑毛母猪的肉身。李艾不勒说，那一天，当他看到魔巴将怀孕母猪的肉供奉在山神、寨神的神龛前，当他和妻子捧着用竹篾串起的肉块送到每家每户、表达着迟来的歉意时，压在心灵的重负突然间了无踪影，生活也重新向他们一家展露出了笑脸。

也就是在这年，李艾不勒将家里的几亩苞谷地深耕后种上了甘蔗，成为全村100多户甘蔗种植户的一员。正当他和妻子盘算着未来几年每年可能拥有的数千元甚至近万元的收入时，李艾不勒以其初中学历的背景，获得了甘蔗种植技术辅导员（简称甘科员）的职位。这一兼职职位，不仅给他每年带来6000元的工资收益，还让他从一个沉默的名不见经传的普通村民跃升为村委会"八大员"之一。这种双向收益，为李艾不勒一家沉闷的生活和贫困的现实注入了活力和希望。在之后短短一年的时间里，李艾不勒母亲的身体也日渐好转，妻子的病也基本痊愈，小女儿去世的伤痛也越去越远，家里的收入也一年比一年多了起来。

是考虑建盖新房和再生一个孩子的时候了。就在李艾不勒一家盘算着开启全新生活的时候，2016年元旦刚过，新一轮新农村危旧房拆除重建便正式拉开序幕。

按照现行安居房标准，拱弄村委会现有351户民居房中，除单宽新寨37户异地搬迁户和十户砖混结构民居房外，其余304户干栏式木楼均一律纳入危旧房拆除重建范围，且必须三年内完成全部拆迁、重建工作。虽然一切似乎来得有些突然，但政府给予的政策优惠却是如此诱人：凡纳入重建的民居，不仅每户均可享受国家四万元的建房补助，在2016年、2017年完成新房建盖的，还分别给予2000元和1000元的奖励性补助。在进行资产评估后，每户建房户还可以申请五万元的政府贴息建房贷款。没有能力建房的五保户、特困户作为政府兜底对象，由政府组织工程队统一规划、统一设计，为每户建盖一栋30平方米、价值四万元的抗震民居房。这是拱弄人之前从未享受过的利好政策，对于急于开启新生活的李艾不勒一家，更是如沐春风！

拱弄村落过于密集且沿坡而建的民居现状，注定了一些人家必须实行异地搬迁，才能够建盖一栋像样的安居房。政府一边做着动员，一边将距离村落不远的茶地推成了一块可以容纳45户人家的平地。这给居住在村落边缘地带、交通不便的李艾不勒家带来了机遇。李艾不勒不仅

我的母语部落

给自己一家报了名,还给在外打工的弟弟报了名,一起列入了第一批搬迁重建户名册,让他们一家所梦想的新生活变得近在咫尺。

但要展开新生活之前,必须对之前亏欠下的礼俗有一个了结,否则未来生活便会充满羁绊。于是,李艾不勒和妻子那场被拖欠了 12 年的婚礼,再次被提上了家庭的议事日程。经历了 12 年婚姻生活的磨砺,无论是李艾不勒自己,还是妻子李安姆块,都越来越深切感受到,没有经历完整的婚嫁礼俗,妻子的魂灵就会一直滞留在娘家,就无法与夫家的祖魂、家魂融为一体,日子就不会真正地顺畅起来。他们希望,所有的不顺畅都会因为这场拖欠了 12 年的婚礼而彻底清除,让他们一家以昂扬的风貌,去迎接一个崭新的未来。

六

2016 年春节刚过,李艾不勒像 12 年前的那个秋天一样,和舅舅一起提着几包烟、两瓶酒、一包茶、两袋糖和一对蜡烛、一块生白布,再次登上了李安姆块叔婶家的木楼。

李艾不勒的舅舅将礼品一一摆放在火塘边的篾桌上,向李安姆块的叔婶说道:"已经杀了怀孕的母猪,祭祀了山神、寨神,清除了邪恶的鬼魂,我们才敢登上你们家的木楼,把烟和酒摆在你们的面前。我们家的锄头已经摆到了你们家的地头,我家李艾不勒的心已经拴在了李安姆块的身上。接下这些酒礼,敞开你家的木楼,让我们结下两人的姻缘,让我们像一家人一样的往来。"

自从 12 年前,李安姆块和李艾不勒提回了提亲的礼酒,就在叔婶一家心田种下了荆棘,历经 12 年的生长,长满了两家往来的道路。都是同一个村落的族人,都是血肉相连的至亲,叔婶一家早就期待着这一时刻的到来。所以,还没等到李艾不勒舅舅的声音完全落地,李安姆块的叔叔便畅快地答应道:"虽然说,不是近亲的两家才能婚配,不是同姓的两家才能成亲。但是,怀孕的母猪已经杀了,山神、寨魂都已经祭祀了,恶鬼也已经清除了,我们没有理由再挡在他们结合的路上。"

第二章　拱弄村落纪事

一直向两人关闭着的婚门就这样豁然洞开，郁结了 12 年的恩怨转眼间便烟消云散。李安姆块重新回到叔婶家，像 12 年前一样，等待着李艾不勒的明媒正娶，等着做他的新娘。李艾不勒也终于可以堂而皇之地组织亲友团，在舅舅的率领下，带着 3 背箩芭蕉、5 瓶白酒、3 条烟、10 袋盐、5 包茶、两大包糖的聘礼，浩浩荡荡登上李安姆块家的木楼，一边吃饭喝酒一边商量着婚期：

　　不是我们只认死理，
　　但只有掀开压在竹篷上的大树，
　　竹篷才能够旺盛。
　　只有薅除田间的杂草，
　　秧苗才能够苗壮。
　　只有清除姻缘路上的障碍，
　　婚姻才会美满，
　　儿女才会成群，
　　谷子才会成堆，
　　家畜才会兴旺。
　　……

虽然是一场拖欠了 12 年的婚礼，李艾不勒仍旧恪守着结婚的每一道礼俗，在大婚前一夜，严格按照村落的礼俗组织亲友团抬着一头杀好的母猪、一头公猪的腿（俗称五腿猪）、9 斤猪肉、一条烟、5 斤酒、5 袋茶、10 包盐再次登上李安姆块叔婶家的木楼。他希望，这次拖欠了 12 年的婚礼，能够像所有新婚夫妻的婚礼一样气派热闹，自己的妻子也能够像所有新娘一样得到全村人和所有亲人的祝福，做个体面幸福的新娘。

七

第二天早上，当女方家的婚礼刚刚拉开序幕，李艾不勒和舅舅率领的亲友团就登上了李安姆块叔婶家的木楼，将婚礼待客所需的烟、酒、

我的母语部落

茶、糖——摆放在火塘边宽大的篾桌上。
  煮好的猪头已经供奉在神龛前，
  杀好的母猪已经平放在案板上，
  砍好的芭蕉已经摆放在篾桌上。
  我们看见了你们的诚意，
  我们看见了你们的爱心。
  脚步齐了好在一起跳舞，
  牙齿齐了好在一起欢笑；
  人心齐了日子才会顺畅，
  礼数齐了铓锣才会被敲响。
  祭祀了先祖婚礼才能够展开，
  让我们跟着祖先的脚步走，
  让我们跟着先祖的礼节做；
  让我们像芭蕉一样，
  树是一棵，心是一条。

  魔巴一边祈祷，一边将一只红毛公鸡的血滴在了李安姆块家祖的神龛前。李艾不勒和李安姆块并排跪拜在神龛前，李艾不勒知道，自己的魂灵正被李安姆块的先祖所接纳，从此以后，他不再是李安姆块娘家的一个游魂，而是与这个家族魂灵所系的成员。

  午饭后，当一只煮熟的母鸡再次供奉在先祖的神龛前，魔巴的祈祷再度响起的时候，李艾不勒知道，这是李安姆块与娘家先祖的最后诀别。从此以后，李安姆块将带着自己的魂灵和肉身，在迎亲队伍的陪伴下进入李艾不勒的家门，归入李艾不勒家魂的谱系，不用再像从前那样，让魂灵在两个家族的魂谱间漂泊。

  李艾不勒说，那天下午，直到在自家家祖的神龛前，魔巴将妻子的魂线与自己的魂线紧紧拴在一起，压在俩人心头12年之久的石头才"扑通"一声落了地。

八

今天,是新婚妻子"回门"认亲的日子。虽然正值甘蔗砍伐的繁忙季节,李艾不勒仍旧放下手中繁忙的工作,一大早便在婚礼魔巴的带领下,和父母、舅舅、叔叔一起,提着刚买来的新鲜猪肉、烟、酒、茶、糖和一只红毛公鸡,陪同妻子"回门"认亲。

此时的李安姆块已经是李艾不勒堂堂正正的新娘,李艾不勒也是被传统礼俗所承认的新郎,那条曾经长满荆棘的娘家道路变得宽阔而明亮。当魔巴将红毛公鸡的血滴在妻子娘家家祖的神龛前,彻底切断妻子魂灵通往娘家的魂路时,李艾不勒获得了彻底拥有妻子的轻松和喜悦。在魔巴绵长的祷告声中,一种全新的生活似乎已经在眼前徐徐展开:

家神地神,
先祖的魂灵,
我们已经接下了礼酒,
敲响了结婚的铓锣,
祭祀了先祖,供奉了鸡头。
已经办完了所有的礼俗,
已经说清楚所要说的话;
让他们手牵着手地回去,
让他们恩恩爱爱地生活。
让他们种的甘蔗成蓬,
让他们养的猪鸡成群;
让他们的日子和美顺畅,
让他们健健康康白头到老。
……

九

  我跟随李艾不勒到达他家时，已经是晚上九点多钟。他的父母、舅舅、叔叔、妻子、孩子和几个至亲正散落在火塘的四周，魔巴已经将杀好煮熟的母鸡供奉在家祖的神龛前。漫长的祷告之后，在家祖的神龛前，李艾不勒将家族的魂线郑重拴在了妻子李安姆块的手腕上。从此之后，李安姆块的魂灵将正式安住在李艾不勒家中，正式成为家魂中的一员，与李艾不勒相生相伴共度一生。

  李艾不勒告诉我，他们家报名新建的安居房是 48 平方米。按照官方确定的每平方米 1300 元的建房价格计算，共计需要投入资金 6.24 万元。国家补助四万元，还需要自筹 2.24 万元，加上随之而来的旧房拆除搬迁、厨房和家畜圈舍等附属工程建设，至少还得投入近两万多元。也就是说，要应对眼前扑面而来的新生活，至少要有五万元的现金储备。但正如李艾不勒自己所说的那样，家里六亩甘蔗每年可以带来 1.2 万元的毛收益，加上外出打工的收入，三年完成五万元的积蓄，是完全可能的事情。

  走出李艾不勒家时已是深夜 12 点，一户进新房的人家还在村落电声乐队的伴奏下劲舞欢歌：

    月亮爬累了会蹲在房顶歇脚，
    蟋蟀叫够了会钻进草丛伸腰。
    不知是谁家栽的竹子眼睛那么高？
    不知是谁家种的芋头这样的麻手？
    是不是飞来的阳雀歇错了桩？
    是不是清晨的公鸡叫错了音？
    ……

  弄拱现代新村，就这样在村民的欢歌劲舞中从梦想走向现实。

2016 年 3 月 24 日初稿
2016 年 11 月 2 日定稿

新娘的嫁妆摆满了整个藤篾方桌

获得寨老和族人的祝福是幸福婚姻的必备条件

村落的葬礼

一

晚饭刚过，传来了拱弄村坡头五组桑木倒去世的消息。本以为，在这样一个只有240多户人家的村落，一个人的死亡会闹出很大的响动，但我所处的四周却安静如初。星罗棋布的建筑，层层叠叠的群山，空荡高远的天空，将人间凡尘的喧闹遮蔽得严严实实，稍不留意便无影无踪。

我到达的时候，桑木倒的棺材已经停放在木楼门口先祖的神龛前。祭祀先祖、家魂的仪式已经结束，寨老们正散坐在棺材前，整栋木楼上上下下满满的都是人。桑木倒年迈的双亲正木然地坐在火塘前，精神上的疾病和老年痴呆症为他们筑起了对抗现实的阀门，以空茫的双眼望着眼前熙攘的人群。桑木倒的妻子则在这样的喧闹中陷入极度的悲伤，一边哭着唱着，一边一次又一次重复着丈夫临终前的每一句话，情绪随着悲伤的哭调上下起伏。

悲伤的女人用哭调诉说着自己的不幸，自己的孤单、无助和对未来的恐惧。30年前，为了这个男人，悲伤的女人只身从邻村班列嫁到了拱弄，连续为他生育了一个女儿、两个儿子。眼看着女儿出嫁、儿子长大，以为生命的阳光就会照进未来的生活。却不想，几年前，除了患有精神疾病的婆婆、患老年痴呆症的公公外，家里又平添了一个因恋爱挫败引发精神错乱的小儿子。没有婚配的大儿子要么云游在去往打工的城市，要么沉迷于酒精的迷醉之中。整个家庭的重担落在了已年近五旬的夫妻俩身上。生活是悲苦的、无望的，但有着丈夫的担当，女人终究还是能够在与丈夫在日出而作、日落而息的生活中，获得一丝丝的慰藉。

女人对于苦难没有抗拒的承受，反而助长着苦难成倍地增长。三个月前，她生命中唯一可以依靠的男人——桑木倒，被查出患上肝腹水，且已是晚期。这是一个多好的男人啊，不抽烟、不酗酒，总是默默地将生命中的全部力量投入劳动生产，与妻子携手支撑着这个苦难家庭。

作为一栋房子的大梁，作为一家之主，桑木倒知道，选择住院治疗，会将这个不堪一击的家庭拖入绝境。不用说因住院治疗平添的各种费用，仅仅是陪护住院一项就是一件让人头疼的事情。一个姐姐远嫁山东、两个妹妹远嫁安徽，作为父母唯一的儿子，他没能从父母那里承续到更多可支配的亲戚人脉资源，两个儿子又指望不上，唯一能够依靠的妻子，则要替代他服侍两个年迈的老人和担负起整个家庭的责任。

因此，当桑木倒的四肢在肝腹水的压迫下日益肿胀无力时，仍旧独自默默地承受着；当他接过命运无情的宣判时，仍旧默不作声地将诊断书装进随身的挎包，要求儿子将自己送回家，他要在家人的陪伴下等待死神的降临。苦难了一生，他不想死在陌生的城市，死在离家这么远的地方，让阴魂落魄成一个孤魂野鬼，连寨子的大门和家的木楼都不能够靠近。

二

驻村的时间越长，看到这样的家庭悲剧就越多。入驻村落的第一个早晨，就在村委会遇见了一个儿子罹患脑积水的田艾砍。

田艾砍说，一切来得都是那样突然。儿子刚进入小学期末考复习阶段，便突然出现了头痛、呕吐和昏昏嗜睡的症状，到县医院检查说是患了脑瘤和脑积水。为了挽救心爱儿子的生命，这位从未去过城市的父亲，在医院120急救车的护送下，立即转到省城医院就治。从那一天起，他们一家的生活就陷入了永久的黑夜，但是，仍旧希望着现代医疗带来的奇迹。说这话时，田艾砍黑暗着脸，空腹喝下大量的白酒，眼睛在酒精的作用下泛着晶莹的泪光。

支书告诉我，田艾砍的儿子，是田艾砍二姑娘出生后，违反计划生育政策强行超生的。超生罚款才刚刚交完没有几年，儿子却突然得了这

第二章 拱弄村落纪事

种绝症。这次省城就医，前后总共花费了 12 万多元，就是按医保和大病医疗救助政策报销 8 万多元后，家里还必须负担 4 万多元的开销。这对于当时的拱弄村人来讲，可是一笔不小的开支！

我第一次到田艾砍家探视时，他的儿子正坐在阳台上一个垫满被褥的靠背椅子上。目光呆滞，脸色惨白而空洞，瘦得只剩下一个骨架。生命的活力，全部凝结在手中那部放着流行音乐的手机上。田艾砍在向我讲述儿子的病情时，妻子只是沉默着，用手和空洞无助的双眼一遍一遍抚摸着儿子。田艾砍说，这趟省城就医，并没有给儿子的病情带来什么好转。医生说，手术只能延长儿子的生命，并不能让儿子生命重新焕发生机。但他们一家还是希望通过再一次手术，让儿子多留在他们身边一段时日。田艾砍说，只要报销的医疗费一到账，他就要和妻子一起送儿子到省城再次手术，抽出积压在脑子里的积水。

我第二次到田艾砍家探视时，他的儿子已经不能够坐在阳台上，只是睁着两只空洞的眼睛，静静地躺在火塘边的竹笆床上，连心爱的手机都握不住了。母亲匍匐在枕边，将手机举在儿子的耳旁，希望儿子喜欢的流行音乐能够给儿子的生命带去一丝慰藉。我跪在床前，用手抚摸着他瘦弱无力的手臂和手掌，望着神似其母亲的眼睛、嘴巴和脸。当我的手再次滑落在他的手掌时，这个一直面无表情、空洞着双眼的男孩，突然间抓住我握着他的手掌，将曾经通过流行音乐传递的对生的渴望，以电流般的速度传递给我。他是多想活下去啊，像村落中的大多数男孩一样，在村里读完小学，到勐来读初中，到县城读高中，然后到那些传说中的城市打工挣钱。但当他生活的梦想还未全部展开的时候，却戛然而止，让他以这样的方式一步步迈向生命的终点。还没等到第二次省城就医和我的第三次探视，这个一直面无表情、空洞着双眼的男孩便离开了人世。

手腕上，男孩身体的余温还未全部散去，又听闻八组 76 岁的魏尼胆罹患尿毒症的消息。四年来，老人靠着每周一次（后来是每周三次）到县城医院透析维护着生命。家里虽然时常得到在外工作的孙子的资助，但每周三次透析、四年多的治疗陪护，仍让魏尼胆一家不堪重负，整个

我的母语部落

家庭陷入了赤贫状态。

三

或许是看了太多相同命运的人,桑木倒在得知罹患肝腹水晚期的时候,决然选择不再治疗。终究都是要死,他不想因为治病让这个本来就灾难沉重的家庭陷入更深的黑暗。

桑木倒的妻子一边抽泣着,一边一遍又一遍复述着丈夫死前说过的话:"他拉着我的手说,帮我照顾好爸爸妈妈,他们老了,不会下田种地,不会烧火煮饭;帮我照管好儿子,甘蔗地里的活让他们去做,猪圈烂了让他们修,教他们成人,帮他们结婚,不要让我的魂灵断了回家的路。我又问他,你想吃什么东西我买给你吃。他说,什么都不想吃。然后,就闭上了眼睛,一句话都不说地丢下我们走了。"

桑森倒的妻子每哭诉一句,身子就因为强烈抽泣而上下抽动一次。桑木倒年迈的双亲仍木然坐着,望着往来的人群。老人们散坐在棺材的四周为桑木倒做着临行前的准备。魔巴的祷告仍在时断时续,时起时落:

> 谁也挡不住落山的日月啊,
> 谁也唱不完葫芦的歌。
> 江河虽然已经干枯,
> 葫芦之歌却从未间断。
> 自从人们告别"司岗",
> 我们时时送走同胞。
> 莫哀伤啊!
> 葫芦里还有欢乐的歌。
> 没有不落毛的斑鸠,
> 没有不完结的人生。
> 什么鸟都会落毛,
> 什么人都会死亡。

> 水不流就会淹没田庄，
> 人不死就会住满山岗。
> ……

见我盯着神龛前那口没有上漆、还泛着木头鲜活本色的棺材，老人们说，虽然是做外公的人了，但父母还健在，葬礼仍旧只能从简。因为，在他们看来，葬礼的任何铺张都是对老人的一种伤害。但毕竟是有儿有女且已是有了外孙的人，老人们还是决定破除父母健在不用棺木入殓的传统，破例为桑木倒做了一口棺材，让他体体面面地去往阴界。

但就是这样，因为姐姐远嫁山东、两个妹妹远嫁安徽，无法按照佤族礼俗，在家祖的神龛前杀一只公鸡，在他棺材的祭台前放上一套衣服或是一个亲手织的被单；因为没有同胞兄弟，两个儿子也未成婚，除了本家祭祀的一头小公猪外，木楼的房柱前没有再杀倒过一头猪，家祖的神龛前没再祭献过一头猪的肉；因为家族人脉不够宽广，家祖神龛旁的供品也远不如其他人家丰富。

辛苦了一生的桑木倒，只能够枕着妻子亲手为他编织的麻线被单和女儿祭献的衣服、被单，孤单地去往阴界路。如果不是他一意孤行坚持回家，死在了县城的医院，那么，孤苦了一生的他，连这样简洁的葬礼都享受不到。

四

坐在繁忙的人群和往来的人流中，我一边注视着家祖神龛前琳琅满目的祭品，一边想象着死者生前的生活。从木楼的格局和眼前的家庭布局观察，桑木倒一家的生活极度贫困。今年刚刚被列入贫困户重点帮扶对象，生活刚刚有了希望，桑木倒却突然间撒手人寰。

天已经黑尽，木楼里仍旧人来人往。只要有人提着烟、酒、糖、茶走进木楼，与一块生白布、一对蜡烛、一元的纸币一起，摊开放在棺材前的祭坛前，魔巴的祷告就会一次又一次响起：

> ……

我的母语部落

请你带上我献的烟酒，
请你带上我献的糖茶，
送到我阴间家祖的灵前。
不要让他见你空着手去，
不要让他失望而归。
我们不会忘了先祖的教诲，
我们不会做不孝的子孙。

……

老人们说，这是魔巴在代前来献祭的乡亲，请求亡魂帮忙将这些祭品带转给他们阴间的亲人。据说，一次村落葬礼上，一户人家因没有请死者带转给在阴间的亲人礼物，家祖先魂每日都到梦中来询问，弄得家人无法安身。因为阴魂的缠绕，家里的人和牲畜也是接二连三地生病。

因着这样的传说，村落葬礼上，死者的棺材前和家祖的神龛旁，总是堆满琳琅满目的饮料、烟酒和糖茶。直系亲属越多，祭祀的鸡猪就越多，陪葬的衣物和生活用品就越丰富；村落人缘越好，家族越庞大，亡魂前的供品就越多、越丰富。村民说，去年村落一位老人去世，七个子女和至亲祭献的鸡多达十多只，猪也是十多头，饮料、烟酒、糖茶更是堆积如山。

五

因为第二天村落一户人家进新房，死者必须于当晚安葬。桑木倒的葬礼只能够连夜进行。

晚上 11 点，在桑木倒妻子悲切的哭声中，院落里，用于祭献亡魂的大母猪开始在凄厉的叫声中走向祭坛。捆绑着的母猪被一群年轻小伙奋力压在脚下，桑木倒的女婿手握尖刀向着猪脖子狠狠地扎了下去。

这是一头名副其实的大肥母猪。因为多次孕育和生产，肚腩宽大厚实，肚皮上的两排奶子饱满而坚挺。据说，为了寻找这头祭祀亡魂的母猪，桑木倒的家人找遍了全村的每一个角落，最终以 2400 元的高价买了回来。他们希望，以这样的慷慨为父亲铺平去往阴界的路。

  猪血奔涌得很旺盛。灯光下，盆里的血泡汇聚成暗红色的光亮如一朵朵绽放的花蕾。猪肝也是那样的宽大厚实，筋络也是那样的宽大白亮，胆汁也是那样的通透饱满，脾脏也是那样的光润顺滑。所有的迹象都在向人们传递着一个欣喜的信息——桑木倒的亡魂接受了这头母猪的献祭，心甘情愿踏上去往西边的魂路。魔巴摆上了篾桌，铺上了白布，摆上了香烟，点燃了蜡烛，将这一喜讯报告给了寨魂、家魂。

  深夜一点，煮得七成熟的猪头、猪脸、猪尾巴、猪肋骨终于和米饭、浓茶、白水一起供奉在了亡者的灵前。魔巴绵长的祷告再次在桑木倒妻女的哭声中起伏交错：

> 红毛树倒了，
> 连根翻起朝着天。
> 树干发泡了，
> 再也不会发芽生长。
> 你已经死了，
> 再也不会重新站立起来。
> 我们砍倒最好的树木为你做棺材，
> 用最好的母猪祭献你。
> 你爱穿的衣服已经给你穿了，
> 你爱听的歌已经给你唱了，
> 你爱看的舞已经给你跳了，
> 你就安心地上路吧。
> ……

  在祷告声中，桑木倒的父亲带着妻子、女儿和儿子依次向桑木倒的亡魂献食。他们一边哭着、讲述着逝者生前的故事，一边将寨老切下的碎肉和米饭祭献在棺材跟前的篾盒里。这是与桑木倒最后的告别，桑木倒妻子的哭声演变成了凄厉的挽歌，哀怨迂回：

> 树上的黄叶子落了，
> 再也不会回到枝杈上。

> 你已经死了，
> 再也不会复活。
> 来年播种的时候，
> 谁来帮我犁地？
> 来年收割的时节，
> 谁来陪我收割？
> 我疼病在床的时候，
> 谁来跟前喂饭倒水？
> 房梁倒下来的时候，
> 谁来帮我撑起立起？
> ……

直到丈夫的棺材被抬出木楼，沉入黑夜，哭声仍旧在黑夜里回荡。

六

我追随着火把、电筒的光亮，混迹于清一色的男人送葬队伍中。男人们举着火把、打着电筒、戴着顶灯，像一条火龙蜿蜒在夜色中。

连绵的雨季将亡魂西去的道路泡得潮湿酥软，阴森森的黑夜让这条西归的路变得漫长而艰辛，男人们时而喧哗、时而低沉的母语也变得阴森诡异起来。走过了许多的坑坎，爬过了许多的山坡，跨过了许多条溪流，走过了许多道木桥，队伍终于停留在一片荒坡的凹地前。

男人们将棺材缓缓放下，解开绳索，奋力将棺材推进挖好的墓坑。随着人口的增长，墓坑与墓坑之间的距离变得越来越近。所幸的是，经过数十年的自然腐化之后，旧的墓坑又可以成为新的墓地，以便让后亡之人能够埋葬在这里，与其他阴魂一起聚集于此，以另外一种方式团圆。

男人们的锄头和铁锹开始飞舞，黑土伴着黑夜和星光落在白色的棺材上，桑木倒的亡魂也伴随着魔巴的祷告，随着不断加厚的黑土沉入阴魂的世界。

> 树上的黄叶子落了，

再也不会回到枝杈上。

你已经死了，

再也不会复活。

自此黑土就是你的家，

你要好好在这里安息！

你不要感觉到寂寞，

你不要感觉到难过。

前面有领你前行的人，

后面也有陪伴你的人。

要与他们好好相处，

要快快乐乐地生活。

……

距离墓坑不远的地方，燃起了熊熊的篝火。每当小伙子们将桑木倒妻儿为他编织的被单、衣服、鞋帽和其他陪葬的生活用品扔进烈火中时，腾起的火焰就会照亮刚刚隆起的土墓。桑木倒的大儿子头顶着照明灯，跪在父亲的坟前，一遍一遍梳理着坟头的树根和杂草，直到坟头的泥土堆成尖尖的完美的长方体。然后，再用竹笆、竹子扎成一个看上去能够遮风挡雨的小屋。

篝火已经渐渐暗淡了下来，天空明亮高远了许多。空旷的黑夜里，摇曳的烛光下，魔巴的脸忽明忽暗、阴阳不定，人群也如同隔着一条时光的河，在河的彼岸不断摇摆起舞，如同一群狂魔乱舞的阴魂。

安息吧，

安安心心长眠于地下，

从此黑土就是你的家。

不要跟着我们的脚步走，

不要跟着我们的声音来。

我们会把你供奉在家祖的神龛前，

会用最漂亮的公鸡祭祀你，

会用最好吃的饭菜献祭你。

你要保佑好我们的人魂,
你要保佑好我们的家魂。
让我们的鸡猪满圈,
让我们的后人站满山岗!

七

返回村落的时候,已是深夜两点半。魔巴手里的鸡卦显示,桑木倒的阴魂已顺利抵达先祖所在的世界。

接下来的五天,桑木倒的家人都要在每个黄昏来临的时候,为桑木倒的亡魂送饭喂食一次。第一天,会在距离墓地最近的一个路口,搭建一个临时的祭台,为亡魂供奉上饭菜和酒肉,并在魔巴的安魂曲中,供奉跪拜辞别亡魂;第二天,会选择距离墓地更远的一个路口,供奉饭菜、酒肉,在魔巴的祈祷中作别亡魂;第三天,选择作别亡魂的路口会距离墓地更远;直到第五天在村落路口与亡魂做最后的告别。

从此以后,桑木倒将作为亡魂被供奉在家祖的神龛前。虽然同在一个屋檐下,却阴阳相隔,在节日和叫魂做赕时,接受家人的供奉和祭拜。

2016 年 7 月 31 日初稿
2016 年 10 月 15 日定稿

祭祖仪式上，魔巴以叫歌叫吟的方式追忆先祖的事迹

2016年的拱弄村寨老仍是日常生活的中心

沉重的祭祀

一

田艾砍 67 岁的母亲魏叶嘎肝胆结石，住院两个月手术治疗，不仅未见好转，反而生命垂危。此时，躺在病床上的魏叶嘎已是全身浮肿，水食不进，全靠药物维持着生命。其中有一种叫作胶原蛋白的液体，一小瓶就是 600 元，且不在医疗报销范围，仅此一项开支便是 12000 元。加上主刀医生主刀费等其他医疗自费部分和看护人员的生活开支，住院两个月间，所有花销已逼近三万元。

但巨额的医疗费和亲人的轮流看护，似乎仍然挽救不了魏叶嘎的生命。在连续几天的昏迷中，魏叶嘎不断叫着死去先祖的名字，复述着她与先祖谋面的每一个场景、说的每一句话，以及在去往西天路上与先祖亡魂的一次次奇遇。魏叶嘎对守护在身边的亲人说，我要死了，赶快带我回家。田艾砍似乎也看到，已一个多星期不进米水的母亲已经站在先祖的神龛前，等待着先祖的亡灵接着一同去往西方的乐土。他知道，母亲是不想客死他乡，沦落为孤魂野鬼。她希望自己的阴魂能够在阴间与先祖的亡魂一同欢乐，一同悲伤，一同供在先祖的神龛，一同接受子孙后代的供奉和祭奠。

遵从母愿，田艾砍组织亲友，用竹子和被褥制作了一个柔软的担架，将母亲接回了家。先祖的神龛前，一只红毛公鸡的血滴在了厚重的实木地板上，迎接魏叶嘎的魂灵回家。昏暗的烛光下，田艾砍的父亲看到，此时的魏叶嘎瘦得只剩皮包骨的身子深埋在床上的被单里，虚弱得连眼皮都睁不开，脸消瘦得只有巴掌那样的大。老人绝望得几乎要哭出声来："该吃的药吃了，该打的针打了，该做的手术也做了。不要让她再受苦受罪，要走就让她好好地走，要活就让她好好地活。"田艾砍知道，父亲是要让他按照村落的习俗，为生命垂危的母亲举行一次叫魂仪式，让先祖和神灵来决定母亲的生与死、去与留。

二

在田艾砍46年的村落生活经历中，这种类似葬礼的叫魂仪式并不鲜见，只是近几年愈发地风行起来。今年8月，同村经受四年尿毒症病患折磨的老人魏尼胆生命垂危时，家人就为他举行过一次。

当时的魏尼胆因生命垂危再度住院抢救治疗。看着老人隆起的腹部、浮胀的四肢，因透析过度而蜡黄肿胀的脸，家人和医生都认为没有救治的希望了。四年不断的往返透析治疗和病痛的折磨，早已让老人和家人筋疲力尽。老人决定放弃治疗，回家安静地等待神死的召唤。

正如老人们所说的一样，无论是家人还是现代医疗，都为延长老人的生命竭尽了全力，之后的生死，只能交付先祖和神灵来决定。家人决定为病危的魏尼胆举行一次叫魂仪式，并暗地里期待着，通过烦琐的宗教仪式将父亲从濒临死亡的边缘抢救回来。

参与祭祀的家人越多，越能显示家族的力量和家人的真诚，任何一个子女的缺席，都会触怒先祖和神灵，会让父亲本就羸弱的魂灵更加不堪一击。在母亲的授权下，与老人同住的大儿子以父亲和一家之主的名誉，一边请昭旺看日子，准备祭拜山神、父亲、先祖和神灵要用的鸡和猪；一边一一通知已经分家独立门户的弟弟、两个嫁在本村的妹妹、三个远嫁山东的妹妹、在外教书的儿子，以及父亲的两个弟弟和几个堂兄妹。

虽然在父亲患病的四年，三个远嫁山东的女儿都先后回来探视看护；每次父亲病重住院时分家独立门户的弟弟、两个嫁在本村的妹妹也和居家的大哥交替轮流看护。甚至先后两次杀鸡、杀猪为死去的爷爷、奶奶叫魂做赕，祈求父亲能够躲过生命中的一劫。为了减轻家人每周两次奔波往返的痛苦，在外工作的大孙子特地在县城租了一间房子。儿孙

第二章 拱弄村落纪事

们早已以长期的付出表达了对父亲无尽的孝道,至亲们也不止一次参与过家人为魏尼胆举行的祭祖叫魂。

但每一次祭祖、每一次叫魂、每一次做赕,都暗含着不同的指向和意义。这一次家人为魏尼胆老人举行的叫魂仪式,既是一个作别父亲的仪式,更是一个与亡魂争夺父亲生存权的仪式。作为任何一个有着村落成长背景的族人都知道,这是一个和真实葬礼同样重要的家庭祭祀,任何子女的缺席都会永久背负上不孝的罪名,至亲魂钱、魂米的缺位会让至亲间的情意蒙上灰尘。因此,无论路途多么遥远、工作如何繁忙、生活如何艰辛,仍旧没有任何一个子女敢于抱怨和懈怠。

子女们各自带着为父亲葬礼预备好的衣裤、鞋帽、被子、挎包奔赴大哥家,在家祖的神龛前杀一只亲自喂养的红毛公鸡,跪拜病危中的父亲,为父亲祷告祈福。三个远嫁山东无法亲自前往的妹妹,则分别委托两个哥哥或是两个妹妹,代其筹备仪式所需的祭品,代替她们履行一个女儿应尽的孝道。堂哥堂弟和至亲好友则提着魂米、魂钱、烟酒茶米,参与到这场与先祖亡魂争夺生存权的拉锯战。

魏尼胆家因疾病而沉闷忧郁已久的木楼再次喧闹起来。红毛公鸡的血再次滴在了木楼回廊山神的祭坛前,祭祀先祖的公鸡已经供奉在家祖的神龛前,用于叫魂的公猪也已经杀倒在楼脚的院场心。子女们按照先男后女、先长后幼的顺序,将各自祭献的熟鸡供奉在神龛前,将各自为父亲葬礼预备的衣裤、鞋帽、被子、挎包铺展在父亲的跟前,在魔巴绵长的祷告声中向病榻上的父亲行着跪拜礼。就这样,在长达两天绵延的祭祀中,在接连不断鸡猪的献祭中,曾经被医生和家人断定已走向生命终点的魏尼胆,竟然神奇般地坐了起来,开始微量的进水、进食,并成功地将生命延续到现在。

在族人眼中,以葬礼的方式向神灵祷告而让生命垂危的病人获得神奇般转折的远不止魏尼胆。在接踵而至的灾难面前,在飞速旋转的现实中,名目繁多的家庭祭祀似乎成为身处绝望中人们的精神慰藉和必然选择。此时的田艾砍一家,便正身处这样的绝望中。

三

尽管在短短一年的时间里，田艾砍一家为了让罹患脑瘤的独生儿子重获新生，已是耗尽全家所有的财力，背上了数万元沉重的债务。但母亲也是自己的至亲至爱啊，除了正常的母子之情外，身为长子的他还背负着来自传统礼俗的沉重压力。

母亲病重住院治疗的两个月间，远嫁山东的大妹、在外工作教书的弟弟都先后丢下家庭和工作回乡守护探视，所有的至亲均轮流到医院守护探视。作为长子的田艾砍更是衣不解带，奔走在医院和家庭之间，接待前来探视守护的亲友，照顾年过七旬的父亲，为病危中的母亲祈祷祭祀，为每天不断攀升的医疗费用和开支绞尽脑汁。现在的他，仍旧要像所有的长子一样，竭尽全力为生命垂危的母亲举行叫魂仪式。

在连续不断的灾难和频繁的祭祀中，田艾砍家里的鸡猪早已经消费殆尽，所有祭祀山神、先祖的鸡、猪都要到亲戚家赊借，所需的酒菜也需要一一购置。除了这些繁杂的事务外，田艾砍还要以一家之主的身份，通知在外教书的弟弟、远嫁山东的大妹、嫁在同村的小妹，父母健在的至亲，以及堂兄堂弟、堂姊堂妹。多一个至亲的参与，就多一份向死神赎回生命的诚意，母亲就多一份重返阳界的希望。

田艾砍一家围坐在火塘边，昏暗的木楼里只有奄奄一息的母亲、年过七旬的父亲，曾经如花一样绽放的妻子也过早地憔悴苍老。望着眼前的一切，田艾砍心如刀绞。短短的两年里，家庭灾难接踵而至。先是父亲生病住院，接着母亲又因急性胆囊炎、胆结石送往市医院住院手术治疗。母亲的伤口还未完全愈合，儿子又突然罹患脑瘤，手术治疗后不到两个月便离开了人世，只给他和妻子留下一对风烛残年的老人。

没有了儿子，没有了儿孙满堂的未来，为父母尽孝送终成为他和妻子生活的全部。无论世事如何艰难，内心如何的悲凉绝望，作为一家之主的他都必须忍耐。田艾砍现在唯一的念想就是，尽其所能，为母亲举行一次叫魂仪式，帮助她尽快从病魔中解脱出来，让生活早日恢复平静。

第二章 拱弄村落纪事

四

这次田艾砍为母亲叫魂祭祖请的是村落最大的魔巴昭旺。昭旺从田艾砍家送来的白米和熟鸡蛋顶上凹陷的螺纹中，看到了潜藏于宅基地下生魂饿鬼的踪迹。

魔巴指着鬼魂在白米和鸡蛋顶上留下的痕迹说："你家宅基地生魂饿鬼丛生，早年的时候，因为家人的魂灵还很强盛，生魂饿鬼只能避强就弱，躲在阴暗处使一些让人发烧、感冒的小阴招。随着木楼年岁的增长和父母身体的衰弱，生魂饿鬼们日益强盛起来，不断吸取家人魂灵的精气，还将家魂、人魂追赶得七零八落。七零八落的家魂、人魂怎么留得住健康的身体？"

或许是去年死去的儿子阴魂还未散去，或许是祖爷爷凶死的亡魂再次追寻着家祖亡魂的脚印潜回了家中，将田氏家族所有凶死的亡魂召集于此久久盘踞不愿离去。只有叫魂祭祖，才能够安抚家祖家魂，将家人落魄失散的魂灵召唤回来，母亲和家人才能够获得真正的平安和解脱。

10月12日早上，一只红毛公鸡的血滴在了田艾砍家供奉山神的神龛前。魔巴点燃蜡烛，一边抛撒着米花，一边面向神林的方向开始了祈祷，祈求山神敞开魂路，让田氏家族先祖的亡魂顺利归来。开局似乎并不顺畅，鸡腿骨卦并未显示出魂路畅通的迹象。虽然说在日益开放的观念中，这是一个可以故意被忽视的细节，但对于像田艾砍家这样一个饱受病痛和灾难折磨的家庭来讲，仍旧是一个让人胆寒的征兆。

没有山神的认同和接纳，归来的家魂和人魂就无法安居乐业，所有的祭祀就全都是无效的。田艾砍年过七旬的父亲瞪着空洞而绝望的双眼，坚决要求家人请寨老们前往神林，代家人重新杀猪祭祀山神。尽管猪肝胆脾卦没有显示出应有的平滑、畅通和饱满，毕竟还是预留了家魂、人魂往来的通道，田艾砍母亲的未亡人葬礼终于可以正式拉开序幕。

木楼的门柱下，一只黑毛母鸡的血滴在了一节粗大的树杆上。在魔巴绵长的祷告声中，田艾砍带领着家族的壮男，用斧头避开包裹着的树皮，开始为即将去往阴界的母亲制作棺材。

这是一节上好的花桃树，是母亲前年病危叫魂祭祖时几兄弟上山亲自砍回来的。作为一名村落族人，田艾砍知道，像母亲这样儿孙满堂的老人，棺木要做得尽量宽大、厚实，以便入殓时尽可能多地带走子女供奉的陪葬品、入土后身骨保留得更加长久一些。在响亮的电锯声和刀斧声中，一个宽大、厚实的棺木很快成形了。由于是早年存下的上好棺材，棺木的板材透着厚重深沉的本色，原木的清香在四周弥漫。

到了祭拜先祖、跪拜母亲的时辰。昏暗的木楼中，田艾砍奄奄一息的母亲正躺在火塘边的卧榻上，先祖神龛前宽大的竹篾桌正等待着子孙后代供奉的祭品。身为长子的田艾砍率先领着妻子，将其为母亲葬礼预备的衣服、裙子、头巾、挎包、鞋帽、被子、镰刀、背箩等陪葬品一一铺展在篾桌上，把一只煮好的整鸡和米饭、茶水一起供奉在神龛前。魔巴的祷告再一次响了起来：

    树叶黄了终有落叶的时候，
    人老了终有归祖的时刻。
    今天，你的长子儿媳
    用全新的衣服和裙子，
    用漂亮的头巾和挎包，
    用柔软的鞋帽和被子，
    铺在你回家的路上。
    要走你就轻轻快快地走，
    要留你就愉愉快快地留。
    不要再让病痛缠绕着你的身体，
    不要再让痛苦缠绕着家人。
    ……

神灵和母亲接受了田艾砍一家的祭拜。紧接着，次子田开心也在方形的篾桌上将其为母亲预备的衣服、裙子、头巾、挎包、鞋帽、被子、镰刀、背箩等陪葬品，与供奉家祖的整鸡一起一一铺展开来。这几年来，因病导致的家庭灾难也给在外任教的田开心带来了沉重的压力。

去年侄儿脑瘤手术他就无条件援助了哥哥一万元，今年母亲两次住院，他也支付了近一万元的医疗和生活费用，但灾难似乎仍旧没有远离的迹象。田开心也暗自期待着，通过这样的叫魂祭祖，让整个家庭尽早远离灾难。

然而，当老人们剥开田开心供奉的鸡腿时发现，鸡腿骨上那条连接神灵与母亲人魂的魂路并未展开。这意味着，先祖拒绝了公鸡的献祭，只有小公猪的血才能够叩开紧闭的魂路，让母亲的魂灵与先祖的亡魂顺利汇合，让家人免于灾难。为求得一个完满的结局，田开心仍旧按照村落祭祖习俗，重新杀了一头30斤的公猪祭祀祖灵。然而，猪肝胆脾卦相并没有意想中的那样平整、通畅、光滑，所幸的是，胆汁还算是饱满，肝也没有卷曲，脾也没有断裂，前程虽然说不上圆满，但也不会过于悲凉。

就这样，从长子到次子，从远嫁山东的大妹到嫁在同村的小妹，从堂兄田国忠再到堂弟田塞保，田氏家族的至亲们，沿着田艾砍和田开心开启的祭祖之路，从早上到下午，从下午到黄昏，一路曲折跌宕，却未见平川。身为堂兄的田国忠因供奉的鸡腿骨卦不好而忧心忡忡，回想起一年来家庭的诸多挫折，田国忠似乎看到命运深处，正有一片不祥的乌云正在向他袭来。小妹一家也因为鸡腿骨不明朗的卦相而郁郁寡欢。生活中的灾难总是无穷无尽，他们多么希望神能够伸出双手帮助他们共渡难关。

魔巴的祈祷一直在木楼里盘旋回荡。直到黄昏，那头用来为母亲叫魂的大黑母猪才被杀倒在地。至亲好友们提着装有一元纸币的魂钱、一碗魂米和彩色塑料包装的糖果、烟酒登上了田艾砍家的木楼，整栋木楼变得人声沸腾。祭祖的神龛前，田艾砍母亲火塘边的卧榻前摆满了子女们的供品，亲友们带来的魂钱、魂米和糖果、烟酒也堆满了祭祖的神龛。当亲友们将煮得半熟的猪头、肋骨、尾巴和米饭、茶水一起，供奉在母亲面前的篾桌上时，魔巴的祈祷再一次响起：

　　该看的病都已经看了，
　　该住的院也已经住了，

> 该花的钱也都已经花了，
> 该做的风俗也都已经做了。
> 今天，
> 我们用漂亮的红毛公鸡拜你，
> 我们用漂亮的黑毛伢猪供你，
> 如果你要让她活，
> 就让疼病快点离开她。
> 如果她的魂灵已经走远，
> 就让她安安心心地走，
> 顺顺利利地去。
> 我们已经斗好了棺木，
> 已经祭祀了先祖、家魂
> 用鸡用猪为她铺平了归祖的路。
> 要走就让她安安心心地走，
> 要留就让她愉愉快快地留
> ……

喧闹的人群中，昏暗的灯光下，田艾砍的父亲将瘦弱的身体蜷缩成一团，满脸的暗淡和绝望。他拉着我的手，用不太通顺的汉语重复着一句话："什么都救不了她，她是不会活过来了。"

五

第二天，当我再次踏进田艾砍家的木楼时，田艾砍的母亲已经在小妹的护理下开始少量进食，全家人似乎又从死神的夹缝中看到了生的希望。

一个星期后，田艾砍的母亲再次带着求生的希望住进了医院，田艾砍又开始了在家与医院之间来回奔忙。正当我暗地里为田艾砍家的命运扼腕叹息时，却传来了田艾砍罹患肝腹水住院治疗的消息。而就在此前，村落中一个罹患肝腹水死去的村民的阴影还在全村人的头脑中盘旋，虽然神灵已经通过祭祀伢猪的肝胆脾卦暗示了这一灾难，但田艾砍患病的噩耗仍让全家人的心境坠入了谷底。

田艾砍的妻子说，与婆婆魏叶嘎一样，田艾砍住院一个多星期米水未进，丈夫是她全部的希望，她不想让他死，她要用全部的力量让田艾砍活下去。住院治疗的一个半月中，她不顾债台高筑，用挽救婆婆生命的办法，四处筹借资金让医生给丈夫连续输了 16 瓶胶原蛋白。

儿子病情的噩耗，让经过住院治疗身体有所恢复的魏叶嘎充满了自责：本来恶鬼要的是她这条不值钱的老命，因为自己硬撑着不肯死，让恶运转到了儿子身上。如果自己的死能够换回儿子的健康，她愿意现在就死。于是，魏叶嘎和丈夫背着田艾砍夫妇俩，从外寨请来江湖巫师，烧香拜佛，念经祷告，企图用异族的神力赶走盘踞家中的恶魔。

在田艾砍家昏暗的木楼里，在奄奄一息的火塘旁，田艾砍的妻子不止一次地跟我说，丈夫出院后她想出去打工，尽可能地为家里挣回一点钱。当她将自己想要外出打工的想法告诉丈夫时，却被丈夫断然拒绝。我知道，田艾砍失去的太多，他是不想在生命的最后时刻再失去与妻子同生死共患难的时光。

在我离开拱弄的前几天，田艾砍出院了。我看到阳光下的他，脸色比之前明朗了许多，精气神也比从前好得多，但患肝腹水疾病的命运却没有因此消散。我不想用一些虚无缥缈的客套话去安慰他，眼前不断浮现着他年迈的父亲、孤苦无助的妻子的模样。于是，轻声地劝慰他："无论生活怎样艰难，为了你的父母，为了你的妻子，为了所有爱你的人，你必须坚定地活下去。没有你，他们都没法好好地活下去。"

一年后，当我重返拱弄村的时候，田艾砍却奇迹般好转起来。他们还在女儿和亲友的帮助下，趁着"危旧房改造"的东风，盖起了一栋砖混结构的民居房，开了一个小卖部，日子变得丰润起来。

2017 年 4 月 18 日完稿

葬礼上，魔巴在与亡魂做最后的诀别

2016年拱弄村桑木倒的葬礼

第三章 远古部落的访问

2010年新农村建设前的贺帕村

戛多村落记忆

一

  这是一个叫作戛多的佤族村落故事。我将它称之为远古部落，是因为这里所有的一切离我们所熟悉的现实太远，而与那些早已随风而逝的历史传说却是如此之近。

  戛多是沧源佤族自治县一个名不见经传的村落，所有的历史事件均与它无缘，加之地处中缅边境最为偏远的单甲乡，这似乎注定了无论是在佤族文化旅游的热潮中还是在民族文化的研究中，它都只能以一种沉默的姿势远离人们的视野，成为视野边缘中被遗忘的村落。

  2005年的冬季，当我背着相机、拿着笔开始居无定所的佤山部落探秘之旅时，戛多进入了我的视野。尽管当时的佤族文化旅游热潮已经奔涌而至，单甲乡却因为地处沧源县经济、文化的死角而远离了这种喧嚣，加之戛多又是离乡政府驻地最偏远的村，更是与这种喧嚣无缘。

  其实，只要车方便，到戛多并不是一件难事。从沧源县城到戛多总里程只不过80多公里路，但每日一班的客车只到达单甲乡政府所在地，这让到戛多村余下的近20公里显得特别遥远。在我们乘坐的吉普车从乡政府前往戛多的一个多小时里，我们没有遇到包括拖拉机在内的任何机动车。乡政府的领导告诉我们，这条公路是去年才开通的，雨季车辆行走还不是太方便。一路上，我们果然看到很多劈山造路的痕迹，公路像是原始森林中一条撕裂的伤口，戛多就处于这个伤口的尽头。

  从村的外观和族人的眼光中就可以看出，这是一个很少有外人涉足的村落。大山以北与本乡的单甲、安也两个清一色的行政村相邻，大山以南则与缅甸北部的阿佤山中心地带佤邦勐冒县昆马区司岗惹乡、公

第三章 远古部落的访问

古乡和绍帕区永丁乡等相邻。戛多村落又有上寨、下寨之分,总共只有100多户人家。尽管山外的村寨在现代文明的感召下,已纷纷将草房改为了石棉瓦顶房甚至是汉式砖混平顶房,但这里大多数人家仍然延续着佤族千百年传统的干栏式建筑加栅栏的居住方式,整个村落呈现出远离现实的古朴和神秘。

就是在这样与世隔绝的古朴和充斥着神奇的静谧中,我们与村里80余岁高龄的老人肖安姆块相遇。肖安姆块老人向我们讲述了我们到达戛多后听到的第一个关于猎人头祭谷的故事。

二

肖安姆块老人讲,丈夫被猎人头的前几天,她梦见天上飘着雨,落在她家竹楼上的时候变成了血,像冰雹一样一颗一颗地结在一起。她看见,丈夫和三个被猎人头的同寨人站在一座独木桥上对着她笑,洪水突然倒流把丈夫和木桥给卷走了。接连两天,她一直做着同样的梦。寨子的魔巴告诉她,她的丈夫不会死在家里,会死在野外,就是杀再多的鸡、杀再多的猪、看再多的卦都改变不了,这是他的命。

过了几天,丈夫去卖篾笆回家的路上,在途中的一座独木桥边被猎去了人头。流淌一地的血就像梦中她家竹楼上的血一样凝结成块。面对一地的血,肖安姆块老人没有哭出声来,只是木然地坐在河边望着河里滚滚东去的水,想着魔巴跟她讲过的话。尽管她不知道,没有男人以后的日子该怎么过,但她仍不能哭泣,她不能让自身的晦气随着哭声传递给整个部落。她只能看着,她和丈夫住过的草房在寨主和魔巴的带领下被一把大火给烧了,然后又眼睁睁地看着在不到两天的时间里,一栋全新的草房又在原地竖了起来。村里人说,这样可以远离死去的恶鬼,但肖安姆块老人还是常常看见丈夫的魂在房里四处走动。

肖安姆块老人年过八旬。黑暗矮小的草房、火塘中奄奄一息的火光和岁月在她脸上刻下的纵横交错的皱纹,让我们所有人对她故事的真实性坚信不疑。我们推算,肖安姆块老人的故事应该发生在20世纪40年

我的母语部落

代末，距离今天 50 年。

肖安姆块老人说，丈夫死的时候，她 30 多岁，有三个女儿、一个儿子。在她出嫁的前几天，她的梦说，不是她要葬丈夫就是丈夫要葬她。当时的她疯狂地爱着她的男人，她的男人也疯狂地爱着她。她不想让她爱的男人死在自己前头，如果可以选择，她说就让她死在自己男人前面。她家请来部落里最大的魔巴，杀了一头牛、两头猪、三只鸡，结论都是一样的：她的命硬，留不住身边的男人，她的一生注定要亲手埋葬她所爱的男人。后来，在她儿子 25 岁的那年，在离丈夫被猎人头不远的地方，她唯一的儿子被来路不明的手榴弹炸死。

尽管已经过去了半个世纪，老人讲起这些往事的时候眼圈仍禁不住红了起来，干涩的眼睛渐渐充满着泪水。她说，这是在丈夫死后的半个世纪里，她第一次向外人讲起自己的丈夫和所经历的不幸。在她的意念中，这种讲述会将过去的不幸再次转嫁成当下的生活现实。把不幸沉默在心底让它慢慢地烂掉，这是村落族人面对不幸常用的方法。坚守在丈夫和儿子住过的草房里，是老人对丈夫和儿子最有效的怀念方式。尽管现在老人年纪已大行动不大方便，但仍然不愿搬到姑娘家去住。她说，她要为丈夫和儿子守着家魂，在她死后，让家魂带着她去与丈夫和儿子的魂灵相聚。

如果没有眼前昏暗狭小得像坟墓一样的草房、没有这些奄奄一息的火苗，如果不是亲耳听到这是出自一个世纪老人的讲述，我无法相信曾经停留在一些简单文字概述中的佤族猎头祭祀习俗会突然间以这种方式再现。

《沧源佤族自治县志》对于佤族猎人头祭祀的描述是这样的："按照惯例，砍了木鼓后就要猎人头来祭，社神才使地方平安，保佑粮食丰收。猎人头是全寨性的活动，老人、寨主杀鸡占卜后选择吉日，派几十个壮汉去猎取人头。猎获人头后要尽快返回寨子，走到离寨子不远处就鸣枪高呼，寨子里的寨主得知获得人头后就敲锣击鼓，敬告村民不要上山下河。然后由寨主、老人带着红包头、一碗米、一个鸡蛋到指定地点迎接人头，将红包头戴在人头上，把米粒、鸡蛋喂给人头，然后祈祷，给人头敬酒，几个妇女一边哭一边给人头梳洗。接着要举行祭人头活动。主祭人家是经过寨主选定的、能承担祭祀期间村民吃饭的富有人家。祭祀活动结束后，由主祭人家的壮年男子，在众人的吼叫声、铓锣声、木鼓声中把人头装进竹笼里，抬到放置人头的神林里。"

一些史书的记述更为简略："猎人头祭谷是佤族古代社会沿袭下来的比较原始落后的重大宗教祭祀习俗。主要是为了祭祀谷物神，祈求农业丰收，衣食丰足。往往把氏族之间的血族复仇、部落械斗同猎人头祭祀联系在一起，形成原始落后的猎头陋习。"

在这样抽象的文字概述中，我始终以为，佤族猎人头祭谷习俗就像佤族众多的神话故事一样，仅仅停留在一种口耳相传的记忆中，是一种离现实很远的传说和故事。却不想，在戛多村落，这段惨烈的历史却是上一辈人共同经历的故事。

三

肖安姆块老人对自己的不幸十分坦然，她说，被猎人头是上一辈戛多部落人共同的命。

肖安姆块老人讲，在她十二三岁的一个晚上，全寨一夜被猎走了12个人头。猎头手们潜伏在一些人家的竹楼外面，第一个被猎头的人家叫喊起来，其他人家跑出竹楼看的时候，潜伏着的猎头手一跃而起把更多的人头猎走。当时她正在睡觉，听见全寨人的吼叫声跑出来的时候，看见那些被猎去人头的尸体有的站着、有的朝前倒着，血从他们的脖子流出来然后顺着竹笆滴在地上再往寨子矮的地方流去。这些猎头手来自缅甸一个叫永定的佤族部落，猎头事件的起因是戛多一个卖篾笆人和永定一个卖刀人的一次口角。

尽管如此，部落中大多数老人都始终坚持，戛多曾经是一个极为强盛的部落，现在单甲乡的永武、安也、护娥、刀埂和糯良乡的帕秋、南撒等佤族村落都是从戛多村落分裂出去的，均归属于戛多的管辖范围。每年举行镖牛祭祀的时候，这些村落寨主都按佤族风俗给戛多寨主送牛

我的母语部落

腿子肉，要向戛多交粮纳税。在戛多最为强盛的时代，部落的粮仓占满了半个山坡，仅寨主一家就有12个粮仓。

戛多的另一个佤语名字是"莱格龙"，也从另一个侧面反映了戛多曾经拥有过的繁荣。"莱格龙"佤语的意思是"河边的街子（集市）"；"戛多"则是傣语的译音，意为"黄蜂街"。老人们讲，包括缅甸在内的整个阿佤山区，最早开街赶集的地方有三处：一处是缅甸的勐冒，另一处是沧源的岩帅，再一处就是单甲的戛多。每逢街子天，戛多长长的河岸边便挤满了来自四面八方赶街的人，因为赶街的人多得像黄蜂一样的"嗡嗡"作响，被当时到戛多赶集做生意的傣族叫作"戛多"，并作为地名存流至今。据说，正是这一段特殊的历史，造就了戛多人能言善辩、善于经营的特性。时至今日，在阿佤山区一带仍然流传着这样一句谚语："能够说服一锅煮着的猪食，也说服不了一个善辩的戛多人。"

一生致力于民族语言文化研究的王敬骝教授从史学角度也证实了戛多曾经拥有过的繁荣，明末清初，永历皇帝朱由榔在起义军将领李定国的护卫下进入阿佤山区。出于持久抗清考虑，起义军在阿佤山区开办银厂，其中的一个王家银厂就在现缅甸境内、离戛多不远的地方。

人与物的聚集，促使戛多集市的出现，造就了戛多昔日的繁荣。随着桂王银厂的倒闭，戛多逐渐冷落，不断被猎人头的命运加快了这个曾经强盛、繁荣部落的衰落。

老人们说，20世纪30年代，戛多一夜被猎走了数十个人头，人们四处逃散。这时的戛多已经无力与那些猎人头部落进行面对面交锋，他们只能把防御寨沟挖得尽可能地深，寨门尽可能设置更多防范的机关。为了自保，大多数人家甚至放弃田地的耕种，以出卖编织竹篾制品来养家糊口，日子过得极为艰难。就是这样，许多戛多人仍然像肖安姆块老人的丈夫一样，不断重复着被猎人头的命运。

现已年近七旬的老人陈岩倒虽然在一次猎人头中保住了性命，但他的人生也从被猎头的那一刻起彻底改变。他说，他被猎头的时候单甲已经解放，解放军已经进驻戛多。当时的他正走在回寨子的路上，突然一声枪响，他的脚被密林中飞出的子弹打中，紧接着冲出几个壮汉挥刀就

第三章　远古部落的访问

往他的身上砍。他知道,他遇到猎人头部落的猎头队了。为了保命,他一边使劲呼救,一边顺势向一个很深的山谷滚去。最后,是解放军救了他的命。

尽管过去了40年,但被猎人头的记忆仍然像一个挥之不去的噩梦。陈岩倒老人说,几十年来,他一直一个人生活。由于他是被猎过人头的人,全身充满着晦气,寨子里几乎没有人愿意和他来往相处,更没有姑娘愿意嫁到他家里来。在他看来,他真正的人生从被猎人头的那一刻起就结束了,他活着就是为了等死。

老人说这些话的时候是坐在自己矮小的草房前。夕阳的余晖穿过草房顶上"丫"字形木桩,落满他的一侧身子和半个脸,让我们无从窥见他任何的悲伤。由于他的草房不仅小得无法同时容纳我们四个人,也无凳子可坐,我们只好用一根柴火当凳子,在他的房门口进行我们的采访。

老人说,如果不是解放军的到来,夏多被猎人头的历史还将持续好多年,缅甸阿佤山区也不会这么早就结束砍头的历史。说到这里,老人脱下上衣指着身上长长的伤疤告诉我们,这些伤疤便是当年被猎头时留下的。

四

从史料的记载和我们对其他佤族村落的走访,猎头祭谷习俗曾经普遍存在于阿佤山区的中心地带,其中以缅甸北部佤族聚居的阿佤山中心地带最盛。

在沧源县岩帅镇建设村,陈尼嘎老人告诉我们,他的一生共亲历过四次猎头祭祀活动。第一次是在他十二三岁的那年,最后一次是在1950年。连年粮食歉收和天灾人祸,让潜伏于族人们平静生活之下的拉木鼓渴望再度复燃。他们坚信,所有的灾难都会随着一只新木鼓的诞生而消失,而新木鼓通神的灵性则必须是在隆重的镖牛血祭和神圣的人头祭祀过程中产生的。

我的母语部落

那一年秋收刚结束，村落寨主和魔巴就把全寨的老人召集起来，决定冒着被批斗的风险进行一次盛大的拉木鼓活动，而有没有人头祭祀木鼓则是新木鼓能否获得神性的关键所在。

在一个属虎的日子里，十名肩负着猎头重任的壮汉背着长刀走出山寨。按照传统猎头习俗，所猎人头最好是长有长胡子的外族人或是与本寨有仇部落的人头，但随着各部落械备的加强，猎头变得越来越难，为了在规定的时辰里猎到所需的人头，所有与猎头队相遇的人都会成为被猎头的对象。新时代的到来，要猎取一个活的人头更是变得难上加难。猎头队听说十多公里外的单甲永武有一个亡人刚刚下葬，便在深夜潜入墓地将死人的头猎回寨中。

当猎头手向寨子发出猎到人头信号的那一刻起，全寨猎人的火药枪声便在山间此起彼伏地响起，男人和女人的歌声、舞声便在山间回荡，部落寨主就会为那些脸上和臂膀抹着黑锅灰的猎头手们戴上漂亮的红包头，魔巴的《祭头歌》就会在寨子上空响起：

好人头啊，
你是最良善的人，
你是最尊贵的魂；
你是男人中最强悍的人，
你是女人中最温柔的人，
我们请你来当家，
请你来守护我们的家园，
请你来守护我们的田地。
不要让洪水淹没我们的庄稼，
不要让岩鼠偷吃我们的谷穗；
让庄稼棵棵长得好，
让谷穗粒粒饱得倒地。
一颗谷子结三枝穗，
每枝穗像苞谷一样大；
让我们的粮仓个个满，

让我们的生活一天比一天好。

……

对于往事的讲述让陈尼嘎老人回到了过去，激起了他年轻时代英雄梦想的激情。在他的讲述中，我们明显地感觉到老人对父辈猎获人头的壮举充满着向往。但现在的他已经老去，只能在唱起《祭头歌》的时候尽可能地让自己的嗓音如当时的祭司那样真实。老人的双眼望着远处的山，声音不大，但十分苍凉，它以超越世俗的神秘力量直抵我的心底，让全身的血液停止了流动，手脚也变得有些冰凉。

尽管相隔遥远的时空和性别，在老人粗粝的苍凉歌声中，那个壮烈的年代与那些雄壮的身影、夯实的舞蹈、狂欢的喜悦，仍旧踏着魔巴的歌声奔涌而来，像老人们向我描述的那个神灵世界那样真实、那样令人战栗。

一起从"司岗里"出来，都是木依吉神的族人，都有着黑黑的皮肤，为什么还要用自己同胞的头去祭祀谷魂？

老人回答：这是神的安排，是一代一代传下来的习俗，只有这样才能让部落族人远离灾难、稻谷丰产。所幸的是，随着中华人民共和国的成立，猎头祭谷也成为一段尘封的记忆。

五

作为一个在新文化背景下成长起来的佤族后裔，我曾经试图在阿佤人神性世界之外去寻找佤族猎人头祭祀的合理解释，因为历史上有很多民族都有过猎人头祭祀习俗。比如说，古代西南夷一些部族中就流行猎人头习俗，考古学家从一件石寨山出土的青铜器人头祭场面中发现用于祭祀的人物达127人之多。古代这些部落里的武士们像陈尼嘎老人向我所传达的信息那样，均以猎取敌对部落、族人的头来标榜勇武，形成了猎取人头是部落对外战争的组成部分。我无法理解的是，佤族猎人头祭祀仅仅是对一种习俗的传承，还是佤族人希望通过猎头祭谷这一最高的血祭形式帮他们找回昔日的辉煌，让自己回到传说中丰衣足食的坝区生

我的母语部落

活年代？

对于我的提问，老人们的回答却是惊人的一致：这是神的安排，是一代一代传下来的习俗，只有这样才能让部落族人远离灾难、稻谷丰产。所不同的是，戛多这个被猎人头部落所包围的部落，早在上几辈就舍弃了猎人头祭木鼓的习俗。在戛多下寨，人们用镖牛的方式替代了猎人头习俗，在大多数部落还没有舍弃拉木鼓活动之前，便以拉木桥活动替代了拉木鼓活动，血腥的祭祀早已远离他们的生活；而在戛多上寨，人们甚至将行酒礼改为了行茶礼，不仅让茶主宰了祭坛，让酒也远离了人们的生活。如果没有亲历那些讲述，我无法相信在这些平静得有些淡漠的眼睛深处会隐藏着如此深刻的痛。

我进行以上联想时，太阳正从山的那边落下，雾正从我的脚下升起。站在戛多如同壕沟般的村落道路上，仰望着一道道如同迷宫般的栅栏和一栋栋具有数百年历史沉淀的干栏式草房，这些故事在我眼前幻化成一幕幕现实的真实，让我的行走陷入了一种神秘文化的迷雾中。

现在的戛多早已经没有了防范森严的寨门，深至齐肩的寨沟已经演变成了人和牛马牲畜行走的村落道路，整个村落与这里的山完全融为了一体，和这里的村民一样变得安静、从容。时间这只无形的手，把这里曾经拥有过的强盛、繁荣，以及所有遭遇的不幸都一点一点地抹去，让这里的人们超越于所有的幸福与不幸，与他们所祭拜的众神一起，安静从容地走完自己的一生。

但是，从戛多村落的格局和建筑中，我仍能够感受到被村落族人刻意隐藏的关于灾难的强烈记忆，所谓的遗忘只是一种自欺欺人的假象。按照建筑学的理论，所谓的建筑风格就是一个文化的代表，或者说是文化的积累和沉淀。在戛多，大多数村民的房子仍然保持着佤族传统干栏式建筑，只是这里的干栏式房屋与我所走过的大多数佤族村寨相比，显得更加矮小。像肖安姆块老人和陈岩倒老人这样的贫困户，住的是直接落地的鸡笼式草房，就是像我这样只有1.55米高的小个子出入时都得猫着身子，家里挤得除了火塘的位置就只剩下一个人的空间。但是，无论房子是大是小、是矮是高，全寨一百多户人家每家每户的院子和菜地都用一人多高的石心竹或细树枝密密匝匝地围起来。层层叠叠的栅栏在一条条壕沟似的村落道路的映衬下，形成一道奇特的、别有韵味的景观。

当我们这些身着奇装异服的外村人从他们房前走过时，他们便会停下手中编着的篾箩或是正在劈着竹篾的长刀，透过栅栏久久地窥视着我们。我相信，这样层层叠叠保护式的建筑和挤挤密密的村落布局，曾经让很多族人幸免于被猎头的命运，让族人们在猎头祭祀盛行的年代产生更多的安全感。但这种几乎完全封闭的状态，阻塞了族人与族人之间的沟通，更阻断了与外面世界的心灵通道，让他们在这种自闭中将自己的精神世界拱手交给了神灵。

六

走访中我们发现，尽管已经进入21世纪，村落的族人们仍然跟神灵世界建立着十分紧密的关系。今天的夏多，仍然生活在一个万物有灵的世界中，村落的每一条道路、每一栋草房、每一块石头、每一棵树、每一个有形的存在都有灵魂栖息，在日积月累中，都附着自己部落族人的气息。如果不是天灾人祸，如果不是在强大外力的作用下，村落的族人从不愿意随意改变村落的模样，哪怕是一条道路的走向，甚至是一个石头的位置。他们认为，打破了神灵世界的平静，就会打破人与神灵之间长期建立起来的默契，轻则会生病，重则会引发各种的灾难。

我们的到来似乎打破了村落的宁静，我们的生魂让这里的魂灵世界嗅到了来自远方的气息。我们到寨主家拜访的时候，寨主第一件事情就是为我们举行滴茶礼、念经叫魂。村支书解释道，不行滴茶礼、念经叫魂，我们携带的生魂就会惊吓着他家的家魂，他家的人畜就会生病；如果遇上那种命相很硬的人，还得举行叫寨魂仪式。从寨老们的神态中，我们也看出他们把这次行滴茶礼看得很重。

寨主面对我们的到来一言不发，而是从火坑头上抓了一把茶叶放在土茶罐中，放到火塘边慢慢烘烤。待茶叶发出一股茶的清香时，再把火

我的母语部落

塘上铁壶里的水倒进茶罐,放在火塘边煮沸后倒在一个小碗里。寨主才摘下帽子,将头垂下,用双手将茶碗举过头顶。魔巴从竹篾桌上抓了一把米花向空中抛洒的同时,诵经声便在房子里响起。寨老们则垂下双眼、双手合在一起放在头顶,和魔巴一起沉浸在神灵的世界中。

我的呼吸也变得缓慢起来,心也渐渐迷乱起来,我担心自己的一举一动哪怕是一次不合时宜的呼吸都会惊动或是惹怒了四周的神灵。直到魔巴的诵经声落地、寨主把茶滴在地上,然后把茶碗双手递给支书,开始用正眼看我们的时候,我的心才落了下来。

老人讲,戛多的祖先是从缅甸绍帕迁来的,但他们已经说不清在这里居住了多少代,只是说在一次狩猎活动中他们的祖先发现这里有河、有水、有茂密的森林,可以开田种地,便带着部分家族成员到这里劈山开地建寨。勐买绕(肖姓)家族祖先建了上寨,然后格沙(陈姓)家族祖先建了下寨。直到今天,戛多上寨仍然是以肖姓为主,戛多下寨仍然是以陈姓为主。尽管历经了数十年被猎人头的命运,但整个戛多早在上几代就摒弃猎头祭祀习俗,上寨改信骞玛教,行滴茶礼,不猎头、不镖牛、不拉木鼓,而是以歌舞的方式取悦神灵;下寨仍然拉木鼓,行的是滴酒礼,拉木鼓活动中以镖牛祭代替了人头祭,或是猎虎头来祭木鼓,最后又以拉木桥替代了拉木鼓活动。

我们走访的是上寨,行的自然是滴茶礼。老人们边讲,边双手把茶碗传递到我们面前。茶很少,只盖住碗底,却是浓浓的、黄黄的,却又晶莹透明。小心喝下一口,一阵浓浓的苦涩之后,透彻的甘甜便从舌面向着整个口腔弥漫开来,接连数小时访问所产生的疲惫也在体内慢慢散去。喝完之后,我们学着支书的样子,揩了揩碗口再双手把茶碗递还给老人,并让与我们同来的翻译把我们的一个个问题传送给老人。

与我同来的采访者把录音的话筒放到了老人们中间,我紧握着笔,眼睛直直盯着讲述者,生怕遗漏了哪怕一个音节或是一声叹息。但是,茶一直让老人们对我们的到来保持着一种警惕和戒备。村落的封闭,让他们在与陌生人的接触中充满着不安。当我们要求老人们为我们唱一些类似于拉木鼓、猎虎、贺新房、结婚的调子时,老人们更是变得沉默起

第三章 远古部落的访问

来。支书告诉我们,老人们的吟诵和经文必须依据现实祭祀场景而起,在不合时宜的场景唱不合时宜的调子会惹怒神灵,神灵会降罪于他们。虽然我们看不见神灵,但神灵看得见我们,我们的一举一动都在神灵的眼中。

七

从寨主家出来的时候下起了雨,前面的山和房屋沉浸在雨雾中。雨点滴在竹篷上、草片房上、树叶上的声音、远方河水的"哗哗"声,伴随着泥土的清香从不同方向汇聚到耳边,有一种身居世外的奇妙感觉。这是我平生第一次听到大地的声音,看到大地的存在。

支书开玩笑说,这几天总讲一些与鬼神相关的故事,神灵生气了,下起了雨。在支书的提示下,我果然听到了来自神灵世界的声音:有的奔腾如河水,有的沙沙如细雨,有的如轻落在头上的雨滴,有的如流过脚面的积水,有的如浓雾般萦绕,有的如雨水般欢腾,带着泥土和丛林的清香,从发尖和洞开的毛孔向着心灵进发。我看见带给我戛多的第一个传奇故事的老人——肖安姆块背着一个背箩站在雨中看着我们。透过密密的栅栏,老人正安详地笑着,似乎天上飘落的不是雨而是一缕缕温暖的阳光。她的身后有云雾在缭绕,透出的村落和房屋、树木和道路,都变得遥远而模糊。我的心里有了一种别样的感觉,有着一种想哭的冲动,我知道我的心与这个村落产生了一种默契,一种血浓于水的深情。

在我们即将告别戛多的时候,村支书告诉我们,寨老们突然同意为我们诵经和唱调,但诵经和唱调的地点不能在他们当中的任何一家,只能在村委会。理由是:村委会一个强大的组织,蕴含着一种巨大的力量,不用说是现实中的人,就是村落的鬼神都会服从于它们,不会因他们不合时宜的吟唱而怪罪他们。

在几天的访问中,我们都是在不同人家的火塘边度过。这些衍生于火塘边的村落故事,因为火塘的体温、摇曳的火光、昏暗迷离的脸谱,

我的母语部落

让所有的讲述充满着一种奇妙的现场感。我们决定，把唱调的地点选在村委会的火塘边。

老人们在寨主带领下，来到了村委会。他们重复了一回上次的茶礼，魔巴念着向鬼神请罪的经：

不是我们要在不合时宜的时间，

唱不合时宜的调子，

是远方的客人想要听见你们远古的声音。

要睡你们就好好地睡，

要吃你们就好好地吃。

让我们的声音像风一样从你的耳边飞过，

让我们的声音像尘土一样不被你记起，

……

魔巴把碗里的茶滴在地上，再将余下的一口喝了进去，用手掌擦了擦碗边双手递给寨主便唱了起来：

管理世间的神，

管理山水的鬼，

如果不小心触犯了你，

你不要伤害我们的身体。

我们是沿着祖先足迹走的阿佤，

我们是传颂父兄礼节的后人；

我们不会失落祖先传下的种子，

我们不会丢掉祖先传下的礼。

我们会顺着你们的心意行，

我们会踩着你们的足迹走；

我们会用最高的茶礼敬你，

我们会用最好的鸡献你。

让我们的谷秆粗又壮，

让我们的旱谷背不完；

让我们的粮仓排成行，

>　　让我们的猪牛个个壮；
>　　让我们像麻雀一样快乐，
>　　让我们的人站满山岗。
>　　……

魔巴的声音很轻，担心惊扰了沉睡的神。我知道，他正在神灵与我们之间做着艰难的平衡。作为一个外来者，我知道我们总是会走，也在心里暗暗祈祷，我们的要求不要破坏了他们与神灵之间建立起来的默契，让这里的村民安静、从容、幸福地走过每一天。

那一天，老人们的调子一直唱到很晚，他们对我们的到来表示出一种眷恋。

八

离开戛多后，我们来向乡里的领导告别。乡里的领导自豪地告诉我们，也许下次来的时候我们看到的戛多已经是一个全新的村落。当我们询问原因的时候，乡领导告诉我们，目前他们正在紧锣密鼓地进行茅草房改造，也就是说，在不久的将来，戛多村也要像现在许多佤族村落一样全部改造成石棉瓦顶建筑，这里的阿佤同胞将永远告别茅草房。我的心突然产生了一种怅然若失的感觉：

>　　不是我要在不合时宜的时间，
>　　表达我不合时宜的悲伤，
>　　是我无法改变的悲伤让我如此悲伤。
>　　要睡你就好好地睡，
>　　要吃你就好好地吃。
>　　让我的悲伤像风一样从你的耳边飞过，
>　　让我的悲伤像尘土一样不被你记起。
>　　……

当我在电脑上写下这篇文章的最后一个字的时候，距离戛多的这次访问已经过去了近一年，但在戛多的每一次走访仍然如此清晰。在远离

我的母语部落

戛多的日子里,每一次想起戛多,每一次讲述她的故事,我的心仍然被她一次又一次地感动着。我相信,随着一个全新时代的到来,戛多人向神灵祈祷的那些美好生活向往,都会逐一实现。

2007 年 3 月完稿
2016 年 5 月定稿

佤族新米节已成为沧源、西盟佤族自治县欢庆丰收的节庆品牌

佤族新米节中打谷子、尝新米、庆丰收仪式

最后的魔巴

一

在魔巴的意念中，文字是一种魔法，是一种咒语。这种魔法、这种咒语一旦潜入人的灵魂，便会成为人的主宰，让人们的生活改变模样。

魔巴说，人的肉身看上去很强大，可以和最强大的敌人作战，可以将最凶猛的野兽置于死地，但是它却被飘浮在身后、没有任何重量的影子控制。这个飘浮不定、没有任何重量的影子便是人的灵魂，丢失了灵魂，肉身就会陷入迷途。

千百年来，在佤族人的世界里，魔巴做的就是引导灵魂各归其所、踏上归家的路。

在佤山沧源我的故乡，人口的密度并不大。就是在今天，汽车在曲曲折折的山路上行驶时，往往走上几十公里才能见到一个村落。村落也往往是挂在山坡上，或是几十户，或是上百户，但都只是挤挤密密占去一面山坡的极少部分。仰仗着潮湿温热的气候，村落周边几乎都是一望无际的森林，可以说山有多长，森林就有多宽。但是，在这一望无际的崇山峻岭间，我的族人们却从来都不会感觉到孤独。因为森林不仅会给他们带来丰富的肉食和各种稀奇古怪的野菜，更重要的是，森林还是各类神灵的家，在各类神灵的庇护下，村落族人便能够地久天长、远离灾难。

在村落族人的眼里，所有有形和无形的东西都拥有自己的灵魂。每一座山、每一条河、每一片森林都有一个神灵在驻守，每一棵草木、每一只飞禽、每一头走兽，甚至于每一块石头、每一阵风云都拥有自己的魂灵，每一个村落、每一个家庭都拥有各自的寨魂和家魂，每一种灾难、

我的母语部落

每一种病痛都由一种至高的神灵掌管着。魂灵世界丰富着他们的想象，给予他们与自然抗衡的力量，让他们单调的现实世界变得丰满而充实。

二

我的外公曾经是一个出色的猎手，每次他到山间狩猎，都会带着那支沾满了各种动物毛发的火药枪和弩箭，独自一人进山。这些动物都是在神的暗示下，进入他的射程范围，变成他的猎物。为了纪念它们，外公每猎取一个动物，就拔几根毛发粘在枪和弩上。

无论森林有多么阴森，无论他在山上的时间有多久，外公从不会觉得孤单，因为那支粘满各种动物毛发的枪和弩附着各种动物的精灵，这些精灵不仅会在狩猎的关键时刻给予外公帮助，还会在外公感觉寂寞的时候和他做伴，让外公能够连续几天独自驻守在山上，直到把一个个猎物带回寨子。

外公已经记不清自己给村落的族人们带回过多少猎物，但他从不把狩猎的成果归功于自己，而是归功于神灵的庇护。因此，每次外公外出狩猎活动的前几天，不仅要杀鸡看卦、拒绝与包括外婆在内的尘世间女性发生直接或间接的接触，还会一次又一次地跑到家门前的竹篷倾听各种鸟的叫声，窥视深藏于动物世界里的秘密。如果出现任何纰漏，就算是到了出门时刻也会毫不犹豫地放弃狩猎计划。

在外公的意念中，在族人的认知世界里，没有了神灵的庇护，再好的猎手都无法获得猎物。因为，猎物是受到神灵的暗示才会跑入猎手的视野，猎物是神给予人类的一种恩赐。如果没有神灵的帮助，人是无法与自然界的一切抗争的。所以，我很小的时候就知道，外公的猎枪是不能乱动的，外公的座位是不能乱坐的，外公更不能抱像我这样的女孩。如果稍有不慎，吓走了上面附着的精灵，外公就再也成不了猎手。男人不能上山打猎，各种鬼魂就会到寨子来捣乱，灾难就会频繁光顾寨子，族人就得被迫再度迁徙。

小的时候，无论白天怎样忙，晚上阿妈都会叨上烟锅坐在火塘边

第三章 远古部落的访问

给我们讲各种各样的故事，几乎所有的故事都是围绕着神灵展开的。阿妈讲得最多的是，人活着吃什么穿什么都不重要，重要的是要守住自己的魂灵。阿妈反复告诫我们，不要把内衣内裤晒在低矮的树丛上，以防把一些不干不净的鬼魂带回家；不要轻易喝别的男人倒给的水酒，不要让自己的头发落在别人的家中，以防别有用心的人把自己的魂灵悄悄偷走；男人坐过的凳子还未完全冷却前不要乱坐，否则就会把男人的精魂带回家，怀上这个男人的孩子。

我们问阿妈，人的魂灵住在哪里呢？阿妈说，没有太阳、月亮的时候，没有火光照耀的时候，人的魂灵就住在头发里面、衣服上和人的肉身上；太阳、月亮出来的时候，魂灵就变成影子跟在人的后面。以后，每次出门的时候，我都要转过身来看看自己的魂灵是不是还跟在后面，有人踩了我的影子我就要喊着让阿妈帮着叫魂。后来，我随父母搬到离了族人的村落，同伴约玩踩影子的游戏我从来不参与，害怕把自己的魂给弄丢了。

阿妈还说，不仅人有魂，每一棵草、每一块石头、每一棵树、每一条小溪，甚至空气、飞鸟，都有自己的灵魂。你善待它们，它们都会在人们处于困境的时候给予你帮助；你不善待它们，它们就会寻找一个机会附在你的身体上报复你。所以，每次我和我的妹妹还有同伴上山砍柴、找菌子、背水的时候，都远离寨子的神林，到山上也只砍一些神赐予我们的杂木，只采摘一些神赐予我们的野菜和果实；花桃树、红毛树这些没有经得神灵同意的神树，我们是绝对不敢碰一下的。我们坚信，人的世界是被神灵主宰的，连接人与神界的关键人物就是魔巴。

三

魔巴是阿佤人最为仰慕的职业。魔巴不仅能够帮人们找回丢失的灵魂，还能够与天地万物的灵魂对话。但并不是每个人都具有当魔巴的资格。魔巴首先得具有超出一般人的记忆，要能够把人类从"司岗里"出来发展到今天的故事以调子的形式唱出来，要把族人迁徙史和村落创建

我的母语部落

的历程以诗一般的格律吟诵出来。更重要的是，魔巴要从这些传说故事中，读懂神灵的暗示，以此来把握整个村落的兴衰。

人头和牛血是最受神灵世界欢迎的祭品，木鼓是魔巴与神灵进行对话的最佳媒介。但在通常的日子，如有家人外出、家人有个头疼脑热的，或者是做了一个不好的梦，魔巴们则是通过杀鸡看卦的方式，去与神灵沟通的。正如神灵世界的神灵也有大小之分一样，主管这些事物的神是一些小神，一般的魔巴就能实现与它们的对话。

小的魔巴祭的是小的神灵，大的魔巴祭的是大的神灵。在阿佤人的神灵世界里，最大的木依吉神的魂灵就安放在木鼓里，被祭献在村落中央的木鼓房里。像拉木鼓、镖牛仪式、拿谷魂，或是村落中最有威望的老人去世、起房盖屋、有新人出生、猎手猎到大的猎物等类似的大事件，就必须由大魔巴来主持。

至今我还清楚地记得，小的时候，每年月亮最圆的日子，旱谷地里的谷子刚刚抽穗，寨子都要举行隆重的拿谷魂仪式。这一天，外公会戴上他平时不常戴的红包头，大魔巴则会戴上那个八成新的黑包头、穿上麻线织成的黑布对襟衣服、大摆裆裤，一脸肃穆地站在寨门口，用他独有的歌喉迎候拿谷魂队伍的归来。

这天，木鼓会被一次又一次地敲响，族人们会穿上节日的盛装，拉开歌喉，跺着脚板，喝酒、劲舞、欢歌，几天几夜通宵达旦。魔巴则是整个活动的灵魂和引领者。所有的族人都知道，没有魔巴的引领，谷魂就回不到家，人畜就不会旺盛，村落就会衰落；没有魔巴的引领，被猎获猛兽的魂就回不到森林中去，潜伏于村落盗窃族人的魂灵；没有魔巴的引领，患了重病的族人就找不回丢失的魂灵，死去的族人魂灵就无法顺利地抵达阴界，村落就会失去安宁。

阿妈向我证实，我小时候生了一场重病，人瘦得像根柴一样，眼看就没命了，是魔巴硬是把我的魂从阴界拉回了阳界的。阿妈还活灵活现地向我再现了当年魔巴的风采：魔巴将尖尖的竹签刺进我的指尖，一股暗黑的血便像泉水一样地冒了出来，滴在了魔巴抬着的竹碗里面，把竹碗里的米染成了黑红色。阴界的鬼附在了魔巴身上，魔巴的声音变成了我去世多年的外婆的声音。

几兄妹中我是外婆最疼爱的一个,在很小的时候,已经步履艰难的外婆常常蹲在火塘边,把我兜在她的筒裙里,一边喝着阿妈烤的浓茶,一边给我唱一些我听不懂的歌谣。当外婆的手越过阴界向我伸来的时候,魔巴大喊着外婆的名字,把酒喷在我的脸上,竹碗里被血染成暗黑色的米变成了鲜红一片,我的眼睛便神奇地睁开了,命也就奇迹般地被保留了下来。从此,魔巴这一神奇的职业在我心灵深处留下了难以磨灭的记忆,魔巴这类让人敬畏的人物也在我内心具有莫名的亲和力。

我出生于20世纪60年代末,到我懂事的时候,已是20世纪70年代中期了。人们的意识被无神论者充斥着,自然界中的一切,并不像魔巴所说的那样具有什么思想感情,更没有什么所谓的灵魂。河流山川、草木花朵、走兽飞禽,无论是有生命的,还是没有生命的,都不具有思想和灵魂。风雨雷电仅仅是一种自然现象,天空只是一个肉眼无法看穿的大气层,无法承载任何的生命体,更没什么所谓的神灵。这些思潮通过一些神秘的途径,悄无声息地抵达故乡的各个角落,左右着人们的思想。

到我知事的年龄,像镖牛祭祀、拉木鼓等这样一类大的祭祀活动已经被终止,村落里那间象征着寨子心脏的木鼓房逐渐破败了。木鼓房草片金灿灿的黄也日渐暗淡,衰落为一片暗黑。风起的日子,便随着风向飘落。

人界与神界的通道因为一个新时代的到来而出现了梗阻,那些随风飘落的残余记忆只能躲在不见光日的角落独自悲伤。魔巴,这种能够通达神界的拥有至高地位的人物,也因为各种宗教仪式的退场而回落,像我父亲这样的汉人被越来越多的人所接受。

四

父亲进入佤山沧源是在20世纪50年代末,现在的大多数城镇在当时还都是一些荒无人烟的丛林和芦苇地带,公路也仅仅通到离县城还有60公里的一个叫作勐省的坝子。要到达佤山沧源腹地的任何一个角落

我的母语部落

靠的都是脚力。受到脚力的限制,阿佤山大多数人家祖祖辈辈都没有走出过佤山,思想也没有超越大山的局限。这种局限让父亲看到了一个与他的故乡昆明完全不同的世界。魔巴就是这个奇特世界里的一个奇特的代表。

父亲到沧源工作后的第五年,被调到了一个叫满坎的佤族村落任教,这让他有机会亲历了一次佤族的拉木鼓仪式,也让他亲自领略了魔巴当年的风采。

那是一个秋收的季节,但村落的收成远远没有族人们所意想的那样好,很多谷穗抽不出饱满的谷粒,像老妇人身上干瘪的奶子;就在这个算不上风高物燥的季节,村落十几户人家遭到了一场大火的袭击;还有一个孕妇也在生产中死亡。为了唤醒沉睡的谷魂,让族人尽快从灾难的伤痛中走出来,村落举行一次盛大的拉木鼓仪式。

在拉木鼓前举行的镖牛仪式上,魔巴紧闭着乌黑的双唇,用鼻子和胸腔发出一种能与神灵沟通的语言,把一筒又一筒酒倒在那棵已经衰老的寨桩前,跳着娱悦神灵的舞蹈。然后迈着王者的步伐向黄牛走去。

就这样,在拉木鼓的七天里,整个寨子里弥漫着神灵世界的气息,魔巴神性的地位因为神灵的降临再次被推向了极致。阿妈回忆,当时的满坎村落也算得上是一个大部落,有着100多户人家,镖牛的场景十分壮观。

在魔巴的引领下,男人们身背枪弩和刀斧来到大山深处,把魔巴选定的一棵有着近百年历史的花桃树砍倒,再用两棵拇指般粗的藤条拴好。然后,一队男人开山辟路,一路放着火药枪,为木鼓树回家做好准备。魔巴则跳上木鼓树,手持镖枪,挥动着双臂,用他特有的苍凉的嗓音边歌边舞,引领木鼓回家。男人们则面对面侧立在两旁,拉着绑在木鼓树上的藤条,伴随着魔巴歌声和手臂的节奏,一边拉着木鼓,一边歌舞着。女人们则穿上节日的盛装排成两排,站在木鼓将要经过的地方,伴着激越的歌唱,跳着最欢快的舞蹈,迎接木鼓树的回归。

作为村落唯一的外族人,父亲没有直接参与到拉木鼓的行列中,从而使他得以有机会,将木鼓树进寨的情景看得更加完整、更加真实。直

第三章 远古部落的访问

到过去了快半个世纪,父亲已经从一个壮年男子变成一位儿孙满堂的老人时,仍然能够清晰地回忆起那天的情景。

那天,村落的雾气还没有完全散尽,男人们的"嘿哈"声和女人们的歌声,以及震耳欲聋的枪声就在山背后此起彼伏地响起,把整个村落带入到一种神奇的气氛中。父亲和留守村里的老人、小孩和怀有身孕的妇女一起,来到寨门前迎接木鼓的到来。整个寨子变得异常地安静,只有风吹动树叶的声音。

木鼓进寨时,已经是下午。太阳从红得有些发黑的云层穿过,整个村落笼罩着一层淡淡的红。木鼓出现在寨门前的山坡时,如血一样的残阳正从魔巴的肩上穿过。魔巴站在正在移动的木鼓上,举着一只标枪,张着双臂呼喊着,像一个乘坐着方舟从天而降的神。太阳的光芒在他的背上形成了一个金色的光环,魔巴包头上的羽毛在风中飞舞,像几只正要起飞的鸟。

  哎唉
  花桃树叶发芽了
  松树叶茂盛了
  我们砍了新的木鼓
  祭祀新的魂灵
  达同保哟,劳巴素哟
  我们跟着你们的脚步走
  我们按照阿佤的理说话
  别让我们心神不定
  别让我们触犯神灵
  我们要把头道酒献给你喝
  我们要为你建盖新房
  请让我们的粮仓排成行
  请让我们的族人站满山岗
  ……

在浩荡的拉木鼓的队伍中,魔巴厚重、苍凉的声音带着他的祈祷,穿越阳界世俗的阻隔，顺利抵达神灵的世界，让这个有着上百年历史的村落获得新生。村落的男女老少们，以通宵达旦的欢歌和劲舞，释放着因村落新生带来的狂喜。眼前的情景，让父亲产生了一种莫名的震撼。这也是在后来的日子里，在自己力所不能及的时候，父亲会由着母亲以自己的方式处理一些棘手问题的原因所在。

五

但是，这并不意味着父亲接受了族人对于万物有灵的解释。作为中华人民共和国培养的第一代知识分子，父亲坚信，一个用大树凿成的木鼓并不具备任何神力。最让他的心感到刺疼的是，为了祭祀木鼓，竟然将一头头正处于壮年的耕牛活活镖死！

在父亲的故乡玉溪，耕牛在家庭中的地位和作用相当于一个成年的男子。祖父去世时父亲只有七岁，是家中的那头耕牛帮助祖母度过了那段最为艰难的时光。当祖母做出跟随舅爹背井离乡到昆明谋生时，祖母最难割舍的就是那条伴随她近十年的老牛。

尽管在满坎，父亲是唯一的汉人，但知识给予了父亲超越现实的力量。父亲在村里大青树旁盖起了学校，把一句汉话都不懂的半大娃娃和青年男女领到学校，教他们用那双曾经用来打猎、舂米、挖地的手，写像画一样的文字。父亲有着阿佤人所不喜欢的白皮肤，从来不会纵情高歌，更不会跳舞喝酒。但是，不仅是姑娘们喜欢他，就是小伙子和老人也喜欢听他讲话的声音，喜欢看他笑的模样，喜欢看他背着药箱走村串寨的样子。村落里有人头疼脑热的时候，父亲就会从身上的药箱里拿出一些白色的药片，以超出魔巴的力量将附在人体上的恶鬼赶走。

魔巴断定，是文字赋予了父亲超越凡人的力量，这种附着神力的力量正悄悄解构着魔巴千百年来构筑的神性世界。特别是在那个孕产妇、婴幼儿死亡率极高的年代，在我阿妈生产我和妹妹时，父亲竟然在一本写满汉字的书本指引下，独立完成了接生的整个过程。而且，每个孩子都奇迹般地成活下来，每个孩子的头上都写满了阿佤人所崇尚的智慧。

第三章 远古部落的访问

魔巴开始痛惜那张在传说中被阿佤人当作食物煮着吃了的牛皮,上面写满了神灵赐予阿佤人的文字。但在以往漫长的历史发展进程中,魔巴们并没有意识到文字的力量。因为魔巴们坚信,凭借他们天才般的记忆,能够完好地将阿佤人积累的智慧用诗一般的语言再现出来,再以同样的方式一代一代传承下去。直到20世纪30年代,两个长着黄头发、蓝眼睛的英国男人在阿佤山的一些地方,用文字改造族人灵魂的事实发生后,他们才第一次意识到文字的力量。

这两个英国男人一个叫永文生,一个叫永文理,据说是父子俩。在一个十分炎热的夏季,两个英国男人神奇地出现在黑皮肤的阿佤人当中。他们说,他们要一块牛皮大的地方种下阿佤人的文字。宽厚的阿佤人同意了。英国人把牛皮剪成了又细又长的牛皮绳,让他们的活动领域远远超出了一张牛皮的大小。在这块用牛皮绳丈量出的地方,英国人建盖了宝塔似的房子,用一种拼音字母创制了阿佤人的文字,并用这种文字写下了一本又一本关于耶稣的故事。就是这一本本厚厚的书,让一个又一个山寨的阿佤人放弃了千百年来信奉的神灵,放弃了阿佤人祖祖辈辈传下来的节日,放弃了镖牛、狩猎、喝酒、昼夜歌舞的狂放生活,变得温和而顺从。

就是在英国人离开后的数十年时光里,他们仍然坚守着英国人给他们带来的信仰和生活方式,把每个星期到教堂去和他们的上帝之子耶稣过礼拜当作了生活中最为重要的事,把能够吟诵英国人创造的文字、写成的书视为一种荣耀。在这些山寨里,很少有人再吟诵阿佤人创世神话《司岗里》,男人们已经不再崇尚打猎,连杀鸡的勇气都在一点点丧失。魔巴们也从而断定,英国人创制的这种拼音文字并不是阿佤人传说中丢失了的文字。但是,他们又无力把阿佤人在传说中丢失的文字进行复原,无法像英国人曾经做过的那样,用一种白白的药片把更多的人从死神那里夺回来。

六

今天，魔巴又再次真实地感受到来自文字的力量。在村落的快速发展中，魔巴开始深切地体会到，许多被阿佤人坚守的东西到了应该放弃的时候，如拉木鼓、镖牛祭祀一类的祭祀活动。因为，传统的拉木鼓活动是要进行十天半月，这十天半月中，数头乃至十数头水牛或黄牛镖倒在祭台前，成为供奉神灵的牺牲。

而许多村落，能够拿出牛来镖的家庭越来越少了。族人们也逐渐减少了镖牛的数量，最后甚至试图用一个已经被反复使用过的牛头替代牛的献祭。但是，没有了现实中的镖牛，拉木鼓活动就失去了它应有的庄严；没有了牛喷洒的热血，人界与神界的通道就无法开启，阿佤人的激情之火就无法被真正点燃。更重要的是，现在，阿佤人的粮仓正日益充裕起来，灾难也越来越远离了他们，村落正因为人口的增加而不断在扩大……这是魔巴们不得不面对这样的事实。时代在变，神灵的世界也在发生着人们意想不到的变化。

拉木鼓、镖牛祭祀很少再被人提起，木鼓也很少因为祭祀而被敲响，父亲也再没有机会目睹魔巴站在人界与神界道口，展现出来王者的气势和迷人的风采。但是，魔巴的力量仍然不无时无刻地左右着人们的生活。比如，在祭谷魂、取新米、取新火、盖新房、婚丧嫁娶的日子里，魔巴的作用仍旧无人能够替代。

在这样一些特别的日子，在山神祭祀中，阿佤人的《司岗里》传说就会随着魔巴那厚重、苍凉的嗓音滚落出来。只有在这样的语境中，魔巴天才般的记忆才会展开，将阿佤人的现在与远古的过去连接起来，照亮族人关于祖先的记忆。父亲也不得不承认，没有魔巴厚重苍凉的声音，所有的节日和所有的仪式就失去厚重感，失去了存在的意义；没有魔巴，阿佤人的情感通道就会被阻塞，阿佤人的歌舞就失去了内在的激情和力量，阿佤人的生活就会失去丰富的色彩。这样的认同，让日渐老去的魔巴得到些许安慰，也让他的存在获得了新的意义。

许多外来干部就是被这种独具特色的生活所吸引，每天像父亲那样

第三章 远古部落的访问

蹲在火塘边,品着阿佤人的苦茶,喝着阿佤人滤的水酒,听像魔巴这样的老人讲述阿佤人的故事,还把阿佤人的故事用汉字写在本子上,印成一本一本的书。这足以让外公和魔巴相信,汉人和阿佤人都是从"司岗里"出来的,只是后来汉人走向了通往坝子的路,阿佤人走向了通往山区的路。

七

父亲七岁丧父,在以后 10 多年的成长岁月里,他们一家 10 口人中先后有六口在灾难中死去。在他以往的生命经验中,生活留给了他太多艰辛的记忆。

父亲曾经居住在一个比佤族村落大得多得多的城市,但他的心境却从没有这样开阔过,他的生活也从来没有这样充实过。如果说,城市生活的经验让父亲体会到了生存的艰辛的话,那么,与阿佤人共同生活的岁月却让他懂得了快乐的含义。这种大家庭式的生活方式唤醒了父亲内在的激情,并在这种激情的岁月里,与阿妈的歌声相遇。

那天,下了一整天的雨,整个村子弥漫着厚厚的雾气,到了晚上却突然消失殆尽。明净的天空,一轮月亮缓缓升起,打歌场上的篝火燃了起来,姑娘小伙的歌声如期响起。一个高亢嘹亮的声音突然间平地而起,穿过洁白的月光,在夜空回荡。整个夜晚,母亲那头瀑布般的长发一直在父亲眼前飞舞,强劲的舞步激荡着父亲年轻的心。许多的夜晚,父亲都是在这样的幸福中度过,本应该孤单的日子变得丰富厚实起来。

父亲和阿妈的婚礼由魔巴亲自主持,外公执意镖倒了家里唯一的一头黄牛。魔巴说,父亲和阿妈的婚事是神灵的意志,无法抗拒。并从黄牛的倒向和牛血喷洒的方向预言,族人的种子将在异族的土地上开出繁茂的花、结出繁盛的果。

父亲带着我们一家离开满坎寨的时候,父亲仍然是村里唯一的汉人,但村里的大青树上已经安装上了高音喇叭,天天播放着中央人民广

我的母语部落

播电台的新闻和各种各样流行于内地城市的歌曲；有五个年轻人离开山寨到县城去读书，有两个人去到坝子去工作。就是像外公和魔巴这样几乎从未没有走出过满坎大山的老人，也到县城去开过两次会，见到了传说中的坝子和城市。

外公曾经反对过阿妈和父亲的婚事，魔巴却说："长了翅膀的小鸟要出窝，长大的姑娘要嫁人。你不见叶茸的身上长出了翅膀，你不让她嫁给汉人，她也会自己飞掉。"但是，直到我们一家要离开山寨到一个叫作勐省的坝子定居时，外公才见到阿妈身上的那对翅膀。他知道，这对翅膀还会长到她的六个孩子身上，注定了他家的种子要到异地开花结果。

在我们一家离开的前一天，魔巴捉了一只毛色鲜亮的红公鸡，在我家房门前亲手杀了。鸡血滴在学校的操场上，滴在我家的火塘边，然后，鸡的肉香便在屋里弥漫开来。烛光下，魔巴将煮熟的鸡头肉一点一点剥净，将两个像牛角一样的叉骨紧紧扣在一起，当看到鸡头骨的每个骨眼都全部张开，形成完美的通道时，魔巴的歌声就响了起来：

  我们的谷种要在汉人地里开花，
  我们的谷子要在汉人地里抽穗。
  无论你们走得多远，
  佤寨留着你们的魂；
  无论你们走得多远，
  我们的血脉总是相连。
  我们要把我们的后人送进学堂，
  要让我们的后人找回阿佤丢失的文字，
  要让我们的后人走得更远。
  ……

晚上，猎王岩胆背回了一头野猪，族人们通宵达旦、欢歌劲舞，送别我们一家。外公和寨老们围坐在火塘边，喝着烈酒，唱了一夜的歌。天边亮起的时候，父亲看见外公和魔巴眼里闪耀着泪光。

第二天，公社（现为镇）的四匹骡子驮上我们全部的家当，族人们唱起了离别的歌。魔巴为我们兄妹拴上了魂线，把滴有鸡血的黑土用红布包裹起来，别在父亲的腰间。

八

那个红布包一直跟随父亲从那个叫作勐省的坝子到了县城，父亲也从一个壮年男子变成了一个老人，佤山沧源也发生了翻天覆地的变化：县城已经看不到一间草房，就连许多乡村也都住上了钢筋混凝土平顶楼；人们唱着佤族的《加林赛》，讲着流利的汉语，身着漂亮的时装，脚踏高跟皮鞋，追赶着时尚。

行走在这样的大街上，那段初进佤山的岁月便会在父亲眼前变得愈发清晰起来，魔巴的歌喉便会在耳边响起，火塘边老人们讲述的那些佤山故事便会从心间一次又一次地淌过。父亲感觉自己真的老了，越来越深地沉浸在对往昔的回忆中。

在一个阳光明媚的日子，在哥哥的陪同下，父亲和母亲回到了他们曾经恋爱、生活过的满坎佤寨。山寨修通了公路，时不时有拖拉机从他们身边经过；学校草房的位置已变成了两排瓦房，过去那些望不到边的森林，已经变成了一望无际的甘蔗林。有几户村民已经住上了瓦房，接收电视的"铁锅"像怪物一样支在房顶上或是房前的土堆上，房间里传来嘈杂的电视机的声音。但学校门前的大青树还在，仍像记忆中一样枝繁叶茂。

老人们都还认识这个姓袁的汉人老师，像20多年前一样，为他们的汉人老师做阿佤人最爱吃的鸡肉烂饭，叼着长长的烟锅坐在火塘边跟父亲说着一些陈年旧事，并通过鸡头卦来洞察眼前的这位汉人与他们之间的距离，然后再小心翼翼地用红布包起别在父亲和母亲的腰间。

那条通往山外的小路上，已经看不到外公赤着脚奔跑的身影，听不见魔巴抬着酒筒站在山道上举着双手为他们叫魂的声音。老人们说，魔巴是在外公过世后不久去世的，魔巴去世的时候，没有按照佤族的习俗举行镖牛仪式，牛已经完全走下神坛，成为日常劳作的工具。

我的母语部落

　　父亲取下了魔巴曾经亲手为他别上的红布包，连同这次老人们为他和母亲别上的红布包一起，悄悄地埋在曾经用来安放木鼓的地方。父亲知道，他是来向一个无法告别的时代作别的。

　　离开山寨的时候，父亲似乎听到了魔巴厚重、苍凉的声音在他的身后响起：

　　　　我们的谷种要在汉人地里开花，
　　　　我们的谷子要在汉人地里抽穗。
　　　　无论你走得多远，
　　　　佤寨留着你们的魂；
　　　　无论你们走得多远，
　　　　我们的血脉总是相连。
　　　　我们要把我们的后人送进学堂，
　　　　要让我们的后人找回丢失的文字，
　　　　要让我们的后人走得更远。
　　　　……

2004 年 6 月初稿
2016 年 5 月定稿

小城的魅惑

一

在春季，油菜花总是铺满了小城的边界。当车从藏在密林深处的山间公路向下滑落的时候，第一眼望见的便是一大片金黄。这些金黄开始是铺满了整个谷底，厚厚的、软软的，被公路两边的山紧紧地夹着，顺着公路向前铺展开来，像一条奔腾的金黄色的河，越奔越涌、越去越远、越走越宽，一泻几十里，直到与远处碧蓝的天、淡去的山相融。车随着这条金黄的河流而去，便会见到一座矗立在田野中的小城。小城的规模并不大，田的面积比城的面积要大得多，那些标志着城的街道和房屋在这片金黄的中心地带顺着一条水泥路面漫不经心地铺展开来：笔直的水泥路、往来的汽车、冒着黑烟的拖拉机、牧归的牛群，戴着斗笠、穿着短衣筒裙的"卜哨"、舞蹈打歌的人群，让这个金黄的小城变得生动而充满着人气。

这是21世纪以前大多数人对于沧源县城勐董的记忆。勐董城的历史并不长，从1950年解放算起，充其量也只是几十年的历史，而此前勐董并无建城的历史。虽然居住在这里的大部分人是黑皮肤的阿佤人和戴着包头、穿着短衣、筒裙的傣家人，但整座城的格局及建筑却是内地某一座正处于农转非小城模式的克隆：两排是工工整整的火柴盒似的建筑，一条水泥路面穿城而过，百货公司、电影院、球场成为街道的中心和小城的象征。

这种小城的格局，让我产生了一种远离了乡村的暇想。特别是在那个全县所有乡镇的道路都还处于或是泥泞或是尘土满天的土石路面的年代，走在这条笔直、宽敞、繁华的水泥路上，常常让我滋生一种地道城

我的母语部落

里人的自豪感。以至于我在这个县城高中三年的生活，忽视了它是一座生活着 65% 佤族人口和 12% 傣族人口的小城，忽视了自己身上还流着一半佤族的血。只记住了电影《少林寺》风靡这个小城时的情景：电影院前的两块球场拥挤着等候看电影的人群。为了这部风靡全城的电影，初涉爱情的女友几乎动用了她在小城所有的关系，为远在勐角的男友弄了一大把电影票。她的男友则骑着自行车呼朋唤友穿过盛开着油菜花的田野，骑行十多公里的路来到县城，看完电影连女友的手都没有摸一下便连夜返回勐角。

直到 1989 年我大学毕业回到这个小城的时候，我才注意到那些大片大片盛开着油菜花的田野和那条穿城而过的勐董河。那年我 22 岁，正是收获恋爱的季节。

那时的勐董河还算清澈。据说这条河发源于离勐董县城不远的中缅边境羊柏垭口，是由 19 条大小支流汇集而成，主干河长 35.7 公里，是一条归属于澜沧江水系的河，也是沧源县最重要的河流。我和男友常常坐在河边看着这条河怎样从山的肚子里面流出，怎样翻过一个个的石头奔腾着走向我们，又怎样从我们面前向着城的方向流去。河水穿过或是金黄或是青绿或是褐色的田野，变得越来越窄，最终消失在田野、消失在山间。

河边和田野里有一些戴着斗笠、穿着筒裙的傣族女人，在河水汹涌的季节，她们便矗立在河边，把又黑又厚的筒裙拢到大腿根部，让河水冲刷着她们白嫩的腿，一铲一铲地把河沙捞起在岸边堆成一座一座的小山，又用拖拉机拉出去换成钱；在河水舒缓的季节，她们在腰间背一个小篾箩、手里拿着一个竹篾撮箕，穿行在河岸边和田埂的沟边，弓着腰摸一小背箩手指大的鱼和一尺长的黄鳝（鳝鱼），再顺便采几把野菜，回家用酸笋、辣子、豆豉煮一道特色菜，一天的日子就算打发过去，吃不完的则用草穿成串提到街上去卖。

在秋收的季节，她们会站在田野中的一个木架上，把刚打出的谷子一箩一箩地往下倒，那些瘪谷和杂草便会顺着风向飘落到田间化作肥料，饱满的谷粒则堂堂正正地落在篾笆上，太阳落山的时候被一箩一箩

第三章 远古部落的访问

地挑回家去。这时候，暮归的人群便会在夕阳中凝固成一排一排的影像，太阳的余晖则穿过她们的头顶、肩头、手臂、簸箩的四周向河边射来，河面上便会泛出一片巧克力似的金黄。

在这样的劳作中，金灿灿的田野在几天时间里便变成了一垛垛稻草守护的荒野，成为黄鳝、泥鳅、蜻蜓、昆虫、鸭子、牛群、孩子们的乐园，在那些已经抽出嫩绿芽苗的稻根中间，会踩着大泡大泡还冒着热气的牛粪，也会捡到放鸭人拾落的鸭蛋。只有在秋后犁田的时候，田野中才出现清一色的男人。男人们站在犁头架上，吼着山歌，牛的身后便会翻腾起一道一道黑黑的泥土，让收割后的田野呈现出它本来的面目。

我的爱情也在这样的秋收春种中走向金黄。每一天黄昏，我们都会和小城里的人一样，把晚饭后那段剩余的时光消磨在田野间一条条机耕路上。这时的田野比小城的任何一个地方都还要热闹，老人、小孩、年轻夫妇、恋爱中的人都向着这些铺满金黄和绿色的田野涌来，不约而同地向着城边四季流淌的勐董河边走去。或是洗洗脚上的泥，或是坐一阵子，或是站着和某一个人聊聊家常，待到满天的红霞落下变成天上最后一缕阳光的时候，才逐渐消融在暮色中各自散去。这种习惯成为小城居民生活的一部分。

儿子出生后，我们让儿子在这些通往小河的机耕路上学会了走路、奔跑，学会了"稻谷""油菜""耕种""收割""水牛""蜻蜓""青蛙"等与田野与大地与河流有关的词汇，摄取了他对于世间生活的第一印象。

至今我仍然能够清晰地记得，春天来临时，我和丈夫、儿子拉着风筝在被油菜花染满金黄的田野中奔跑的情景：天上的风筝时起时落、时而又交错在一起，我们则随着风筝起落的方向从这块田埂跳到那块田埂。傣家女人头上戴着的斗笠总是在田野中时隐时现，她们背箩里和手里都是一把把盛开的油菜花尖，对于我们的惊叫、欢喜毫不动容，一心想着也许后天或是大后天，把手中嫩嫩的油菜花尖变成酸酸的菜花腌菜拿到街上去卖。

到田野中的金黄变成浅浅的稀疏的绿色，稀疏的绿再逐渐变厚变浓，稻田里、水沟中便已经游着成群的小鱼，螺蛳已经长得有手指一样

我的母语部落

粗，水芹菜、鱼腥草、薄荷也绿绿地长满了沟边和田埂。许多像我们这样的小城居民便也学着傣族女人的样子，拿上一个竹篾撮箕，腰间挂上一个小篾箩，把田边地脚沟边翻了个遍。水田是傣家人的，田里沟中的鱼儿只认得傣族"仆冒"的腰箩，不愿意成为我们的盘中餐，我们只好在田里捡一些螺蛳，再把大把大把的水芹菜、鱼腥菜、薄荷拿回家。螺蛳泡在盆里放下几把面粉，淘洗几遍后，放在锅里和油、小米辣炒一阵，然后再倒上水，放一些酸笋子、香蓼、野芫荽，拿了做菜吃；那些鲜活的野菜则学着傣族人倒上点菜花腌菜水，拿点豆豉、小米辣拌着吃。

大家对于这种生活始终充满着热情，并把这种热情带到单位上。有人说，割谷子的时候，人们从四面围起往中间割，到剩下中间一块的时候，那些在稻田中做窝的秧鸡、田鼠、蛇、野鸭就会从不同的方向冒出来，整块稻田立即成了狩猎场，场面十分热闹。他们甚至不止一次亲眼看到，收工的时候傣族人的篾箩边常挂着还扇动着翅膀的秧鸡和野鸭。

我没有见过同事讲的这种情景，但在县城农贸市场的街子天，我常常看见卖田鸡、秧鸡、田螺、螃蟹、鱼虾，还有竹笋、木耳、水芹菜、树头菜、刺五加叶等野味和山珍的农人，有的是傣族，而更多的是佤族。

佤族是不大种菜的，养的鸡、猪、牛大多是用于村落和家庭祭祀，吃的、穿的和用的大多依靠田野和山林。据我父亲那一辈人讲，几十年以前，就是像勐董城这样的坝子周边都是大片大片的森林。在20世纪60年代末，勐董县城边像永和、坝卡、坝尾、永冷这样的山寨，老百姓最怕、最防的还是老虎、豹子这样的猛兽，猎只把野猪、麂子这样的大猎物并不是难事，河里的鱼不是像我们一样用撮箕撮，而是用鱼叉叉或是用弩射，他们把田野和山林当作衣食父母，不需要生活在期盼中。所以，就是在政府大力推广科技兴农的今天，许多阿佤人仍然把自己的兴趣保持在田野和山林间，他们对于野鸡、田鼠的兴趣比对种田的兴趣大得多。打不到大动物，就打一个小动物再抓几把野菜煮成一锅，全家人就可以美美地吃上一顿。对于他们来讲，生活就是这样简单快乐。

随着商品经济时代的到来，他们又把买卖当成了一种乐趣，当作一种享受新生活的方式。女人们将山珍放进背箩背着，嘴里叼着烟锅，双手使劲甩着；男人们则把野味像傣家人的鱼一样用草拴成串，一路走着像一位凯旋的将军。来到农贸市场后，在外地人摆得琳琅满目的货架旁或是路的两旁扯开一块塑料布，把这些山珍野味随地一放，便蹲在那里咂着一尺长的烟锅，静静地等待买主，享受着街市的热闹给他带来的快乐和满足。等到手中的东西变成了一把花花绿绿的小票时，他们就会三个一伙五个一群地来到傣族人摆的饮食摊前，拿出从家中带来的饭，买上一碗带汤的肉或是一碗米粉，开始享受起美食来。生意做得更顺一些的话，还会买上几两酒，一边慢慢地品着，一边把自己看到的和想到的说上一遍；在偏僻的地方，还会响起他们的歌声，将这个充满着十足农转非气息的小城变成他们快乐的天堂。

  傣族女人的摊位大多是用木板支起来，她们把所要卖的东西装在那些挑过庄稼的篾箩里，一行行、一排排地摆开来，像是一条长龙。卖的大多是傣家祖传的小吃：米干、米粉、豌豆粉、豆豉、水腌菜、马打滚、糯米饭、牛干巴、菜花腌菜、酸笋、牛扒烀、牛撒撇，如果遇上泼水节、开门节、关门节，还可以买到烤蹦、肉饼、米花糖。最有名的是米干、米粉、豌豆粉。据说，米干、米粉、豌豆粉和绣花一样，是每一个傣族女人都会的手艺，外祖母传给母亲、母亲又传给女儿，一代一代地传下来的。如果不是选用上好的米、上好的豌豆，做出的米干、米粉、豌豆粉就不会像抹过油一样亮晶晶的，吃起来口感也不好，那么生意也就砸了。我们和住在这个小城的人一样，每天不吃上一碗米干或是一碗米粉、豌豆粉，生活就像是缺了什么。

  这就是我带着大学生所特有的人文情怀走向社会所接受的关于爱、关于生活的现实主义教育。它让我感觉到，生命的全部其实就是耕种、播种、收获、居家过日子，就是最平凡的人生也可以这样地幸福、快乐，并让我的心一直与现在所谓的城市生活产生某种疏离，让我在离开故乡小城的十年间一直怀着某种难言的忧伤。尽管现在的小城与十年前的小城相比，已经改变了模样：通往城外的那条水泥路不再是县城唯一的街道，通往勐董河边的一条条机耕路和一片片曾经铺满金黄的田野已经变成了一排排水泥房和笔直宽敞的马路。但我知道，当春季来临时，田野中的油菜花仍然会如期地绽放，那些戴着包头、穿着短衣筒裙的傣族女人仍然生活在集市最热闹的地方，那些黑皮肤的阿佤人对生活沉醉的表情还在，勐董河的河水仍在流淌，我心中的故乡就会再次如油菜花般的灿烂。

二

勐董河是一条温柔的河、爱情的河。我不知道在很多很多年以前，它在沧源县勐董坝、勐甘坝、勐来坝、勐角坝奔流的情景；更不知道它是如何像传说中那样，用它温柔的胸怀把大山融化成一粒粒的泥土，在大山和密林深处造就了这些大大小小的坝区（就像我无法知道一个母亲的身体如何造就了一个个四肢健壮、健康活泼的男孩和女孩一样）；也无法知道错失与心爱哥哥拉勐河结成百年之好后的勐董河，承受着怎样的忧伤。

在我的记忆里，它没有像黄河那样咆哮过，甚至没有像南碧河、小黑江一样，在雨季来临的时候暴露出吞噬土地的野心和对于这块土地的人们的不满与抱怨。它就是这样，一年四季从大山深处出发，汇集各条大小支流的力量，不紧不慢，轻轻地、柔柔地从勐董城及其相邻的三个坝区的边缘淌过，无声无息地滋养着、爱着这块土地和生活在这块土地上的人们。

人们对于它的认识远没有对于田野、大山那样直接。田野给人们带来了粮食，大山给人们带来了猎物和依靠，河流给人们带来了什么呢？没有人想过，人们只知道像享用空气一样地享用它。但是，几乎每个生活在这块土地上的人都知道，这是一条发源于阿佤山的生命之河，在那些大大小小、像网络一样密布的支流旁，在它造就的那些坝子里，生活着几乎和它一样古老的阿佤人。他们在奔腾的溪流边、缓缓流动的勐董河傍劈山建寨，把这条四季流淌的河和造就它们的大山和森林当作神灵的居住地，每年举行各种大大小小的活动祭祀它。后来，傣家人成为这条河流的主人之后，每年仍要在河边和大山脚下举行隆重的祭河神、祭

第三章　远古部落的访问

山神仪式。

这条河不仅寄托着他们丰收的希望，还寄托着整个民族的命运。他们相信，如果没有这条河流的存在，阿佤山区几个最大的坝区就会干渴成一个没有生命律动的荒野，整个沧源历史的进程就会改变。

据说，500年前，傣族先民的一支从勐卯（现在的瑞丽）出发，经过缅甸的木邦、滚弄，渡过滚弄江后，就是沿着勐董河源头的某一条支流来到勐董坝的。从那时起，这条温柔的河便成为这些傣家人的生命之河。在勐董河造就的勐董坝、勐甘坝、勐来坝、勐角坝上，他们把从勐卯带来的农耕技术发扬光大，造就了勐董坝、勐甘坝、勐来坝、勐角坝的繁荣。

据《沧源佤族自治县志》记载："约在17世纪初，勐董地区经济极为繁荣，土司粮食成堆，金银万罐，侍卫成行。罕信忠为表达对佛的虔诚，从大理、剑川请来建筑工，大兴土木，自烧砖瓦，修建佛寺。"据说，第一座穿斗式木架结构缅寺和第一栋土木结构房就是那时建造的。到了罕朝金时代的乾隆年间，勐董土司的势力已足以与耿马土司抗衡，到了他的儿孙罕荣高时代，甚至把战火烧到与他的本家土司——耿马土司直接管辖的地盘，谋图篡夺耿马土司的地位，勐董土司也由经济繁荣走向集权时代。到了清朝道光八年（1828年），清政府不得不出面进行调停，把勐董、勐角、勐省等地拨归沧源土司罕荣高独立管辖，划挡帕河为界，与耿马分立，并封土司罕荣高"世袭勐角董土千总"一职。

到了罕荣高之子罕华相时代，这位世袭土千总的辖地已达九勐十三圈，即勐董、勐角、勐卡、勐乃（芒内）、勐省、勐东、勐糯、勐茅九勐和龙耐、芒摆、千一、永和、糯良、帕良、贺岭、控角、贺列（班列）、拱弄、巩糯、巩勇（芒库）、民良十三圈。"勐"大多为傣族人居住的坝子，"圈"大多为佤族人居住的山区。

据说，矗立于勐董城往娥村的广允缅寺就是罕荣高时代（清道光年间）建成的。这座被文物专家誉为"云南省民族地区南传上座部佛教现在建筑中保存较为完整、历史较长、艺术价值较高的一座缅寺"（《沧源佤族自治县志》），占地20余亩，主殿呈纵式，上层建筑为穿斗式木架结构,建亭阁于殿堂之前形成过厅。殿堂为三重檐歇山式,亭阁作重檐歇山顶五重出跳,门前二柱倒悬两条木雕巨龙。殿堂正面六扇格子门均透雕山水、人物、花卉、双狮等图案,门枋通饰宝相花浮雕,门上及两侧窗棂则镂孔透雕鱼龙纹饰、花卉、几何体等图案,殿门则刻满饰纹,并用红底上加涂傣族传统工艺金漆。与此同时,殿内墙壁和大殿的左、右、后墙上均绘有精美的彩色壁画。就是从今天的角度看,无论是从气势上还是细微之处,都彰显着当年勐董土司富甲一方的王者气慨。

但据勐董的傣族老人讲,广允缅寺并不是当时最雄伟、最华丽的缅寺,最雄伟、最华丽的当数位于勐董城中心地带、现县电影院背后的嘎里缅寺。"嘎里"在傣语里是老大的意思,几百年来,一直是勐董土司罕氏家族的住地,嘎里缅寺也自然成为整个勐董土司领地缅寺中的老大。排行老二的是过去位于现在县城街心花园地带的费达缅寺,广允缅寺只是排行老三,老四则是位于嘎里寨之后芒弄寨的芒弄缅寺。尽管在今天,广允缅寺因为是仅存的最古老缅寺而受到政府的重视和游客的追捧,但在所有节庆活动中,它的地位仍然遵行旧制,只能屈居嘎里缅寺和费达缅寺之后,位居第三。

1945年,勐董土司王权在第七任设治局长樊汝平武装力量的打击下,彻底走向衰败,并导致那些象征着土司王权的土司府、缅寺毁于大火中,广允缅寺主楼和芒弄缅寺的纳佛楼成为这次大火后仅存的建筑,曾经的繁荣也随之烟消云散。直到中华人民共和国成立前,这块勐董罕家土司王朝的住地仍然是"仅有一条长约200米的狭小土街,街区房屋除了几座缅寺是瓦顶建筑外,其余都是简陋的茅草房,居住人口不满千人"(《临沧地区志》)的破败之城。但是,500年来,傣家人创造的文化并没有因为土司王朝的终结而中止,而是像勐董河的水一样缓缓地、轻柔地、悄无声息地流淌着。

每年傣历一月,当春就要越过严冬抵达这块土地的时候,每家每户傣家人都要用骡马驮着行李、锅碗到县郊的白塔睡三天三夜,参加隆重的放船仪式。这张装满米花、经幡飘扬的彩船是由当年做赕的人家出资做成的。几乎所有的傣家人都坚信,家族中每一个人的名字被长老、佛

第三章 远古部落的访问

爷那悠扬的诵经声念出的时候，佛水就会从他们心中淌过，吉祥幸福就会伴随他们一年；当他们折叠的纸船、动物、竹楼承载着一年的灾难和不祥随着这张大船顺着勐董河水而下时，所有的灾难都将随水而去，一个充满希望的年景就会随着春的脚步展现在他们眼前。

在开门节到关门节，也就是每年傣历九月十五日至十二月十五日的三个月间，他们仍然要举行盛大的赕佛活动和隆重的佛教典礼。所有的傣家人都会做一些精美、可口的菜肴，拿出家中的部分银币和提前抄写好的经书敬献给缅寺、敬献给佛爷；那些年过50准备安享晚年的老人都会选择这段日子到缅寺听经、诵经、纳佛，让佛经洗涤自己灵魂中的不洁，让自己无论处于怎样的境遇，都能像勐董河水那样不急不缓、平静地流淌。

他们仍然坚持把自家的男孩送到缅寺，就是在21世纪的今天也是如此。他们坚信，只有进过缅寺、被长老和佛爷换过名字、接受过佛教洗礼的男孩会成长为真正的男人；只有那些在缅寺时间长，当过长老、佛爷，能够写经、诵经的人，才有资格成为寨子的头人或主持全寨性佛教活动和处理全寨日常事务，才有资格受到全寨人发自内心的尊重。

每月的十五日和三十日，他们都会到缅寺请求长老、佛爷滴水，祭奠死去的先祖，请求他们保佑全家平安；当他们遭遇疾病的困扰、灾难缠身时，他们都会来到缅寺，请求长老、佛爷诵经、滴水；有了钱的时候，最想做的仍然是能够主持一次盛大的做赕活动。因此，就是在21世纪的今天，当他们的村寨由于小城的扩张需要搬迁的时候，全村人最关心的仍然是他们的缅寺。自家的住房可以由干栏式竹楼变成汉式砖混平顶洋房，但缅寺却必须严格按照上百年前土司时代确立的风格来建盖：不仅严格按照广允缅寺的建筑风格，全部采用穿斗式木架结构，建成一围栏式多重檐歇山顶式样，甚至每一根梁柱的走向和木雕都必须按照老人对老缅寺的理解来进行。无论商品经济如何充斥着人民的生活，他们都心甘情愿地把收入的一部分敬献给缅寺、敬献给佛祖；无论他们在市场上的买卖做得如何热烈、面对社会变革如何困惑，但只要面对佛祖、听到佛经在他们的耳边响起，他们的心就会平静得像勐董河水一样，不急不躁、心平气和地向着该流的方向流去。

三

但是，对于大多数人而言，小城留给他们记忆最深的是黑皮肤的阿佤人。佤族简单、快乐、张扬的个性让这座平静的小城始终充满着生活的激情。

比如说吃饭。这里所说的吃饭是和喝酒分不开的，喝酒又往往伴着唱歌跳舞。我这里所说的唱歌跳舞，不是大城市餐厅里事先排练好的那种温文尔雅的唱法和跳法，而是在酒喝到半酣时，一群佤族男女即兴来到饭桌前，举着酒杯边歌边舞。唱的时候调子总是拉得很高，全部是关于爱情的歌；舞的时候双脚会把地板跺得比鼓还响。如果被敬酒方是本地人，他也会跺着双脚、拉开嗓子和这些前来挑战的姑娘小伙对上一阵子。酒喝得越多，歌唱得就越响，歌唱得越响酒就喝得越多，脚也跺得越有力，整个餐馆立即变成了狂欢的舞场。知道是外乡的帅哥靓妹，佤族姑娘小伙唱得就更殷勤、更激越、更来劲，帅哥靓妹不会唱歌就喝酒，一唱一和，再硬的男人也会变软，再文静的妹妹也会激情四射，让本来就热情似火的姑娘小伙癫狂得不得了，酒便大杯大杯地喝了下去。也许是为了这种即兴歌舞的需要，小城许多餐馆的地板都是用还带着毛边的木板铺成的，跺起来的时候很有气势，声音传得很远。

这样的狂欢人越多就越尽兴，越接近大山越接近自然就越够味。于是有的老板干脆把餐馆搬到山脚下或是半山腰，盖上几间茅草房，再把佤族传统的长桌宴搬出来。几张桌子甚至十多张桌子全部连在一起，把一片一片几尺长的芭蕉叶铺在桌上，将菜像小山一样一堆一堆地堆在上面。带着骨头的肉要么有手掌那么大，要么有手腕那么粗，酒则是用大杯装着。吃饭的时候，不管认识的还是不认识的、不管是领导还是一般宾客，全部对排而坐，一起体验大块吃肉、大碗喝酒的畅快。一顿饭下来，认识的变得比亲兄弟还亲，不认识的也成了朋友。我的许多朋友就是冲着这种吃法跑到沧源，一顿饭后、一阵酒后、一阵歌后、一阵舞后，把自己醉倒跑到宾馆蒙头睡一觉，第二天便晕乎乎地回来了。说起对沧源佤山的印象，就是那顿饭、那些酒、那些歌和那些舞。

其实，歌舞是阿佤人的一种生活方式，只要有酒、有歌、有舞，不管房子住得怎么样，身上穿的是什么样的面料，他们的生活都会永远灿烂。对于他们来说，世俗生活中的生老病死、婚丧嫁娶，走进神灵世界的大小仪式，都是由歌和舞贯穿始终。他们不知道，如果没有了歌、没有了舞，他们该用怎样的方式去面对生活、面对神灵、面对自己！正如他们自己在歌中所唱道的那样："没有了歌，吃菜也不会香；没有了舞，生活再好也不会甜。"

随着茅草房改造进程的加快，传统的村寨正走向消亡，茅草房越来越快地从他们的生活中隐退，打歌场也变成了球场，但他们却以自己的方式让歌舞的生活延续下去。据说，仅在这个人口不足两万人的小城，就有十多支自由组建的佤族业余歌舞队，歌舞队的队员不是姑娘小伙，而是清一色的退休老人和年过五十的家庭妇女。歌舞队组建的目的不是为了表演，而是为了能够围在一起喝酒、唱歌、跳舞，讲一些早已随风而逝的陈年旧事。平日里，他们各自在小城的某个角落，穿着节日的盛装，摆上几瓶酒，像过去在山寨一样，弹着三弦，吹着笛子、芦笙，或是对唱，或是拉着手边唱边跳起来。调子大多是上一辈传下来的，词是即兴用佤语创作的，往往是女声刚落男声又起，歌声随着舞步起伏，很能感染人。

老人们说，过去每逢春节，村寨之间都要组织声势浩大的赛歌会。赛歌队走村串寨，从东寨唱到西寨，唱到哪里就吃到哪里、睡到哪里，一唱就是十天半月。村村寨寨的打歌场、草房边都站满了对歌的人群，女人的声音刚落，男人的声音又起，起起伏伏一唱就是几天几夜。哪个寨子能够坚持到最后，吉祥幸福就将伴随他们一年。

这种对歌、唱调的方式把小城这些上了年纪的老人带回到过去的时光。每逢周末，小城的街心花园都会响起打歌唱调声，领舞的跟着芦笙的调子变换脚步，所唱的调子则跟着脚步的变化而变化。歌舞的人群以三弦手和芦笙手为中心，围成几圈，会跳的和不会跳的都手拉着手顺着逆时针方向边转边踩脚。芦笙和三弦的声音和唱调声汇集在一起，盖住

我的母语部落

了街心花园汽车的喇叭声和街道的喧哗，成为一个唯我独尊的歌场舞场：

> 月亮爬累了会蹲在房顶歇脚，
> 蟋蟀叫够了会钻进草丛伸腰。
> 不知是谁家栽的竹子眼高，
> 不知是谁家种的芋头麻手。
> 是不是飞来的阳雀歇错了桩？
> 是不是清晨的公鸡叫错了音？

> 你的木鼓不要捶得太快，
> 你的芒锣不要敲得太响。
> 你的笛子不要吹得太紧，
> 你的话不要说得太急。
> 我织的布还没有缝成裙，
> 我的本事还不能来当家。

都是当爷、当奶、当爹、当妈的人，爱情早已随风而去，这时的情歌在他们口中变成了玩调，变成了对当年爱情的回味。遇到大的节日或节庆活动，他们可以连续几天几夜不停地唱、不停地跳下去。每届中国沧源佤族司岗里狂欢节上，县里给每个打歌队烧一个大火堆，摆上几泵酒，半夜叫几个人做一大锅鸡肉烂饭，这些打歌队便真的连着跳了三天三夜，就是下雨也阻挡不了他们的热情。

每次跟他们劲舞狂欢之后我都在想，对于生活，可能我们想得都太多。如果生命的本质就是为了追求快乐，那么，我们有什么理由要将生活变得如此沉重？

2007年6月完稿
2017年6月定稿

第四章 芒公村落日记

茶是芒公村经济收入的主要来源之一

芒公村落日记（一）

2010年3月5日　初识芒公

驻村之前，芒公对于我只是一个传说。传说中的芒公村委会位于沧源县中部的勐来乡，距离县城50公里，辖芒公、永莱、贺帕、怕拍、芒旧、怕塘六个佤族村。由于大山的阻隔，传统文化还很淳厚。2008年之前通的只是拖拉机可以进出的毛路，村民到乡政府所在地赶集，就是脚力充足的男人也得疾走三四个小时的山路；村委会所辖的怕拍、芒旧、怕塘三个自然村，直到去年底才通了水、通了毛路，电直到过年前才接通。这种让大多数人望而却步的现实，更是激发了我早日入驻的渴望。

3月1日早上，我和所有省、市派驻的新农村指导员一起，从临沧市府所在地出发抵达沧源县城勐董。历经几轮学习培训后，直到今天上午才向着梦想已久的芒公进发。

一切都比想象中的要好，而且是好得多：路是新修的沙石路，两侧还开了排水沟；村委会是一栋两层砖混平顶楼，外墙粉成天空一样的蓝，新得像一栋乡村别墅。但我的心也因为这栋出乎意料的现代建筑而悬了起来，我担心由于现代化的进入，让我所梦想的探究传统村落的愿望落空。

村的路口，标志性的大榕树还枝繁叶茂地挺立着，沿坡而建的民居，用竹笆实木围起的栅栏，蜿蜒的村落道路……当传统佤族村落的面貌特征一一真实呈现在眼前，我的心才安稳了下来。如果按照乡党委书记贺富兰的安排，在崭新的办公楼旁再建起颇有城市生活意味的厨房和厕所，我的芒公之行便会变得更加完美。

吃饭的时候，村支书王林告诉我，按佤历推算，我进驻芒公的这天属虎,是大吉的日子。我的内心立刻欢喜了起来。

2010年4月10日　迎着朝阳的芒公

清晨8点10分左右,太阳准时来到对面的山顶,在一片橘红的朝霞中从容升起。房间开始一点点变暖,错落于村委会背后山坡上的80户人家沐浴在一片朝霞的橘红中。从到达芒公村的第一天起,每个清晨我就这样奔跑在霞光中,与群山顶上的太阳在同一个水平面上竞技。

我把门窗关上又打开,朝阳的橘红还是打在了墙壁上。我闭上眼睛、睁开眼睛,太阳的光芒还是照耀着我。我直视它、漠视它,我张开手臂、背对着它,太阳都始终如一,倾其所有照耀着我。我把目光投向山寨,太阳的橘红便铺满了山寨;我把目光投向蜿蜒的小路,沟涧流淌的水声就起了变化;我把目光投向村的每一个男人和每一个女人,他们的身上便披满了金光——天哪,在芒公的朝阳中,我成了一个点石成金的魔王!

这是一个干旱的季节,云南的大地正遭遇着60年不遇的旱情。芒公,这个被森林环绕的佤族山寨,也遭遇了罕见的旱情。但是,村落还是湿润的,四周的树木仍然茂盛,鸟仍清脆地叫着,村民洗衣做饭的水仍沿着村落道路间自然形成的沟槽流淌着,道路两旁是各家各户用竹子和木头围起的一人多高的栅栏,如同一个时光的隧道。在山外面的村落不断被现代化的今天,这里的村民仍然保持着传统的村落生活方式:沿坡而建的建筑群落,榫卯结构的干栏式木楼,自然蜿蜒曲折的村落道路,层层叠叠的粗石竹木栅栏,离头顶很近的天空,叮当作响的牛铃声……

从理论上讲,这是一个繁忙的季节。地里的木薯正在等着收挖、切晒,刚种下一年两年的核桃苗正在地里干得冒烟。但是,在这样阳光灿烂的早晨,村落和我的悠闲和浪漫却是一脉相承——各家各户向阳的竹篾晒台和院场心上,一张张方形的被火烟熏黑的竹篾笆上,切成圆形片状的木薯在阳光下泛着银白色的光芒;在一块块篾笆的间隙,男人背着阳光,将一节节一人多高的竹子剖成细长的竹片;女人则迎着早起的太阳,将衣被裙子一件件往阳台的竹竿上晾晒;鸡、猪漫无目的地在院场

我的母语部落

心走来走去。偶尔有三两个用背箩竹筒背水的女人从寨子中间走过,狗的叫声也会不时响起……就是在这样的阳光、这样的气息牵引下,一个又一个早晨,我不断放弃工作的计划,行走在村落的建筑间、逼仄的小路上,享受阳光穿透胸膛的敞亮心情。

当音乐声从寨头的一栋茅草房里奔涌而出的时候,我正站在草房的对面,80户人家正错落于我脚下的山坡。这是一首用母语演唱的情歌,因为思念梦中的阿妹,阿哥嗓音哀怨而忧伤:"龙潭水清又深哎,没有阿哥的情意深。为何阿妹不回还哎,怎能叫哥不心伤哎。……"目光的对面,音乐的主人正坐在自家的竹篾晒台上,望着脚下的远山。阳光是那样的灿烂,主人的眼睛却是那样的空洞和忧伤。

我沿着蜿蜒的土路而上,坐在了这个写满忧伤的男人对面。男主人告诉我,他有两个女儿,都到深圳打工了,家里只剩下他和妻子两人。去年,他的手腕突然起了一个肿块,干不了重活,只能待在家里。音响是他花了300元钱从县城买回来的,听着音乐做活,会让他的内心感觉安稳些。外出打工的人越多,寨子里的音响就越多,但寨子却变得愈发地安静,连狗的叫声都是透着一种孤寂。只有等到春节,打工的儿女们回来,村寨才会真正地热闹起来。

此时,竹篾晒台正迎着早起的太阳,太阳下面,是连绵的群山。男主人背对太阳注视着远方,阳光打在他的背上,打在了悬挂着音响的茅草房上,打在了村落的羊肠小路上。音响里,阿佤哥哥声音中的哀怨和忧伤开始变得悠缓、体贴、柔软,和着阳光的暖流穿过胸膛、流过脚尖,和着朝阳渗入大地的胸膛。

灵性大师克里希那穆提的教诲涌上了心头:停止你的意念,只专注于眼前的景象,你的心便会进入无我的状态。只有无念无我,才会获得真正的宁静。面对满眼的金黄,我为自己决然的选择充满着敬意。

2010年6月1日 孩子们的礼物

很遗憾,没能够在儿童节这一天,与芒公村小学的孩子们共同度过这个美好的节日。尽管自派驻芒公村以来,村完小孩子们的节日就被纳入自己的驻村行动计划,并想以爱心接力的方式付诸行动。但在一个必须参加的会议途中,我不得不错过这个被我守候了一个月的时刻。

就在前往临沧的前一天晚上,我还电话连线孩子们的爱心使者——临沧餐饮企业曼听园业主丁洁,并观看了孩子们"六一"演出的排练。月光下,在村完小那块几十平方米的水泥舞台上,孩子们手握自制的道具,在村民临时乐队独具特色的音乐伴奏下起舞。孩子们的快乐、老师们的激情和村民热烈的配合,与芒公纯净的月色一起,融化成温暖的涓涓细流,在我心间徜徉。

从驻村的那一天起,我就从未曾相信,仅凭自己微薄之力便能够将这个远离现代文明的山村从贫困落后中解救出来。但我相信,爱心可以传递,可以点燃那些身处困境中人们的希望之火;可以让他们在艰难困苦中仍然相信爱和希望,并将之转化为自我救赎的力量。正是在这样动因的鼓舞下,5月8日"红十字"日这一天,我曾以爱心接力的方式,将凝聚着临沧市"红十字"会爱心的100床被子、100套新装,分送到孩子们和村民手中。

儿童节这一天,我也想以这样的方式,为每一位在校的孩子送去爱心和温暖。我的好友——临沧餐饮企业曼听园业主丁洁,接过了这一爱心接力棒,决定在儿童节这一天,向每个班级赠送一套体育用品,给每个孩子发10元的零花钱。在得知消息的整个五月里,孩子们的情绪一直都十分高涨。全校五个年级的85名学生,都主动积极地投入到儿童节联欢活动节日的排练中。每一个孩子都热切地希望,以最优美的舞姿和最动听的歌声,表达他们对阿姨们的感恩之情。为了配合孩子们的热情,驻村的每个夜晚,我都和老师们一起,陪伴在孩子们的身边,欣赏他们的舞姿,赞美他们的创意,热切期待着儿童节的到来。

"儿童节,袁阿姨给还在?那个丁洁阿姨会不会来?我们要为她们表演节目。"在回家的路上,孩子们饱含深情的话语不断在我耳旁回响,我怕辜负了这些孩子,更担心这种辜负会变成一种伤害。

演出结束后,辅导员王桂梅发来一条短信:"袁姐,孩子们开心极了!有好几个孩子还老问你会不会赶来?李志强校长及全校师生让我转达对你的好友丁洁的谢意,孩子们很喜欢她的礼物,希望她有一天能来到我们这里,衷心祝愿她健康快乐、幸福,她的言行让我们感觉到无限的温暖。"

看着这条温暖的短信,与孩子们相处的情景一幕幕在我眼前回放。我想,虽然贫困不可能短期内被消灭,但爱可以让贫困变得没有预想中那样可怕。于是,内心充满着对丁洁的无限感激,感谢她在这个特殊的日子,让这些乡村的孩子感受到可以让他们铭记一生的爱心、温暖和快乐。并期待着有那么一天,孩子们能够以自己的方式,将这份爱心、温暖、快乐和爱不断传递下去,如同今天他们将这种温暖、快乐和爱传递给我一样。

2010年9月25日　芒公:人均纯收入920元的行政村

在沧源,在人们的传统记忆中,芒公村委会是一个远离现代文明的偏远山区。因为不通公路、不通自来水、不通电灯、不通电视的残酷现实,让芒公村更是遥远得如同一个传说。

其实,地处沧源县勐角乡西南部的芒公村委会,距离乡政府驻地仅有35公里,距离县城也只不过50公里之遥。尽管路面颠簸狭窄,但也仅需要两个多小时的车程,就能够抵达村里人所梦想的繁华县城。只是因为连绵大山的阻隔,以及现代文明的姗姗来迟,让芒公这个拥有六个自然村的行政村,变成了一个与县城、与其他乡镇隔绝的边远山区。

因为边远,使这个总人口仅为1617人的行政村,获得了拥有着5万亩土地、3万亩林地的丰沛资源。虽然全村2/3的林地被划入了不断扩大的南滚河国家级自然保护区,另外三分之一的林地仍能够为全村358户人家提供丰富的生活用材。因此,无论是村委会所在地的芒公村,还是在其他五个自然村,除了石棉瓦顶外,所有建筑的墙壁、地板全都是清一色的木板和竹笆,木楼的下层和院落四周也总是堆满了烧不完用不尽的生活用柴。

与丰富的森林资源形成反差的是粮食产量。因为山高水长,加上大部分的水田都是要等充足的雨水落地后才能栽种的"雷响田",每亩产量一直停留在150斤左右。但凭借着田多地广，大多数村民吃饱早已不是问题，但这并不意味着村民们已经过上了富裕的生活。2009年，全村人均纯收入仅为920元、人均有粮332斤，远远低于全县人均纯收入2352元、人均有粮食367斤的水平。好在，这似乎没有影响村民的发展热情。

2008年，随着标准化的沙石乡村公路的修通，由政府主导的核桃、竹子、沙松产业发展也汹涌而至。在2007~2009年的短短三年间，在这个全劳力、半劳力仅有714人（还未剔除外出务工、读书的全半劳力）的行政村，泡核桃面积却以年均3300多亩的速度递增着，到2009年便增加到了10128亩；竹子也由原来的290亩攀升至4900亩；杉木种植也是从无到有，发展到了2500亩。支书王林自豪地对我说，今年4000亩竹子和3000亩杉木种植任务完成后，仅凭全村25000亩经济林木的储备，到2020年，全村便可以顺利实现县委提出的"人均可支配收入10000元"的奋斗目标。

在这样的愿景鼓舞下，村民一边吃着"低保"，一边背水浇苗，就是在这样大旱的季节也不松懈。这对于佤族这样一个长期依赖自然、安于现状的民族来讲，简直就是一种奇迹。

2010年10月20日　传统村落的终结

正当我沉醉在芒公传统村落面貌和丰富的民俗文化中的时候，传来包括芒公村在内的五个自然村（永莱村因地处滑坡地带暂缓推进）300多户人家的干栏式木楼，要在月底全部拆除的消息。为了说服动员工作，县乡党委、政府领导亲自到村，承诺明年春节一定让全村300多户人家住进统一规划、统一设计、统一建盖的红瓦白墙砖混落地新房。

据说，这次现代新村建设行动计划是一个国家级的扶贫项目，每户村民可获得2.5万元的建房补助，村民只消自筹三万多元就可以住进红瓦白墙砖混落地新房。这对于纯收入不足千元的芒公村民来讲无疑是一个好消息，但三万元的自筹款又让村民感觉到忧心忡忡，用村民自己的话来讲，就是做梦都没有梦见过那么多的钱。但这种忧虑又被即将到来的美好生活所冲淡。

　　果然，才过了几天，芒公村民依惹打来电话，说旧房拆除明天将正式开始。因为和当寨主的公公同住，她家被列为首户拆除的人家。

　　依惹说："姐，明天拆房子的时候，我肯定会哭的。但一想到，自己家也要像城里的人一样，住进红瓦白墙的砖混结构房，也就高兴起来。"为了不想错过这次国家补贴建房的机会，除了公公和自己家外，依惹也为自己的父母申请了一栋。还说，等我下次回芒公就可以看见她家的新房了。依惹说这话时，我因为工作的变动，两天前就已经和芒公的乡亲作别，调入临沧师范高等专科学校（后来的滇西科技师范学校）开始了我的高校工作生涯。

佤族村落社会文化正经历着从传统向现代的变迁

节庆活动已成为阿佤山文化旅游的名片

芒公村落日记（二）

2013年11月8日　芒公村民来信

9月初，芒公村二组副组长王贵喜领着几名村民代表来临沧看我，回村后写了这封信，但因地址有误，辗转一个多月后才到达我的手中。王贵喜在信中说：

　　袁姐，分别数日，也许现在您非常忙吧？十多年没有写过信了，不知如何下笔，心里好多的话语，也不知从何说起。

　　那天您跟我说："在芒公的时候，去你家你都不跟我讲话。"听了我真的很是羞愧，我很清楚地记得在芒公第一次见到您是您来我家洗澡，的确我没跟你讲话。因为在我心里，工作队下乡就是走走看看、吃吃喝喝，然后就走人。"袁姐用自己的钱买猪给王桑木茸家养。"这破天荒的事情在这个寂静的小山村里炸开了锅。一传十，十传百，全村老少都知道了这件事，引起了不小的轰动。因为这是从来没有过的事。后来您又帮扶了那么多农户。当得知村委会有一笔一、二组的集体欠款时，你又找来钱帮助偿还了……

　　您的行动深深地震撼了我的心灵，喜欢沉默寡言的我按捺不住心中燃烧的激情。于是，我约了几个组长跟他们说："袁姐为我们花了那么多心血，我们应该去探望她。"再一次见到您，您还是那么的和蔼可亲。在百忙之中还陪我们逛公园，谈家乡的事，就像一家人一样，没什么隔阂。回来的路上，每个人的心情都十分激动，你一言我一语对您赞个不停。可惜我们没什么文化，不善言辞，也不会写作。就像依蒻说的一样，应

我的母语部落

  该为您写一本厚厚的书。

    虽然像您说的那样："其实我做的并不多。"可就是因为是您觉得微不足道的事情，却让生活在这个小山村的人们感受到前所未有的温暖。……袁姐，芒公人民很想念您，我更想念您。所以，什么时候有空请您一定来看一看，这里的人们都会热烈地欢迎您的到来。

  读着这封来信的时候，阳光正洒满阳台。温暖的阳光，照亮着我在芒公的那段岁月。仅仅是举手之劳的善，却赢得他们的倾情相报。与其说是我温暖了他们，还不如说是他们温暖了我。是我的芒公，是我母语部落的乡亲，让我真正懂得了爱别人是一件多么幸福的事！也是他们，让我能够带着真诚的情感去关注、去记录、去探寻母语部落和我的族人们当下的生存现实，并与他们一道热烈地期待着一个变得更好的美好未来。

2014 年 1 月 29 日　　重返芒公

  重回芒公，是说了三年的事了。三年里，曾不止一次想以采访的名义回去，有两次甚至已经来到了与芒公村相距 15 公里的翁丁村落，但每次都是擦肩而过。每次想起芒公，就会想起那些连汉话都不会讲的乡亲，想起他们摸着我的手深情看着我的眼光；想起他们为我编织的麻线床单；想起参加民俗活动时老人将他们自己名下的肉悄悄塞进我的碗里，并以最大的宽容允许我进入女人不能染指的神灵禁地；想起我在村寨漫游时那些追随着我的温暖目光；想起临别时，他们送的藤蔑桌凳、大蒜、年猪肉、蜂蜜；想起他们为我唱起的那些民间歌谣……

  26 日，在芒公村开年前一夜，在惜别三年之后，我终于又回到了温暖的芒公。三年时间，在新农村"新家园行动计划"的推动下，此时的芒公已非彼时的芒公：曾经的干栏式木楼全部变成了红瓦白墙砖混落地建筑，永不熄灭的火塘也从至尊的神位隐居到一旁的厨房。但人还是三年前的那些人，离别三年彼此积累的思念，加上春节那些曾经被我熟悉的烦琐民俗，让我在这个现代村落找到了昔日的感觉。

在芒公的三天两夜中,每一天每一时刻的我,都沉浸在芒公旧时民俗的热烈情感中,整个芒公到处充满着节日的气息。一些村民拉着我的手,说着三年前为他们购进的一批批猪仔,为他们送去的被子、新衣,帮助他们建起的村落文艺队,与他们举行的一次次联欢,和他们唱起的一首首歌谣……每一个人的眼里都闪动着激动的泪光。一声声带有浓重低音"袁姐"的深情呼唤又一次在耳边回荡,男人们再次为我唱起了我喜欢的情歌,女人们再次为我跳起了我喜欢的舞蹈,被我梦想了千万次的重逢终于成为现实。

经历了三天的欢聚,又到了离别的时候。夜已经很深,天已经很黑,村民围在我的车旁敬着离别的酒,唱着离别的歌,车上塞满了村民们送来的棉麻床单、年猪肉和各类山珍。在他们带有浓重低音"袁姐"的深情呼唤中,我的眼泪再次不争气地流了下来。

是啊,是我的芒公,我的乡亲,让我看到了生命存在的另一种价值,并让我坚信,无论身处什么样的时代,只要相信爱的存在,爱就会落地生根、开花结果,让你无论在怎样的寒冷中都能够感受到蓬勃向上的力量。

2014 年 1 月 29 日　芒公班波行

班波小寨是我在芒公驻村时,唯一没有去过的自然村。班波小寨对于我来说并不陌生。早在 2010 年我以新农村工作队员进驻芒公村委会不久,就听到贺帕村老支书钟尼不勒,因与寨老意见不合,擅自领着 27 户人家举家搬迁,另立山寨的传闻。这样的传闻,更是激起了我对班波小寨的好奇。

28 日午饭后,在村支书陈昆、副支书陈岩不勒和大学生村官张振华的陪同下,我们一行五人,骑着三辆摩托车向着班波小寨进发。或许是前夜激情山歌对唱的原因,我突然间对骑着摩托在山野中驰骋充满着一种温柔的豪情。

班波小寨比我想象的还要远。我乘坐的摩托在年轻支书宽大的背影下一路下行。道路十分艰险,不仅弯拐很大,超出意想的坡度加上满地的碎石，让我们的班波之行充满着一种摩托竞技般的惊险和刺激。我紧紧抓住陈昆宽大的肩膀，充满着一种飞翔的新奇的快感。

半个小时后，班波小寨终于在一条峡谷中出现了。摩托还没停稳，便听见充满现代气息的音乐从音质不错的音响中奔泻而出。然后是佤族村寨标志的公房、小卖部和散落的民居。寨子很小，路边的悬崖很高，不时有年轻男女从村落间穿过，给人一种宁静安详的感觉。

按照佤族传统礼俗，我们来到了寨主钟尼不勒的家。由于2002年钟尼不勒一意孤行，擅自带领27户村民从贺帕村搬迁到这个深山峡谷，班波小寨没有被列入"新农村·新家园行动计划"。钟尼不勒家和所有村民仍保持着2010年初我到芒公时的记忆：木楼、木梯、地板、墙体、梁柱，都是之前习惯了的坚硬实木，不熄的火塘、缭绕的炊烟、藤蔑桌凳、祭祀神龛，让我产生了初进芒公时的温暖和安定感。但与峡谷外轰轰烈烈的"新农村·新家园"建设相比，这里显得十分的冷清。

钟尼不勒的表情让我明显感觉到，我们的到来给他内心带来的激荡。我的穿着，让他误认为是政府方面派来的代表。他开始用汉话夹杂着佤话，讲述自己自1972~1984年，长达12年的担任村支书的光荣历史。但我从陈昆口中得知，2002年，钟尼不勒因擅自带领27户村自搬离贺帕迁往班波而被开除党籍。但钟尼不勒不愿承认这样的现实，他一再强调，当时的搬迁是经贺帕村党小组共同讨论决定的。全村100多户人家中，有80户同意搬迁，只是最后付诸行动的只有27户。搬迁的动因，并不是传闻中与寨老的不合，而是因为贺帕村极度缺水的现实，是依据佤族逐水而居的传统习俗。

从见到老人和他妻子的第一眼，我就感觉到这是一个充满故事的家庭，我潜在的采访欲望被这两张充满故事的脸撩拨着。老人不无骄傲地宣称：事实证明搬迁到班波是正确的，由于水源充足、海拔低气候炎热、土地宽广肥沃，村民收入均远远高于包括贺帕、芒公在内的六个自然村。当提及被开除党籍一事时，老人的眼里出现了一种湿润的光泽。

老人激情地诉说着，不止一次举起右手，重复着入党时的誓言："永不叛党，这是我对党宣誓过的。"老人汉话当中不断切入佤语，佤语中又时不时跳出"江泽民"和"三个代表"一类的现代词汇。这种跳跃式的讲述,迫使我更加专注于他脸部的表情,让他的讲述充满着一种想象的张力。

老人脸上的荣光不断被一段段往事点燃,瘦黑的脸变得红润起来。老人又一次举起右手宣称:"我说过,永不叛党。我从电视里听见党的声音,我就领着全村搞科技养殖、发展生产,让人民的生活越来越好。"为了表明对党的忠心和与贺帕村的不离不弃,老人始终不承认自己就是班波小寨的寨主,而只是在没有正式寨主的情况下代理寨主行使民俗管理权。老人指着村落的打歌场说:"直到今天,班波一直都没有竖起过自己的寨桩,敬的仍旧是贺帕的山神。"

音乐不时从房外飘过。我从陈昆穿插的讲述得知,老人一意孤行的斗志最初熄灭在班波八户村民为了摆脱封闭的处境,搬回原来居住的贺帕村。2010年,"新农村·新家园行动计划"实施以来,班波一直未被纳入新民居改造的行列。对于现代新村、新民居和每户2.5万元建房补助的向往,动摇着19户人家继续在班波待下去的决心。陈昆坚定地说,只要老人一死,班波小寨立马就分崩离析。其实,就是陈昆不说我也明显地感觉到,不仅是班波的村民,就是老人自己也面临着极大的考验。老人一再向陈昆表明,如果村委会能够在芒公村协调一块宅基地,他就领着剩余的19户人家回去建房、居住、养老。

老人激情的讲述深深吸引着我,但陈昆的家庭晚宴还等待着我们。离开的时候,老人一边送别着我们,一边恳求陈昆帮助他恢复党籍。陈昆再年轻、再没经验也知道,这是一个原则问题,不是一个村支书能够随便答应的。我说,或许不搬回原住村落并不是什么坏事,说不定在不久的将来,老人的一意孤行又将意外地成就又一个佤山的世外桃源。陈昆沉重地叹了一口气说:"姐,你不知道他这一意孤行,给整个新村建设带来了多大负担。仅仅这八公里通到村委会的路就要增加多少投入,乡里和村里,都在想办法在芒公村周围为他们协调一块宅基地,以便让他们早日搬回来。"

芒公村寨主王尼门

2010年芒公村记忆

老人们在讲述那些随风而逝的往事

芒公村落日记（三）

2015年1月18日　再回芒公

与芒公村落五年持续不断的恋情，一部母语部落村落志的雏形也日渐清晰起来。全球化浪潮已是不可阻挡。我要以佤族村落族人的身份，向人们讲述佤族村落在传统与现代、历史与文化的变迁交集中，那些鲜为人知而又如潜流奔腾汹涌的故事。

作为一个以讲故事为生而又常常被故事打动的人，我相信，一个个带着生命体温的真实故事，远比乏味的数据和不带情感的理论阐述更能够真实传达我的母语村落在这场激烈的变革中，经历的文化冲击、心理震荡和生存现实。带着这样一个日渐清晰的动机，我再次重返芒公村落，展开了新一轮的芒公村落之行。芒公村委会共分布着六个自然村，芒公村是村委会驻地，也是芒公最具代表性的村，我的调查也以芒公村为基点展开。

2015年1月19日　数据下面的芒公村

与2010年相比，此时的芒公村已由之前的80户增加到了86户，其中的26户则乘着新村建设的东风，搬迁到距离老寨500多米的公路旁，老寨、新寨在绿树丛中交相辉映，一派欣欣向荣的景象。这也是百余年来芒公村经历的最剧烈的变迁。

在芒公村副寨主王艾桑的记忆里，芒公村曾经历过三次建寨。第一次创寨，是源于部落械斗。芒公先祖从缅甸一个叫"布冉"的部落一路逃至距离现芒公村10公里远的勐卡老寨田坝建寨，寨名仍为"布冉"。后见芒公大山森林茂密，便将村落迁至现芒公村坡脚建寨，寨名依然为

第四章 芒公村落日记

"布冉"。当时与芒公村同时从缅甸"布冉"老寨迁徙至现芒公辖区的还有贺帕村和永莱村,随后是翁丁村(意为暂时落脚的地方)和新牙村。

按照佤族子寨从属母寨的传统习俗,第一批建寨的芒公村和贺帕村直属于缅甸"布冉"老寨,每年均要向老寨敬贡一头水牛或是黄牛,祭祀山神时也要按照佤族送腿肉的习俗,给老寨送去一只牛腿或一只猪前腿。后建寨的翁丁和新牙村,则由芒公村代行管理,每年替"布冉"老寨向两个村落分别代征一条牛的赋税。

一年春耕时节,芒公村代"布冉"老寨强行征走了新牙村正在田间劳作的一头耕牛,引发了村落械斗。芒公村一路溃败弃寨逃散,投靠到贺帕、永莱等周边村。械斗平息后,贺帕村和芒公村的寨老们商议决定,从贺帕村分派部分王姓、陈姓、肖姓家族成员重返芒公,建起15户人家,取名芒公村。之后,高姓、李姓家族逐步迁入,形成了今天芒公村的雏形。

历经百余年的发展变迁,王姓、陈姓、肖姓三大家族对于芒公村的影响深远。这次驻村调查显示:全寨86户人家中,王姓、陈姓家族共计78户,占总户数的90.7%,其中王氏家族53户,陈氏家族25户;号称第三大家族的肖姓只有3户,外来的高姓有4户、李姓有1户。

但按照陈姓主管村落日常事务的习俗,进入村"两委"领导班子的仍以陈氏家族的居多。第三届是文书陈军,第五届是支书、主任陈昆和副支书陈志雄(陈岩不勒),第六届是支书陈昆、副支书陈志雄;第三届、第四届支书王林虽然姓王,但是来自贺帕村的王氏家族,第四届、第五届副主任和第六届主任肖永华则来自永莱村;其余的怕帕、怕塘、芒旧三个村几乎与村"两委"领导无缘。芒公村的王姓家族则遵行旧制,世袭村落寨主和神林主祭司的职位,主管村落公祭活动和民俗活动。

另一个与感性认识产生偏差的是村落男女间的比例。在与芒公长达五年的交往中,我越来越深切地感受到,全球化给村落带来的最大困扰莫过于男女比例的失调。虽然从理论上讲,全球化让村落的男人和女人同样赢得了外出打工挣钱的机会,但男人们最终带着无法融入城市、他乡的无奈回到了村落,女人却因全球化插上了远嫁他乡的翅膀,让越来越多的村落剩男不得不承受着男大无法当婚的沉重现实。

然而，村委会提供的数据却显示：芒公村现有414名人口中，男性206人、女性208人，并未呈现男女比例失调的迹象。但入户调查数据却显示：全寨86户人家中，远嫁外乡的女性就有43人，其中远嫁河南、山东、安徽、湖南、四川、贵州、湖南等外省的20人，嫁到临沧、大理、版纳、腾冲等省内县市的9人，14人嫁到本县的班洪、勐省、班老等条件更好的乡村。仅副支书陈志雄家就有3人远嫁外乡，其中姑妈远嫁四川，大妹远嫁湖南，二妹远嫁山东。在芒公村小学任教的王永华家仅有的三个女儿，也全部远嫁外乡。统计数据之所以未能显现出男多女少的危机，是因为大多外嫁女的户口仍留在原生地。

随着全球化步伐的加快，打工收入已稳稳占据普通家庭可支配收入的半壁江山，远嫁他乡也成为越来越多村落女子的选择。虽然有2名村落男子以娶缅甸籍女人为妻的方式化解了男大当婚的危机，但全寨30岁以上的剩男仍多达8人，越来越多的村落剩男也将迎娶"缅甸新娘"作为化解婚恋饥荒的权宜之计。

2015年1月20日　新村建设引发的热潮

新村建设不仅让芒公村曾经的干栏式木楼变成清一色的红瓦白墙砖混落地建筑，还让曾经落地却未能生根的宅基地私有化观念变得牢固起来。

随着新房的落成，各户在新村建设规划的宅基地界内，以前所未有的热情掀起一股新家园建设的热潮：全村86户人家中有34户投入了万元以上资金，不仅将院场心铺成了水泥地坪，用空心砖砌起一米高的院墙，还修建了进户水泥硬板路；有的人家在新民居旁续建了新的砖混水泥平顶房，盖起了贴着瓷砖、配备有太阳能热水器的卫生间；地处陡峭山坡的人家不惜投入三万多元，建起三米多高的石头挡墙，耗尽财力请来推土机、挖掘机，推通了去往自家的公路。之前家家户户随意筑起的栅栏变成了一道道坚不可摧的砖石挡墙，曾经能够随意变更的宅基地边界被永久地固定了下来，与新民居一道成为各家各户永久的私有财产。曾因居住地变迁宅基地便可在村内自然流转的习俗，从此一去不复还。

在这样现实的推动下,对现代生活充满强烈向往的一组副组长王贵喜家,不惜以 10 万元的价格出卖了自家十多亩沙松林地的砍伐权,贷款 5 万,加上政府补助的 4 万,投入近 30 万元建盖了一栋两层砖混水泥平顶房,并在院落四周打起两米多高的石头砖混水泥挡墙。

一组组长王桑木茸家(也就是我的朋友依惹家),则在短短的三年间,在自家新民居旁续建了一栋砖混结构房、一栋太阳能卫生间、一排砖混结构水泥地坪的现代猪圈,院心不仅打起了水泥地坪,还建起了水泥蓄水池,生猪存栏数也由之前的3头增加到30多头,鸡的存栏数也增至30多只。他们一家还利用新民居地处芒公新寨和六组、七组交通要道的便利条件开起小卖部。2014年,仅卖鸡、卖猪收入一万多元,家庭收入和生活质量均实现了质的飞跃。

新家园建设不仅宣告了传统村落的终结,还唤醒了宅基地、林木、土地等上天赐予资源的商业属性。2010 年新村建设席卷村落之前,谁家建房看上同村人家林地的木料,只需按照习俗带上一小块生白布、两只蜡烛、一小包茶叶和几元礼钱,上门告之户主即可;起房建屋时,看上谁家自留地或空闲土地时,也依上述礼节上门禀告便可;弃之不用的宅基地,也理所当然回归村落自然流转。然而,时隔几年后的今天,不仅宅基地被钢筋水泥、砖石挡墙固化了永久的边界,就是建房时向亲友寻求木料、竹子等支持时,所带的礼钱也不再是之前的几元,而是随着市场行情悄然上扬。

这一系列的变化,虽说出乎意料,却也是在情理之中。只是,对于我所了解的佤族和我所了解的芒公村而言,这样的变化还是显得过于迅猛了些。

2015 年 1 月 21 日　衰落的村落族长制

与从缅甸"布冉"老寨一同迁徙至此的贺帕村和永莱村相比,芒公村似乎注定要经历更多更深切的动荡。寨主和副寨主的更迭就是其中之一。

与其他佤族村落社会一样,1998年以前的芒公,寨主和副寨主遵循

我的母语部落

的均是世袭旧制。直到1998年，在一次村落议事中，寨老们突然提出更换寨主的动议。理由是，世袭寨主王岩倒家太穷，将晦气带给了整个村落，导致寨子连续几年人畜的灾荒。新当选的王艾桑就任寨主12年去世后，因其子执意不肯世袭接任，不得不再度将寨老们召集在一起，通过点蜡烛神授的祖制选出新寨主王尼门。这是在贺帕村和永莱村从未发生过的事情。

这种地动山摇的变迁，最终波及副寨主王艾桑一家。副寨主和寨主一样，是依据祖制世袭掌管村落风俗的寨老，与寨主统管村落风俗的职能不同，副寨主主要负责神林日常管理和村落公祭时的山神主祭。

王艾桑副寨主的职位是从岳父世袭而来的。岳父姓陈，是创建芒公村的陈氏家族的传人。岳父因病去世后，因身后无子，王艾桑便遵照祖制，以入赘女婿的身份世袭接任（佤族习俗入赘女婿不用改姓），至今已是20余年。然而，到了2010年，新寨主王尼门接任后，在2011年一年一度的村落山神公祭活动中，当王艾桑再度以主祭司的身份行使神林主祭职责后不久，和他生活在一个屋檐下的大儿媳妇突然间病得不省人事，寻医问药疗效甚微。王艾桑立即用竹筒盛了一竹筒米、拿了一个鸡蛋，委托两个年轻小伙，前往60公里外的班老村，请最负盛名的魔巴帮忙杀鸡看卦。

鸡腿骨和鸡头骨的卦相说：一个支架要有三只脚才会平稳，一个寨子要有三个家族管理才会兴旺。而芒公村的新寨主王尼门与神林主祭司王艾桑，是出自同门同姓的王氏家族，必须杀鸡杀猪祭祀神林，必须更换不同姓氏的族长做副寨主，才能避免灾祸的发生。

为避免神灵再度降罪，王艾桑辞去了副寨主，只以一名村落族长的身份参与村落祭祀和风俗管理。继王艾桑接任副寨主的是参与村落民俗管理的六名王氏家族族长中的一员——王水倒，虽仍旧姓王，但与寨主王尼门不属同门。

但是，随着村委会、村民小组基层组织的不断壮大，寨老管理权限日益弱化。虽然村落公祭时，寨主、神林主祭祀仍旧会分别获得祭祀山神母猪的左前腿和右前腿的回报，副祭司和负责茶祭的族长分别可获得猪脖子肉、猪尾巴的回报，其余八名族长能够共同分享两只后腿。但用于祭祀山神的母猪似乎越来越小（仅二三十斤重），寨主和寨老们所获得的回报与其在烦琐的民俗宗教活动中承担的义务形成强烈的反差。在时间与金钱关系日益紧密的今天，寨老们的子女均明确表示，不愿子承父业错失打工挣钱的机会，甚至因为父辈出任寨主和寨老而充满抱怨。像王贵喜这样必须从父亲世袭族长职位的年轻人，甚至提出退出寨老集团的请求。

"既然这种管理制度给寨老的家人，特别是寨主一家带来了沉重的经济负担，何不干脆取消？"我的这个问题刚一问出口，所有在场的人都使劲摇着头说："怎么可能呢？如果这样，每年的年节怎么过？山神如何祭拜？寨魂、家魂、人魂、鬼魂、先祖如何守护？家里起房建屋、婚丧嫁娶时，各种各样的仪式谁来主持？"村组干部们甚至断言："不管时代怎样变迁，只要还有佤族、还有人讲佤话，村寨就不可能没有寨主，由寨老管理的风俗就不会改变！"连一向反对叫魂做贼、将世袭族长职责视为负担的王贵喜也认为，村落没有了寨主，就像人没有了魂一样。如果真的有那么一天，寨子里谁都不愿当寨主，他也会站出来担负起寨主的责任。

一组组长桑木茸虽然承认，因为父亲王尼门接任寨主一职而引发了新的家庭矛盾，但他和妻子依惹仍旧认为，父亲能够被神选中接任寨主一职是他们全家的福气。他们甚至认为，这几年自己分家之后之所以发展得这么快，跟父亲当上寨主有关。因为有神灵的保佑，所以鸡猪都长得好，做生意也比别人家顺，日子也一天比一天好过起来。

虽然许多言论有些出乎意料，但他们对于传统文化的维护和坚守，仍旧让我倍感欣慰。

2015年1月22日　达鲁的新房

时隔四年，芒公村的80户人家和芒公村委会辖区的六个自然村、360户人家一样，全部变身为整齐划一的现代新村，红瓦白墙的砖混落地建筑装点着远山近岭。但我的心里依然惦记着达鲁老人和他四年前建

我的母语部落

盖的那栋干栏式木楼。虽然旧时的村落随着一栋栋干栏式木楼的消失而永不复存,但只要老人还活着,那些随风而逝的往事便还有重现的可能。四年来,老人的故事一直缭绕着我,让我欲罢不能。重返村落的第二天晚上,便向村组干部提出了拜访老人的请求。陪同我前往达鲁家的,除村委会副支书陈志雄、组干部王贵喜外,还有达鲁的女婿、在芒公村颇具影响力的一组副组长王明峰。

离别时,竖起第一根房柱、摆满木料的宅基地上,已经竖起成排的红瓦白墙砖混现代建筑。因为红瓦白墙的现代建筑没有设置火塘的位置,不到晚上8点,老人就已在卧室睡下。因为我们的到来,新房的客厅才又充满了热烈的气息。听见我来,老人起床按照传统习俗,坐在靠近卧室的一个旧单人沙发上,我们则分坐在四周。

副组长王明峰将抬来的白酒和啤酒放在地上,拧开瓶盖,每个人跟前倒了一杯,喝啤酒的则就着瓶子喝;王贵喜则将带来的纸烟散了一圈。都是熟悉的面容,虽然隔着四年的时光,但几个来回心又重新聚在了一起,谈话也变得轻松热烈起来。

虽然已临近春节,但整个房子仍旧充满着寒气。我一边访谈,一边蜷缩着双腿,抵抗着寒气的侵袭。再看达鲁时,依旧是一脸的平静。无论我们的讨论如何热烈,老人都只是安坐在单人沙发上,将目光投向空荡的客厅。只有当王明峰、王贵喜或是其他人,将我的问题翻译成佤语传递给他时,老人才将神情转入眼前的场景。

早在四年前我就得知,老人当时建盖的那栋崭新的干栏式木楼建起的第三天就强行拆除了,但我仍旧不甘心地问道:"既然知道建了要拆掉,为什么还是要建?"老人的回答仍旧和四年前一样:"每栋房子都有自己的生命历程,哪怕建起住一天,也要让它走完整个生命历程。"王明峰说,在老人和族人们的意念中,房屋是一家人安身立命之所。没有一次又一次魂灵的注入,整个房屋就会寒凉,家魂、人魂、猪魂、牛魂就无法安居,人就会生病,家畜就不会兴旺,灾难就会接踵而至。因此,每一栋木楼的诞生,都伴随着大大小小密集的祭祀,其中的五个吉日更是举足轻重。

第四章　芒公村落日记

第一个是砍伐第一根房柱的吉日。这是整栋新房筹建的序幕，必须杀鸡敬告山神、寨神，祭祀家祖、家魂。山神是整个村落物质和精神的统领，没有它的授权和恩赐，凡人不能撼动一木一草的生命；家祖、家魂是整个家族的精神统领，没有它对新建秩序的维护，生魂、恶鬼就会乘虚而入，打乱家魂、人魂、猪魂、牛魂的原有秩序，人丁就不会兴旺，百业就会凋零。只有祭祀了山神，山神才会敞开山门，为砍伐的每一根木料注入灵魂，让它们安安心心地跟着房主回家做柱做梁；只有祭祀了寨神，梁柱板材进寨的道路才会变得平坦；只有祭祀了家祖、家魂，家祖、家魂才会以欣喜的心情，迎接每一根木料进家，让它们成为自家的一员。没有任何一个家庭、任何一个人，敢于越过先祖既定的雷池一步，让新房筹建之日潜伏下种种危机。

第二个是运送毛料的吉日。所有的梁柱木材挑选砍倒之后，在宰旺选定的吉日，建房师傅和村落壮劳力便在祭司的带领下，前往堆积木料的山林。祭祀了山神，赶走了潜伏于木料中的生魂，男人们便会在建房师傅的指挥下，一边按尺寸劈除木料上的生皮、砍掉木料上的多余部分，一边分组合力将劈好的毛料一根一根运送回家。这样的劳作会持续五至十天，每一天，建房主家都是酒肉飘香，热闹非凡。

第三个是劈料打榫凿卯的吉日。这一日，邀请的对象除了建房师傅和劈料、打榫、凿卯的帮工外，还有寨老们和组干部。先是杀鸡、杀猪祭祀家祖家魂，告之新房建设的进展，请求家祖为每一根梁柱、每一块板材注入家魂。然后再杀一只红毛公鸡叫盖房师傅的人魂，请求它安心于盖房师傅的肉身，让劈出的每一根梁柱笔笔直直，改出的每一根木料都顺顺滑滑，打出的每一对榫卯稳健扎实。这样的劳作也会持续五至十天，每一天依旧是酒肉飘香，如年节一般热闹。

第四个是起梁盖房的吉日。在起梁盖房的吉日也是整栋木楼诞生的时日，房主会根据鸡卦给予的暗示，或是叫魂，或是做赕。叫魂至少要杀三只鸡和三头猪，做赕需要投入的更多，至少是三只鸡和六头猪。王明峰说，达鲁家起梁盖房的那天，鸡卦显示的是不需要做赕，只需要叫魂，但达鲁仍按最高礼节迎接新木楼的诞生。在起梁盖房的三天里，全

我的母语部落

村几乎所有的人家都参与到达鲁家新房的建设中。男人们在盖房师傅的指挥下,将六块基石埋入挖好的柱洞中,再将六根房柱一根一根耸立起来,每一根房柱耸立的过程,都伴随着魔巴悠扬的祷告。当基石和房柱稳稳扎扎地建立起来之后,男人们便在盖房师傅的指导下,将房梁间的榫卯穿斗起来,按照顺序一排一排地摆放在地上。女人们则端茶送水、挑水洗菜做饭。老人们则围坐在火塘边,时而唱调念经祭祖叫魂,时而抽烟喝茶,谈天说地,整个工地如年节一样热闹。

第五个是进新房的吉日。如果没有拆房令的催促,达鲁家进新房不会选择在新房落成的次日。家里的鸡、猪因为连续的拆房建房几乎全部耗尽。而为进新房的叫魂安魂仪式,就算是顺畅,也至少得杀三只鸡和三头猪,其中用于待客的母猪必须在100多斤以上。王明峰说,新房落成后,达鲁一家也曾犹豫是否要为新房叫魂。但为了让新房圆满走完自己的生命历程,达鲁最终仍然决定不惜举债给新房叫魂。

进新房后的第二天,已是政府拆房令的最后限期。达鲁一家再度为这栋刚落成的新房举行拆除仪式,让这栋木楼圆圆满满走完了它整个的生命历程。

对佤族村落深入得越久,与村民交往得越多,对佤族叫魂做贼祭祀习俗的盛行就越是感到震惊。在大多数佤族村落,村民饲养的鸡猪大多用于叫魂做贼,能够拿到市场转换为商品和单纯用于自身消费的寥寥无几。然而,正如王明峰他们所说的那样,如果放弃了这些传统习俗,那么佤族是否还能称之为佤族?但如此这般固执的坚守,这个民族又如何才能够像政府所预期的那样,"到2020年与全省全国人民同步全面建成小康社会"呢?

所幸的是,发展的洪流如奔腾不息的江河,连一次短暂的叹息和回首的空间都没有预留下。现代新村的落成,引发了新的生计模式和新一轮投资热潮。达鲁二儿子一家正铆足劲打工、挣钱,准备在政府新盖的砖混结构平顶房上加盖一层,好让居屋变得更加宽敞、舒适。达鲁老人四年前的坚守和抗争早已随着一个全新时代的来临消失殆尽。达鲁一家和村落大多数人家一样,考虑得更多的是,如何拼尽全力,让自家的生活过得更好。

2015年1月23日　归来的逆子

今天一大早，我和支书陈昆、副支书陈志雄、一组副组长王贵喜正坐在村委会院场心喝茶聊天。随着一阵摩托的轰鸣声，一个穿着白色衫衣、黑色西服套装、戴着露指黑皮手套的青年男子出现在了我们面前。青年男子下了摩托，其身后的电脑包便展露在眼前。再看那张芒公人特有的黝黑脸庞，便知道是该村众多外出打工回家过年中的一员。只是，这个黑衣男子展现的时尚显出更加浓烈的装饰气息。

陈昆告诉我，这位黑衣男子叫王尼翁，六组怕塘村的村民，今年28岁，2004年外出打工，今年是第一次返家。这样的介绍，更进一步撩拨起我的访谈欲。

访谈是在不经意间展开的。黑衣男子特意将电脑包移至胸前，虽然不抽烟，却不断掏出20多元一包的软珍过滤嘴云烟发给在座的各位。尽管我访谈时用的是当地方言，但他回答时用的却是流利的带有南方口音的普通话。他努力用眼前的一切证明着，自己与一般村民的不同和自己非同寻常的经历。

王尼翁说，他2004年初中毕业就外出打工。开初去的是北京，搞的是装修，月工资为八九百元；一年半后辗转到河南，做了三年的钢筋工，非常辛苦，但月平均工资提高到2000元左右。之后又辗转到山东，先是做电焊工，后来又先后做过鸡肉、牛肉食品加工，月平均工资增加到三四千元；四年后再度辗转到广州东莞，跟同样外出打工的弟弟在同一个制鞋厂做鞋，月工资可以拿到六七千元。

王尼翁说，这是自己外出打工十年来第一次回家。这在众多外出务工青年中并不多见。以他的弟弟为例，外出务工三年，今年已是第三次回家。王尼翁告诉我，过去家里十分贫困。2002年他读初一时，父亲就去世了。2004年，初中毕业后，他就跟着同村人外出打工了。

在他反复不断的述说中，我强烈地感觉到，家庭的贫困不仅是造成他外出打工的原因，也是他不愿意回家的根本原因。他说，这次是身份

我的母语部落

证遗失必须回来补办，加之，母亲和哥哥一直打电话说要给他死去12年的父亲叫魂才回来。

作为半个芒公人，我知道为逝去的亲人叫魂是整个家庭中的一件大事。只有举行过传统叫魂祭祖仪式之后，死者的魂灵才真正与当下的家庭彻底脱离，亡魂才能安心于鬼魂的世界，生者也才能彻底摆脱死者阴魂的缠绕，真正地展开全新的生活。只有极度贫困的家庭，才会将这样的仪式一拖再拖。这让我对黑衣男子夸下的月收入六七千元的海口充满着怀疑，因为仅需一个月的收入，就完全能够负担得起为父亲叫魂的全部费用。

当我问及家乡的变化时，他不是将十年前的芒公与十年后的芒公做比较，而是将现在的芒公与其所在打工的城市做比较。虽然他离家时的2004年，芒公尚未通公路、通电灯，他家所在的六组怕塘村通毛路、通电灯也只是2010年5月的事。特别是2010年，芒公村委会被列入新村建设整村推进村后，所有的干栏式民居全都变成了红瓦白墙砖混落地建筑，从乡政府到村委会的沙石公路也变成了水泥硬板路。但似乎眼前的一切他都视而不见，而是不断地向我讲述着他去打工的城市的公路和高楼，以及家乡贫穷现实给他带来的诸多不便。

当我问及这次回家给家里带回多少钱时，他再一次强调了大都市巨额的消费和开支，将话题再一次拖回到他寄生且永远不会真正属于的城市。在我的追问下，他只得坦白没有给家里带回多少钱，理由是他的妈妈连汉话都不会讲，也不会用钱。我内心再一次发出失望的叹息。

当我问及有没有想到在外面安家时，他再一次将话题引到了那个遥远的陌生城市。他说，也在外面谈过恋爱，但在那样的都市，娶一个媳妇至少得花五六十万钱。因此，他还是希望能够在家乡找个可以一起安稳过日子的女人为妻，到时，他可以回来在乡上或其他地方投资做点生意，养家糊口。当问及他对叫魂做赕的态度时，这个离家十年游子的态度却意外地和村民一样，认为应该完整地保留下去。

王尼翁走后，陈昆他们跟我讲了一件有趣的事情。说王尼翁回来，不像别人一样给家里买回的是电视机、摩托、音响之类的时尚消费品，而是买回来一台沉重的电影放映机。为了向乡亲们展示他带回的这台机器的神奇力量，他每天晚上抬着放映机入户免费给乡亲们放电影。

往返于芒公这几年，外出打工回村的人见过不少，像王尼翁这样的奇葩却是第一次遇见。

2015年1月24日　失业的村落建筑师

认识支书王林的弟弟王桑木永，是在我2010年驻村期间。王桑木永依占哥哥王林担任支书的便利，在村委会旁边搭建了一个简易小卖部。因靠近村委会，生意一直是全村最好的。除了卖一些日用百货外，王桑木永还利用地处交通要道的便利，十天半月杀一头肥猪在小卖部前销售，每一次都能迅速卖完。仅凭这两项收入，全家的生活就要比一般村民好出许多。

知道王桑木永还是一名乡村建筑师，是在达鲁家建盖新房的那天。王桑木永站在成堆的木料中间，指挥着房柱的栽埋、榫卯的修正、梁柱的穿斗、横梁的起降。仅一天工夫，一栋两层干栏式木楼的框架就立了起来了。据说，由他指挥建盖的木楼，不出现地动山摇，至少能够住上三四十年。

因曾先后两次扶持过他家发展生猪养殖，王桑木永一家执意请我和村组干部到他家吃饭。或许是因为新房过于空荡，感觉与几年前相比，王桑木永消瘦了许多。过去，这样的农闲季节是村民起房建屋、拉木料、劈木料的最好时节，也是王桑木永最为忙碌的季节。特别是2008年，村里修通了沙石公路后，越来越多的人家拆除低矮的草房，盖起宽大的石棉瓦顶干栏式木楼，王桑木永更是忙得个马不停蹄。

与低矮的草房相比，石棉瓦顶木楼的间距更高、更加宽敞，住起来也更加舒适，墙壁、地板的用料均是上好的、机器改制的厚实木板，对建筑师的要求也更高。王桑木永虽然不能识文断字，甚至连尺寸都看不懂，但凭着年轻时到乡基建队干过建筑的经验，加上老人们的口传心授，凭着肉眼和数十年的经验，就能够不依赖一颗钉子、一根铁丝，只凭借着榫和卯的穿斗连接，便能够将一栋木楼竖起来。

与草房仅竖4根房柱不同，一栋石棉瓦顶木楼一般要竖6~12根房柱，然后再根据房柱的间距，测算出面积和所需的大梁、横条、板材，再依据日常积累的经验，将木材分类劈改、打榫凿卯。到起房建屋时，再根据预先设计的结构，将房柱、大梁、副梁、横梁穿斗起来，再安装上墙壁、铺上地板、上上石棉瓦顶，一间房屋便建成了。除安装石棉瓦顶外，均不需要钉子、铁丝、钢筋一类的辅助材料。整个劈料、建房起屋的过程，有酒有肉，有说有笑，热闹非凡。进新房的跳新房仪式，实际上是考验房屋建得是否牢靠，如果经受住了数十人的欢歌劲舞，那么这栋房屋住上个两三代人都不成问题。如果不幸坍塌，便是建筑师终生的耻辱。王桑木永宣称，自己当任村落建筑师30多年，指挥建盖的房子不下60栋，每一栋都至少住过两代人。这种才能不是谁都可以具有，而他就是村落族人中为数不多的几个之一。

王桑木永说，其实他们的辛苦和忙碌并没有任何报酬，只是进新房叫魂的时候，比别人多得一个猪腿子。建筑设计师享有的地位和荣誉，才是让他倍感荣耀的事。但随着新农村建设的推进，这种让王桑木永倍感荣耀的专长也失去了用武之地。就是在传统的建房时节，王桑木永只能闲在家里，与妻子一起帮着儿子和媳妇养养猪、带带孙子、做做生产，生活一下子变得空洞落寂起来。为了填补这种空寂带来的失落感，每逢村落节庆活动或村民家叫魂做赕时，王桑木永便以其长年积累的威望出任后勤总管，让生活重新变得充实忙碌起来。

王桑木永感慨道，如今的生活好是好，但人与人之间需要互助的机会少了，往来也没有从前密切了，村落也比以前寂寞了许多。我想，或许这便是村落现代化过程中，必须付出的众多代价之一。

贺帕村神林中的祭典

2016年新农村建设前的拱寻村

第五章 拱弄村落日记

在拱弄，祭祖已成为凝聚村落族人的方式

拱弄村落日记（一）

2015年9月15日　进驻拱弄村落

正当《我的母语部落》一书的写作在电脑中徐徐展开的时候，突然接到奔赴拱弄佤族村落，开展"挂包帮""转走访"工作的一纸调令。

"挂包帮""转走访"是2015年，云南省响应习近平总书记提出的精准扶贫的一项重要举措，是以单位包村、个人包户的方式，对扶贫对象实施精确识别、精确帮扶、精确管理、不留死角的治贫方式。我所调防（之前入驻的是耿马自治县勐永镇芒来村）进驻的沧源佤族自治县勐来乡拱弄村委会，便是现在我所供职的单位——滇西科技师范学院实施"挂包帮"的村。

我知道，这是继芒公村落之后，佤族村落即将经历的又一次现代化浪潮，一批远离城镇和交通沿线的传统村落，将在这次危旧房改造运动中终结。我甚至相信，这是上苍赐予我的又一次千载难逢的机遇。全球化浪潮已是无法阻挡，它让我再次得以以血浓于水的深情，亲历见证佤族村落的这一历史巨变，让我正在展开的村落叙事变得更加从容、深厚和广远。

2015年9月16日　我的村落蜗居

拱弄村委会隶属于沧源佤族自治县勐来乡，距离乡政府所在地23公里、县城40公里，因村中央有一个龙潭而得名。全村辖拱弄村、单宽小寨两个自然村，共有351户、1461人，除一名落籍汉族外，均为清一色的佤族。20世纪50年代以前，与芒公所属的勐角乡、沧源中部和北部的许多佤族村落一样，因分属耿马傣族土司和勐董傣族土司的领地，受小乘佛教的影响至深。

但与大多数佤族村落不同的是，拱弄村委会所在地——拱弄村，由于地处沧源县城及中部地区连接耿马、去往临沧云县的交通咽喉，在1951年沧源置县前，既是沧源辖区设置的六个行政区划之一（勐角镇、勐董镇、岩帅镇、拱弄乡、勐省乡、永源乡），也是与永和、糯良、帕良、控角等并列于勐角董土司直辖的十三圈之一。这里曾经建盖过佛寺，设置过中心粮店、供销社、村级中心校区，驻防过军队，是勐来乡辖区佤族村落中人口最为密集、影响最为深远的佤族村落。

经过逐级驻村会议培训之后，我们抵达拱弄村时已是晚上九点多钟，传说中的拱弄村和龙潭均沉浸在黑夜中。与之前进驻的芒公村委会一样，拱弄村委会被两栋水泥建筑围成一个半封闭的独立空间，办公楼前的水泥篮球场成了临时停车场。我的村落蜗居被安排在村委会办公楼二楼的乡村书屋，虽然满屋的书和杂物、灰尘交织在一起，但毕竟是一个独立的空间，容得下许多思绪的飞翔，因此也不由得欢喜起来。

支书李贵东告诉我，村委会所在地就是曾经拱弄缅寺的旧址，是拱弄村那段特殊历史时期的政治、经济、文化中心。村委会银色的灯光下，拱弄村的夜显得愈发的深沉，我的思绪也立即沉入了无边的想象。

2015年9月17日　遇见的最美村落

早上起床，窗外是一片浓密的雾景。打开房门，雾乘着清新的空气扑面而来。放眼望去，是朦胧的山景，时隐时现的村落和传说中的龙潭。我抓起相机，向着浓密的晨雾奔去。

最先遇见的是传说中的龙潭。她沉淀在雾海中，睁着通透明亮的眼睛，静卧在村委会旁村落干道的交叉路口处，有半个篮球场大，呈圆形状，入水口是几股昼夜流淌的清泉。在村民眼里，这是一个有着神灵护佑的龙潭，旱季水位不会下落，雨季潭中的水不会溢出。如果水位下落、干枯，就是灾难降临的时日。因着这样的神圣，村民从不敢将死鸡烂肉、垃圾一类污秽之物扔进潭中。村民们甚至以梦见龙潭水的枯荣来预算吉凶：水清澈旺盛为大吉，有青龙盘旋为吉上加吉，混浊干涸枯萎则为灾祸降临的凶兆。

龙潭周边是茂密的古树。百年古榕树粗壮的枝叶倒影在水里，如天马行空的白驹，如盘踞的巨龙，如梦幻中的王国，似真似假，葱郁灵动。240多栋干栏式建筑，从山脚一直密布到山顶，再从山顶向着山的另一面延伸。虽然古老的竹木草顶建筑已经消失殆尽，但98%以上的民居仍旧沿袭的是板木榫卯穿斗结构、石板瓦顶的干栏式传统，虽然稠密，却是遵行村落自然成长规律错落绵延。因为经年雾气浸湿、风吹日晒，石棉瓦生硬的灰白已变成了厚重的暗黑，与整个的大地、周边的山林、远处的山色浑然成了一体，成为自然万物中的一员。加上有轻盈缭绕的浓雾、龙潭的衬托装点，更是美得如梦如幻。

这是我见过的最美佤族村落。虽然佤族情歌中，龙潭常常用作至深爱情的比喻，被赋予了许多美丽的传说和美好生活的愿景，但能够与龙潭相伴相生的佤族村落却是少之又少。除了西盟县城外，这是我唯一遇见的与龙潭相伴相生的佤族村落。

沿着村落间曲折蜿蜒的沙石路而上，是满眼的繁茂。村落房前屋后、田间地头，甚至于村落道路的两旁，都是满架的洋瓜、面瓜和带着细密绒毛的鲜嫩瓜尖瓜叶，夹杂其间的苞谷、黄瓜也已经成熟。村小学的洋瓜棚因套种了葫芦，洋瓜、葫芦挤挤密密、错落盘结，丰富着瓜果累累的景象。路边的土石墙上，随遇而安的草烟张着肥大的枝叶，青菜籽种也长出了肥大的叶子。与这种繁茂盛景交织的，是各家院落墙间、瓜藤叶蔓下，随处觅食的鸡群，圈里的猪群和数量可观的牛。四面山野的树木也是青翠茂盛，一派繁荣景象，内心便不由得欢喜起来。

2015年9月23日　孩子们的幸福生活

清晨，当我沿着村委会旁的水泥硬板路一直向前，最先看见的是村卫生室，再向前十米，便可以看到拱弄小学的大门。学校虽然简朴，但有花有草，有爬满棚架的洋瓜、葫芦，有宽敞的球场、整洁的教室、独木成林的榕树，有摆满各色蔬菜的食堂和蓝白相间的小饭桌。

这里曾经是一个村级完全小学，生源覆盖班列、英格、永安等周边几个行政村,学生最多时达220人。合并办学后,教学班减少到四个(一至四年级),生源主要覆盖拱弄、单宽、永安三个自然村。全校包括校长在内的六名教师,上着五个教学班(含学前班一个)的课程,一个人负责一个班:从语文、数学到自然、音乐、体育,从学习到生活一包到底。女教师看上去更加显得活跃,男教师的体育课和音乐课稍显单调、沉闷。但有着孩子的喧闹,学校仍旧洋溢着欢声和笑语。

我到达学校的时候,正好是午饭时间。孩子们每人抬着一个闪亮的不锈钢碗,在冒着热气的饭和菜前排成长队,一人一勺饭、一勺菜后又一排一排地坐在蓝白相间的塑料桌椅前,一边嬉笑一边吃饭,衣着虽然褴褛却快乐得像一群小鸟。校长田国忠告诉我,全校95名学生均享受农村免费义务教育,除了免除学费、书费外,每生每天还享受国家供给的一个鸡蛋、一盒牛奶、一个馒头的营养早餐和课间半个苹果或半个梨的零食,以及每月每生100元的伙食补助。每个学生每学年只需交550元的大米钱(走读生减半),每天就可以享受到学校供给的荤素搭配的午餐和晚餐(走读生只用午餐),生活远比在家好得多。

这样的幸福生活,大大增强了家长送孩子上学的热情,特别是对于父母外出务工的留守儿童和寄居在亲戚家的孤儿来讲,更是如释重负。拱弄小学95名在校生就有28名留守儿童,其中与外公外婆、爷爷奶奶、叔叔伯伯共同居住的就有12人,父母离异由外公外婆、爷爷奶奶、亲友帮助抚养的单亲子女有6人,父母双亡由爷爷奶奶抚养的1人。每个留守儿童又有着不同的故事,四年级的男孩陈子明早年丧父,母亲改嫁后就一直由大爹代养;三年级的陈叶秋父母离异后,父亲外出打工多年未归,双胞胎妹妹分别交由爷爷、奶奶代养,她寄养在姑妈家;一年级的李珍琴,去年父亲被微耕机传送带绞伤致死,母亲独自供养着她和正在读高中的哥哥,如果没有"两免一补"政策,这些孩子的读书和生活都将是一个棘手的问题。

传统民居中饱含着族人许多鲜活的记忆

节日和祭祀成为族人们聚在一起的最好理由

拱弄村落日记（二）

2016年2月20日　危旧房重建动员

今天是新一轮驻村工作队员入驻拱弄村的第一天，除了我这名老队员外，学校按照新的驻村要求又增派了9名工作队员。一大早，勐来乡党委副书记马志坚就率领着学校10名驻村工作队员和乡派驻的4名工作队员，浩浩荡荡奔赴8公里外的单宽小寨，召开第一轮危旧房重建动员大会。

单宽小寨土地宽广，周边森林密布。时至今日，广袤的森林仍旧为另楞水库提供着丰富的水源。2014年以前，单宽小寨共有104户人家。在2014年新农村建设中，有37户人家搬迁至2公里远的达科，以统一设计、统一规划、统一建盖的建设模式，建起清一色的砖混结构水泥平顶房，成为拱弄村委会第一个现代新村。单宽小寨住户也由原来的104户减少到现在的67户，除了4户建盖起砖混结构的石棉瓦顶房外，其余的63户均为清一色的榫卯穿斗结构干栏式木楼。

与拱弄村沿着山势走向蜿蜒连片的村落形态不同，单宽小寨坐落在群山环抱的斜坡地带，67户人家呈大聚居小分散状态。沿坡而下的7公里是2011年建成的另楞水库，再一路向前，便是耿马自治县贺派乡班卖村，生存环境和生态环境都比拱弄村更胜一筹。

危旧房重建动员大会在单宽文化活动室外的篮球场上进行。马志坚宣布，除现已建成的四户砖混结构房外，其余63栋干栏民居与拱弄村的241栋一起，均纳入危旧房拆除重建范围。凡纳入重建的民居，均可享受国家四万元的建房补助，2016年、2017年完成的还可以分别获得2000元和1000元的现金奖励。除了这一利好政策外，在进行财产评估后，每户建房户可以申请五万元以下不等的政府贴息建房贷款。没有能力建房的五保户作为政府的兜底对象，由政府组织工程队，统一规划、统一设计，为每户建盖一栋30.76平方米、造价四万元的抗震民居房。马志坚一边宣讲动员，工作队员一边向群众展示政府提供的从30平方米至200平方米不等的五种新民居户型设计图。一眼望去，户型均为红瓦白墙和水泥平顶的现代民居。这也意味着，到2018年底，全村危旧房改造结束时，现在的传统村落面貌将彻底不复存。

回到村委会后，马志坚又马不停蹄地召开了驻村工作队员情况通报会，就当前精准扶贫的重点工作和目标任务进行了分析通报：

一是危旧房拆除重建。这既是精准扶贫的重点和难点，也是2018年底脱贫的硬性指标。目前，全村351户、1461口人中，纳入危旧房改造的共有304户，其中：拱弄村241户，单宽小寨63户。要确保2018年底危旧房改造重建任务完成，必须从2016年起，以每年100户以上的速度全力推进。因此，单宽小寨63户全部被纳入今年原址拆除重建计划，拱弄村的76户列入异地搬迁重建名册。与此同时，要动员所有具备条件的农户尽快启动原址拆除重建，力争2016年底，完成150户危旧房拆除重建任务。

二是产业发展帮扶。这是解决群众收入来源，如期实现"脱贫摘帽"的措施保障。拱弄村人多地少，人均只拥有耕地面积2亩、林地0.9亩、高稳产田0.04亩，加之受历史发展和交通的制约，至今生活仍十分贫困。全村除了甘蔗、茶叶、核桃和少量的家庭畜牧养殖等收入外，主要依靠进城务工增加收入。2015年全村经济总收入645万元，其中，甘蔗收入220万元，占总收入的34.1%；外出务工收入179.3万元，占总收入的27.8%；其他农牧业收入246万元，仅占总收入的38.1%。甘蔗和外出务工收入是村民收入的主要来源。

以这次动员会为标志，拱弄村新一轮现代新村建设就算拉开了序幕。

2016年2月21日　村落的婚礼

早上起来，听说拱弄村五组有一对新人的婚礼，便抬着相机直奔婚礼现场。按照传统习俗，佤族的结婚礼俗是一个极其冗长烦琐的过程。因为忙于驻村工作头绪的清理和单宽小寨的调研，我不仅错过了前天男方送聘礼、送礼酒仪式，还错过了昨晚迎亲队伍与新娘家隔门对唱的热闹场面。

老人们说，传统婚礼中，新郎迎亲队伍与新娘娘家隔门互歌应答是婚礼中最热闹的环节。对唱是在新郎、新娘双方选出的主唱率领下隔门进行的。当迎亲队伍踏上女方家竹楼的时候，女方便将楼门紧紧关闭，于是，一场由男方主唱发起的隔门互歌应答便拉开了序幕。男方迎亲主唱往往随意撷取当地流传的迎亲曲调即兴填词发问，女方主唱便要立即采用新郎主唱使用的迎亲曲调即兴填词应答。若应答不上，男方迎亲队伍便可以强行推开楼门迎娶新娘。

以当前流行最广的一曲《开门迎新调》为例，当迎亲队伍在男方主唱的引领下和声唱道："打开门啊，打开门；我亲爱的新娘，请你打开门；站在门外的是你最亲最爱的郎官！"女方便立即应和回答："不开不开，不能开；站在门外的是四处行走的流浪汉，不是我最亲最爱的郎官。"曲调奔放热烈，主唱与合唱高低应和，场面十分壮观。过早败下阵来开门迎亲是一件很没有脸面的事，因此，过去这样的互歌对答往往要持续数个时辰，有时迎亲队伍要临阵更换几个主唱才能够顺利迎娶到亲娘。但现在，只是象征性地进行十几个来回便开门迎亲，村民的热情已被新近诞生的电声乐队所吸引。

我到达新娘家的时候，村民已经在电声乐的伴奏下欢歌起舞。领舞的中年男女身着节日盛装、手握麦克风边歌边舞，其余的宾客则随声应和边歌边舞，整个院落充满着婚庆热烈的气息。

干栏式木楼内，家祖的神龛前，新人的婚礼则在新娘父母、新郎家族代表和主婚人、寨老们的主持下，依照传统礼俗有条不紊地进行着。虽然现代气息不断地席卷着村寨，但在族人们的意念中，像婚丧嫁娶、建房起屋这样重大的事情，没有经历传统礼俗的洗礼，相当于没有得到神灵、先祖和族人的接纳、祝福和庇护，就会给新人今后的生活埋下不幸的隐患。

第五章　拱弄村落日记

身着现代婚纱和礼服的新娘、新郎正跪拜在家祖的神龛前,新娘父母、新郎家族代表和主婚人、副主婚人、寨老们则围坐在一张宽大的长方形竹篾桌旁,开始第一轮的祈祷。主婚人深情地唱道:

> 今天/我们家的依就要在家祖的面前/切断家魂、离开父母/成为新郎家族中的一员/家祖啊/我们在你的神龛前点亮了蜡烛/铺上了祈福的白布/供奉上了成串的芭蕉/我们用肥壮的母鸡祭献你/用好饭、好茶、好水祭献你/请你用最动听的歌声/为新人的一生铺平道路/请你用最美的语言/为新人送上最好的祝福/请你动用所有的神力/保佑他们永远幸福/相伴相随直到百头。

第一轮祈祷结束,院落里的流水宴便拉开了序幕。与之前走访过的佤族村落传统婚宴不同,这里的婚宴菜品更加丰富。整条的鱼、黄焖鸡、猪肘炖萝卜、凉拌鱼熏菜、油炸花生等八菜一汤和每人配送一个白水鸡蛋的形式和菜品,均具有了明显的城镇客事的特色。只有木楼上的老人们恪守着每人一包肉、一碗菜汤、一碗猪内脏烂饭的传统婚宴菜品。除了传统的送魂米、送魂线和烟酒等礼俗外,婚礼现场还设置了挂礼台。这大大超出了我之前在芒公村落的见闻。

高额的礼金也意味着婚礼的更高投入。除了八菜一汤婚宴菜品外,新娘、新郎两家还得各自出 600~1500 元的价格,聘请一支电声乐队在自家院落或村落广场,为参加婚庆的亲朋进行三天三夜的伴奏、领唱和领舞。这样的需求,也催生了村落的电声乐队的生长。据了解,仅拱弄村,这样的电声乐队就有三支。

婚宴完毕,传统过彩礼开始了。新娘父母、新郎家族代表和主婚人、寨老们重新围坐在院落里一张竹篾桌旁。男方首先拿出 10 元敬奉给寨老,再拿出 16 元呈送新娘的父母、兄弟和至亲,4 元则是新娘母亲的奶水钱。因为传统婚俗中彩礼均是以碎银子的方式兑付,因此,上述彩礼采用的均是 1 元的纸币。为遵从祖制,每一笔彩礼均用家族保留下的旧秤象征性地过秤一下。接着,男方主婚人便点燃蜡烛,隔着放满彩礼的竹篾桌开始唱道:

我的母语部落

　　《司岗里》的传说/已经很少有人再提起/先祖走过的路/已经了无痕迹/先祖留下的礼节/已寻不到踪影/我们应该如何跟着先祖的脚印走/应该如何遵从先祖的礼节做？

男方主婚人的歌声才落，女方主婚人的歌声便在竹篾桌的另一端应声而起：

　　《司岗里》的传说/永远不会丢失/先祖走过的脚印/永远保留在礼俗中/先祖留下的礼节/永远印在老人的头脑里/只要我们按照上辈传下的规矩办事/只要我们按照老人所说的话去做/我们就能够走得正行得直/祖辈留下的礼节/就永远不会失传/……

行过最后一轮茶礼、喝过最后一轮糖水，新娘母亲开始清点新娘的嫁妆：有母亲亲手纺织的麻线白布床单和彩色织锦，县城买来的艳丽佤族衣裙、踏花被子、枕头，送新郎父母的新衣和新裤，几串熟透的芭蕉，两捆一尺长的甘蔗，一个装满糯米饭的大竹篾饭盒，一个装满煮熟肉片的大塑料瓶，还有零星的烟、酒、茶等。然后，分门别类装在三个竹篾背箩里，交给三个有着幸福家庭、子孙繁盛的妇女，随送亲队伍送往新郎的家。

是作别家祖、父母的时刻了。新郎、新娘再次跪拜在家祖的神龛前，主祭司兼主婚人唱起了别离的歌：

　　春天到了花自然就会盛开/秋天到了果自然就会成林/男人大了自然就要当婚/女子大了自然就要当嫁/作别先祖/是为了去往更远的远方/作别父母/是为了创建新的家庭/家祖啊/请用你的祝福送他们启程/请用你的庇护铺就他们的锦程/让他们慢慢地走/顺顺地行/幸福美满地过一生。

此时，坡脚下的迎新队伍早已迎候在新郎家木楼前。当送亲队伍将新娘的嫁妆在男方家祖的神龛前一一展开，将带来的糯米饭、肉片、烟、酒、茶供在神龛前，男方主婚人向家祖报告新娘进家的喜讯后，新娘的舅舅便高声唱道：

　　今天/我们送来的新娘/是如此的年轻健康和美丽/但是/

> 再漂亮的花总有凋谢的一天／再年轻健康的人总有／疼病和老去的时候／如果有一天／我们的女儿病了残了老了／不再像今天一样健康美丽／你们是否仍然像今天一样／疼她、爱她／……

新娘舅舅的声音刚刚落地，新郎的舅舅便应声唱道：

> 花儿总有凋谢的一天／人总有疼病和老去的时候／新娘进了我们家的门／就是我们家的人／不管她是病了残了，还是老了／我们都会像女儿一样疼她，爱她，关心她／……

行完洗手礼上，新人接受着每位长者的祝福。新郎一家也将新娘家带来的糯米饭和肉片，与宾客一起分享，将婚庆的喜悦传递给每一位寨老亲朋。

随后，新一轮的祈祷开始了。新郎、新娘和新郎的家族成员跪拜在家祖的神龛前，接受着来自主祭司、副祭司和寨老的祝福，与先祖和神灵共同见证这对新人结为夫妇。

接着，流水一样的婚宴开始了。依旧是八菜一汤和每人一个白水鸡蛋的形式和菜品，依旧是电声乐伴奏下的欢歌劲舞。因为这一对新人的婚礼，整个晚上，拱弄村坡头、坡脚的上空一直回响着电声乐的伴奏和欢歌劲舞的喜庆气氛。族人们相信，这样通宵达旦劲舞不仅能够驱除昔日的不洁和晦气，也是送给新人最好的祝福。

2016年7月31日 村落的节日

驻村已近一年，却一直没能与拱弄村落的节日相遇。根据老主任田岩砍介绍，由于历史上属于傣族土司领地，加之地处沧源与耿马两县交界地带，拱弄村落节日经历过几次变迁。

很早以前，拱弄村落受基督教的影响，曾经过过圣诞节（时至今日，与拱弄毗邻的佤族村落——永安村上寨仍旧过的是圣诞节，班列村仍旧过的是泼水节）。但自20世纪初小乘佛教传入后，拱弄村不仅和傣族一样过起了泼水节，还建起了颇具影响力的拱弄缅寺。到1966年，土持拱弄缅寺的佛爷去世，拱弄缅寺和尚全部还俗，拆除了有着数十年历史的缅寺，跟随傣族过了半个多世纪的泼水节也随之终止。20世纪80

我的母语部落

年代初,拱弄才慢慢恢复了佤族传统的春节、播种节、祭山神、叫谷魂、接新米等传统节庆活动。

春节是佤族村落的传统节日。这一天早上,管理村落风俗的14名寨老便聚集在村落祭祀房,宰杀一头40斤左右、毛色黑亮的活猪祭祀山神、寨魂。寨老会在寨主达窝、山神主祭司达坦、掌管日子的达旺、主管祭祀杀生的勐事的带领下,抬着用芭蕉叶装着的猪肉、茶叶、盐巴、米花和鲜花,来到神林山神的神龛前祭祀祈祷:

> 是松叶发青的时候/是鸟做新窝的时节/是准备开新田的时候/是准备开挖新沟的时节/昨天我们送走了年末旧岁/今天我们迎来了崭新的一年/我们把鲜花敬献在你的面前/我们把猪肉供奉在你的跟前/我们要为你唱起最动听的歌谣/要为你跳起最欢快的舞蹈/请你保佑我们/让种下去的谷子成堆/让圈养的猪牛成群/让整个寨子远离灾难/让所有家庭的日子顺滑舒畅/不要让灾祸拦住了我们的路/不要让疼病绊住了我们的脚/让我们轻轻松松地过/让我们快快乐乐地活/让我们的日子像榕树叶子一样长青/让我们的根茎像榕树一样的粗壮扎实。

当寨老们回到村落祭祀房时,村落已经洋溢着节日欢快的气息。男人们挤在公祭房里杀猪、烧火、煮饭,女人们解下头巾排成长队,将装有一碗白米、一对糯米粑粑、一串芭蕉、一块白布、一对蜡烛、一元或十元纸币的小篾桌摆放在寨老的跟前,等魔巴一一念经祈祷后供奉在祭祀神龛前,七天七夜的欢歌和劲舞便开始了。族人们相信,通宵达旦的劲舞能够驱除旧岁的阴霾,迎来崭新的生机盎然的一年。

接着是3月份的播种节。虽然从2011年起,在发展甘蔗产业的浪潮下,拱弄村大多数田地改种了甘蔗和苞谷,但播种节的习俗仍旧完好地保留着。这一天,一共要杀两头猪。一头用于祭祀山神,一头用于祭祀寨魂。与春节只是寨老分享神灵的食物不同,这一天,供奉山神、寨魂的祭品均会按户分成小块,由各户迎取回家。只有将附着谷魂的灵肉供奉在家祖的神龛前,播种育秧的序幕才真正开启。女人们抬着迎取谷魂的白米、生白布、蜡烛跪拜在神龛前，寨老们则将附着谷魂的灵肉分至各户。迎回谷魂供奉在家祖的神龛上，各户的杀鸡叫魂祭祖活动便相继拉开序幕：

> 是布谷鸟叫的时候了／是该播种的时节了／是应该育秧的时候了／是应该做田地的时节了／叫飞禽蒙住眼睛／叫松鼠闭上嘴巴／让撒在地里的谷种都会发芽／让撒在石头上的谷米都会生根／让小米的穗有椽条一样的长／让谷子的穗有桁条一样的粗／让每一家的谷米多得堆成山／让每一家的新米装满粮仓。

族人们相信，虽然离远了穗谷的时代，这样的祈祷，能够带来一年丰产和吉祥。

4月中旬的祭山神活动，是村落年节中最隆重的节日。这既是傣族泼水节的时节，又是秧苗成长拔节的关键时期。祭祀山神、祭献木依吉神不仅能够促进秧苗的生长，还能够为村落迎来风调雨顺的丰年。早上，管理村落风俗的寨老们在寨主达窝、神林主祭司达坦的带领下，来到神林山神的祭台前，将一只杀好的红毛公鸡敬献在神龛前，开始了向神灵的祈祷：

> 今天我们清扫了通往神林的路／修通了连接神林的木桥／我们来到你的神龛前／用最漂亮的红毛公鸡祭献你／请你敞开山门／接受家家户户的祭拜／我们还要为你杀一头肥胖的母猪／要用它漂亮的猪头和猪尾祭献你／请你让田里的杂草慢慢长／请你让地里的谷穗抢着开花／让粮仓里的粮食永远吃不完／让家家户户的钱粮永远用不尽／让我们的道路越走越宽阔／让我们的日子像落地的谷种日日高。

下午，各家各户便抬着一碗米、一块白布、一双蜡烛，集聚在神林山神祭祀神龛前，杀猪祭祀，搭锅建灶，煮肉煮饭，分享祭献神灵的食物，共同迎接财源滚滚、五谷丰登的一年。

祭祀山神这天，也是一年一度村落公共管理费收取的日子。活动期间，寨老们将各自名下分管姓氏家族交纳的公共管理费交给分管账务的寨老。全村公共管理费是按村规民约规定收缴的：除每户按人头交纳三

我的母语部落

元的基础年费外,每拥有一辆二轮摩托的人家增收两元,每拥有一辆微耕机的人家增收3元,每拥有一辆手扶拖拉机、一个小卖部的人家分别增收5元,每拥有一辆后传动拖拉机、货车、微型车的人家增收10元;资产越多、越富裕的人家,收缴的年费就越高。除此以外,还有对诸如未婚先孕、吃酒闹事、打架斗殴、闹家庭纠纷、不信守盟约、搞婚外情等收缴的罚款,全村一年下来,大致有五六千元的收入,均主要用于节庆期间各项公祭活动和相关公共活动开支。

接着是7~8月的谷魂节。这时,正是稻谷抽穗扬花的时节,青嫩的谷粒结满了枝头。在昭旺选定的吉日里,寨老们集聚在村落祭祀房,先杀一头小猪将整个寨子的谷魂请进寨子,安放在公祀房的神龛前。随后,各家各户便抬上一碗陈年的谷米,将附着在猪肉上的谷魂迎回家供奉在神龛上,再到自家田地里采摘一把青嫩的谷穗、一把茂盛的甘蔗叶、几包结满颗粒的苞谷,和一些时鲜的黄瓜、梨果一起供奉在先祖的神龛前。最后杀一只母鸡给谷子、甘蔗、瓜果叫魂,再杀一只公鸡叫人魂、家魂和猪魂、牛魂,然后将谷魂、钱魂的魂线拴在每个家庭成员的手腕上。家境较好的人家,会用一头猪做祭品;赤贫者,则用鸡蛋替代鸡猪做祭品。祭品规格越高,获得的回报就越是丰厚。

9~10月是新米的节日。这时,田地里的稻谷已经一片金黄,饱满的谷粒正焦急地等待着回家。村落不再举行公祭,而是各家各户在收割完谷子后,选择吉日将新收割的谷子(不种谷子的家庭,则用甘蔗青苗替代)、苞谷供奉在神龛前,杀一只母鸡为谷子叫魂,然后煮一锅新米祭献先祖、灶神和家魂,用美妙的诵辞将谷魂迎进家:

> 今天是吉祥的日子/是良宵/是新米收割的时节/是谷魂进家的吉日/谷子已经收进粮仓/苞谷已经挂满房梁/谷魂已经住进高堂/新米已经做成了烂饭/供在神龛/愿我们的生活比蜜还要甜/愿我们的日子一天比一天好!

至此,一年的村落传统节日算是全部落下帷幕。未来的几个月里,是传统起屋建房、结婚嫁娶、进新房的最佳时节,整个村落将沉浸在肉香、酒香和一片富足欢乐祥和的气氛中。

拱弄小学学前班

佤族新村

喜庆节日

拱弄村落日记（三）

2016年10月20日　收入摸底调查

自2月20日危旧房改造现场动员之后，拱弄行政村危旧房改造工作便紧锣密鼓地展开了。两家工程队先后入驻拱弄村和单宽小寨，选搬迁点、推地基、拉砖进料、与建房户签订建房合同，一些自建户也先后启动了旧房重建工作，整个拱弄村变得繁忙喧闹起来。之前15元/斤的活鸡、10元/斤的生猪肉，分别涨到了20元/斤和14元/斤。但由于涉及的人家太多，危旧房改造并没有按预想的进度推进。

近一年的时间过去了，全村新居开工建设的共有48户、竣工的有12户、入住新居的有5户，与2016年县级下达的150户危房改造任务相距甚远。如此利好政策，推进如此缓慢，村民建房自筹经费困难是危房改造全面推进的主要障碍。根据上级的统一部署，我们启动了村民收入情况摸底调查。

正如统计数据显示的那样，从全村人均拥有耕地、林地、高稳产田的情况来看，拱弄村自然条件并不丰厚，人多地少的矛盾十分突出。虽然千亩以上种植规模的产业有四个，但真正能够给村民带来现金收入的却只有甘蔗和茶叶。为了快速积累财富，越来越多的青壮年选择离开山寨外出打工，使外出务工收入与甘蔗收入一并成为村落经济和家庭经济的两大支柱。

村委会提供的统计数据表明：2015年，全村645万元经济总收入中，甘蔗收入220万元，占总收入的34.1%；外出务工工资性收入179.3万元，占总收入的27.8%；茶叶、核桃、畜牧业等产业收入246万元，仅占总收入的38.1%。甘蔗收入和外出务工收入是村民可支配收入的主要来源。

但甘蔗收入和外出务工收入的分布并不均匀。调查中我们了解到，自2011年甘蔗产业进入拱弄村至今，全村共有甘蔗种植户237户，占全村总户数的66.95%。2016年，全村甘蔗总产量5337吨、平均亩产3.4吨，经济总收入224.15万元；按每吨均价420元计算，每亩产值可达1427~2000元，比种粮产值高出近四倍。因为经济利益的驱动，加之因推甘蔗路导致灌溉渠（水沟）的毁坏和供水不足，大部分人家放弃了传统的稻谷种植，将传统用于种植稻谷的水田改种了甘蔗，只在交通不便的田间地块种植少量的玉米。

外出务工收入从理论上讲，应该分布在人口较多、劳动力充足的家庭。但从村委会提供的统计数据看，全村户均人口仅4.2人，户均劳动力仅2.7人。这样的户均劳动力人数，还不足以应付少而全的日常农业生产劳作；但为了加快家庭财富的积累，不仅越来越多的未婚男女加入外出打工的行列，许多结婚不久分家独立门户的年轻夫妻也抛家离子外出打工。2015年，全村外出务工人数攀升至251人，务工收入也创下了179万元新高。

无论是统计数据分析还是入户调查，均一再表明，没有甘蔗收入和工资性收入，整个家庭就基本处于赤贫状态。那么，在这样一个货币时代，那些既没有甘蔗收入也没有工资性收入的特困家庭，依靠什么维持着家庭的正常运转呢？

随着调查的深入，另一笔重要收入——财政转移性收入进入了我们的视野。这里所说的财政转移性收入，指的是国家财政通过发放农村低保金、养老保险金、森林生态效益补贴、退耕还林补助、农业支持保护补贴等方式支付给村民的转移性收入。正是这笔收入的存在，避免了许多处于贫困和赤贫线上的家庭陷入绝境。

通过对全村财政转移性收入对比分析后发现，低保金占了财政转移性收入的大头，发放面接近全村总人口的50%。在我整理的93户问卷调查中，2016年就有91户享受到762~14568元的农村低保，其中，包括低保金在内的财政转移性收入占家庭总收入50%以上的35户，占调查问卷总户数的37.6%；占家庭总收入70%以上的16户，占调查问卷总户数的17.2%。像李及古来这样的特困户仅低保收入一项便为

14330元，加上1188元其他补贴收入，一年财政转移性收入共计15518元，占其家庭总收入比例高达77.5%。尽管这样，这些家庭看上去仍旧是如此的贫困。我们真的无法想象，如果没有这样一笔稳定收入，这些特困家庭的生活将会怎样。

贫困的现实、不确定的打工收入、快速增长的消费支出、纷至沓来的灾难和疾病、沉重烦琐的祭祀，不断抽干村民为数不多的现金收入，让新民居建设的投入变得缓慢而艰难。但是，建房的号令已经下达，我们别无选择。

2016年12月5日　沉重的祭祀

驻村的时间越长，对村民生活了解得越是深入，就越能够深切地感受到，传统祭祀文化对于村民意识的强烈支配和对财富的掠夺和侵蚀。

在拱弄，每天，大大小小的祭祀此起彼落。小到一个鸡蛋、一只鸡的祭献，大到持续三天连续不断的鸡猪祭祀。每一次身体和思想的病痛，每一次意想不到的灾难，每一次婚丧嫁娶、起房盖屋，每一次秋收和播种，都伴随着冗长的祭祀和巨大的财富消耗。

一组妇女组长李玉甩告诉我，1976年出生的她，自2000年嫁入夫家便叫魂做赕过五次。第一、二次是因为公公中风卧病三年在床一直未见好转的迹象。祭司杀鸡问卦时说，因为公公没有按照习俗完成为其父母亡魂叫魂做赕的义务，因此被亡魂缠身久治不愈。于是，在不到三年的时间里，家里先后两次为公公父母的亡魂叫魂做赕。第三次是为死去多年婆婆的亡魂叫魂做赕，第四次是2013年公公去世时的葬礼，第五次是2015年为死去公公的亡魂叫魂做赕。

在拱弄，为死去父辈的双亲亡魂叫魂做赕不仅是每一个家庭的大事，也是每一个子女必须尽到的义务。每次叫魂做赕，除了供奉凶死先祖、亲人亡魂和父辈、先祖亡魂所必须消费的一头小猪和两只公鸡外，在叫魂做赕的三天时间里，在供奉家魂、祭祀山神、跪拜父兄理顺魂路、祭拜家祖家魂、迎接亡魂、供奉亡魂、祭献亡魂、送亡魂等漫长烦琐的祭祀中，还必须完成5～8头猪、6～8只鸡的祭献，加上三天宴请宾客的烟、酒、肉、菜所需的花销，几乎耗尽了一个普通人家2～3年鸡猪的储备和现金积累。

李玉甩告诉我,仅她所述的五次叫魂做赕(其他小的叫魂祭祖每年至少都还会有一两次),她们一家便一共消费了35头大小不一的猪(其中有5头是大胖母猪)和40多只成年鸡,结婚15年饲养的鸡猪和家庭积蓄基本消耗殆尽。李玉甩如释重负地说,现在的她,已经按照风俗分别完成了公公和丈夫两代人为各自父母亡魂叫魂做赕的义务,可以轻轻松松迈开脚步开始全新的生活了。但我知道,李玉甩所说的全新生活并不等同于抛开了传统的祭祀文化,而是在新时代语境中,以另一种文化自觉沿着祭祀文化铸就的惯常思维前行。

在刚刚启动的新一轮危旧房改造重建中,李玉甩家申报建盖的是一栋60平方米的新民居,按照1300元/平方米协议价格共需投入7.8万元,除国家补助的4万元外,还需自筹3.8万元。这对于有一个女儿在县城读职业高中、一个儿子在勐来中学读初二,家里仅有她和丈夫两个劳动力的家庭来讲,是件极其不易的事情。新民居房建设的启动,不仅意味着旧房的拆除和新房的即将落成,也意味着以拆旧房、进新房为代表的新一轮叫魂祭祖活动,将集中拉开序幕。

除此之外,李玉甩一家将和所有搬迁新居的住户一样,还将面临搬离旧址、入住新居后,厨房、猪圈、牛圈、院落、围栏等系列附属工程的建设,也急需要大量的现金投入应对眼前所需,现在李玉甩和丈夫魏六旦,正全力以赴地打工挣钱、养猪。李玉甩算计着,将现在存栏的五头猪用于旧房拆除时叫魂的祭献,然后用我扶持的700元钱买两头小猪进行喂养,为来年新民居落成时的进新房的叫魂仪式做准备。

正是在这样沉重祭祀文化的重压下,拱弄村有着悠久传统的养殖业一直停留在养鸡养猪只是为了祭祀、不能有效转化为商品的现状,让本来收入来源就单一的村落经济发展更加步履蹒跚。在我随机摸底调查的21户村民中,2015~2016年拥有商品猪、鸡出栏收入的只有8户,其中:2015年和2016年分别是5户和3户,每年商品猪鸡出栏收入大多只是在两三千元之间。而与猪鸡商品转化率低的现实反面,则是日渐高涨的家庭祭祀消费的开支。

同样是在以上21户人家中,2015~2016年,用于家庭祭祀的猪鸡分别在3头和6只以上的人家则高达14户，其中：村甘蔗辅导员李艾布勒补办婚礼时，投入系列叫魂安魂仪式的猪鸡分别多达5头和10只；陈三木胆家因家人生病和日子过得不顺，短短一年间就举办过家庭祭祀3次，共用了6头猪和8只鸡；2015年曾创下年养殖收入近万元的田尼社家，2016年因妻子生病叫魂，一共用了3头猪和5只鸡，导致当年养殖收入大幅下滑；独居青年陈六办，先后为双亲亡魂叫魂做赕各1次、为自己叫小魂1次，一共用了12头猪、15只鸡，花去积蓄近2万元；李岩砍家先后叫魂做赕3次，一共用了5头猪、3只鸡；支书李贵东家叫魂做赕3次，一共用了8头猪、10只鸡；副支书田黎露家叫魂做赕3次，一共用了6头猪、8只鸡；村妇女主任李英家为新房落成和女儿结婚叫魂做赕3次，用去猪15头、鸡20只。从不愿遵从村落习俗成规的村医魏兵，在连续遭遇被解除聘用和疾病缠身的双重打击之后，重归习俗，为死去20多年母亲的亡魂叫魂做赕。仅8头猪的费用就高达10600元，加上鸡和烟、酒等的花销，共支出13000元左右……

而以上这些人家中，除了支书李贵东家、副支书田黎露家、村妇女主任李英家、村医魏兵家外，生活都十分贫困。但几乎没有一个村民认为，这样的消费是毫无意义的。在他们眼里，这不仅是后人为父辈应尽的神圣义务，也是家庭成员与神灵保持相通、获取神灵保佑的唯一途径。他们坚信，生活中的诸多不幸会因这样的祭献而得到规避，让自己和家人在动荡不安风云变幻的现实中获得神灵的庇护，让灵魂获得安生之所，让身体和命运免受恶魔的控制，让日子过得顺畅、安详。因此，随着新民居房建设的启动，鸡猪商品出栏率创下近四年来的新低。

村甘蔗辅导员李艾布勒告诉我，家里现在存栏的6头生猪和10只鸡准备用于旧房拆除时奶奶亡魂的祭献，但全新的生活，还得等到下一年新房落成的叫魂祭祖之后。之后的他，准备生育二胎，或是和妻子一起外出打工，他不想因为任何宗教仪式的欠缺，让他憧憬的未来再度充满坎坷。这几乎是所有家庭、所有村民面对时代变革和全新生活时的一种选择。

我的母语部落

2016 年 12 月 10 日　远嫁外乡

这几天，连续在村小校长田国忠家遇到远嫁山东返乡的表妹和堂妹。因为远嫁山东 20 余年，两人不仅操着一口流利的带山东口音的普通话，面食也做得有模有样、花样翻新。如果不是长着和拱弄人同样的暗黑皮肤，已经很难看出她们是生于斯、长于斯的同族人。

田国忠的表妹安姆醒说，她是 1994 年被人以介绍工作为名卖给山东男人为妻的。那时的她只有 16 岁，从来没有出过县城，连汉话都很不会讲。结婚后，与丈夫生育了一个女孩，因忍受不了丈夫的火暴脾气而离家外出打工，并认识了现在离异单身的丈夫，开始了同居的生活。因当时离家未曾携带户口本和身份证，与前夫未曾办理过正式的结婚手续，离家 20 多年的她一直生活在无合法身份保障的阴影中。现在的她，希望拥有一个合法的婚姻、一份稳定的生活。上个月初，安姆醒借了同村人的身份证，不远千里只身一人回乡补办身份证。然而，因为离乡时间太长（离家 22 年，安姆醒仅在女儿五岁时跟前夫回过一次乡），在数次的户口清理登记中，安姆醒的户口已被哥哥注销。现在的她，必须通过亲子鉴定的方式才能重新获得落户权和补办身份证，才能实现与同居丈夫登记结婚的夙愿。

虽然日子似乎过得并不顺当，但安姆醒却声称并不后悔。如果可以重新选择，她仍然会选择远嫁外乡，过一种与传统村落和祖辈不同的生活。或许是离乡时间太长，安姆醒的肤色已经很少显出佤族特有的暗黑来，身材也不是同村人普遍的黑瘦、矮小，而显出了村落女人少有的白皙和丰盈，穿着也没有了村落女人的遗迹。尽管在与大家闲聊时，安姆醒仍旧操着一口流利纯正的乡音，但举手投足间已显出了与同根、同源乡亲的一种疏离。安姆醒坦承，22 年的异乡生活，不仅改变了自己的心性，也改变了自己惯常的饮食习惯。现在她所希望的是，尽快办好户口和身份证，回归之前的外乡生活。

与安姆醒被拐卖的景况不同，田国忠的堂妹田叶嘎是众多自愿选择嫁到山东的村落女人之一。田叶嘎说，那时的拱弄，一眼望去还是密密麻麻的干栏式草顶木楼，外出打工的热潮还未全面掀起，但女人们远赴外乡开创新生活的梦想已经张开了翅膀。就在这时，在拱弄远嫁外乡女人的带领下，远嫁山东成为许多心怀梦想的女人的最佳选择。

1996年，田叶嘎就是在这样的时代语境中，与前来拱弄寻求婚配的山东丈夫相遇。田叶嘎说，那时的她与丈夫只经过不到一个月的短暂恋爱，便不顾家人的反对，义无反顾地嫁给了这个近乎陌生的男人。她知道，只要嫁给眼前这个白皮肤的男人，就可以过上与祖辈不同的生活。田叶嘎说，读书让她开阔了眼界，让她知道村落以外存在着一个更加宽大辽阔的世界，因此，从她到乡中学读初一的那一天开始，便萌动了远走他乡的渴望。当远嫁外乡成为村落女人的时尚时，田叶嘎果断与丈夫按照村落习俗举办完婚礼后，便随丈夫背井离乡移居山东。现在的她已有了一个19岁的独生女，家里种植了十多亩的果树，盖起了两层楼的房子，过着山东汉族女人相夫教子的安稳生活。

其实，只要在村落随机走访，远赴外乡打工、远嫁山东的女人便不胜枚举。仅田尼砍家，不仅大妹远嫁山东，两个妻妹也一个远嫁大理、一个远嫁山东，日子都还过得不错。田尼砍儿子身患脑瘤住院治疗期间，两个妻妹分别资助了2万元和1.5万元的医药费，帮助他们一家渡过了难关。魏尼胆老人的三个女儿也先后远嫁山东，在他身患尿毒症的四年间也给予了家里许多物质上的帮助。

远嫁外乡，不仅拓展着族人的亲缘边界，也成为村落女人改变命运最直接、最有效的方式。欧嘎一家七姐妹便是沿着这样的足迹，开创了拱弄村一家七姐妹全部远嫁外乡的传奇。自20世纪80年代二姐远嫁山东之后，欧嘎和三个姐妹便追随二姐的足迹远赴山东，先是打工，后来便先后嫁给了山东男人为妻，另外两个姐姐虽然未嫁山东，也先后嫁到了外乡。

远嫁外乡的风潮，也让男多女少成了拱弄村的一种现实。2016年的统计数据显示：拱弄村男性人口766人、女性人口696人，男性人口比女性人口多出70人；如果排除像田叶嘎、欧嘎姐妹这样远嫁外乡却未迁出户口的女性，男性人口实际比女性人口多出100余人。虽然有8个男子选择娶缅甸籍女子为妻，但仍有33名28岁以上的男人未曾婚配，而其中一些男人无论是个人条件还是家庭条件都还算不错。

然而，村落女人远嫁外乡的热潮似乎并没有任何减退的迹象，相反，随着打工潮的日益汹涌，越来越多的村落女子毅然决然地将眼光投向外乡，成为外乡和城市间飘浮不定的浮云。

2016年12月30日　脱贫出列的号角

今天是2016年岁末，以危旧房改造重建为重点的精准扶贫已历时一年。

驻村一年半的时间里，特别是2016年全面启动精准扶贫工作以来，拱弄村正发生着翻天覆地的变化：六公里的进村沙石公路变成了宽阔平整的水泥硬板路，投资300万元的"美丽乡村"建设项目和民宗局100万元"民族团结进步示范村"项目分别落户单宽村和拱弄村，由滇西科技师范学院和"九三学社"投资安装的40盏太阳能路灯照亮了拱弄村的黑夜；在推土机、搅拌机、拉砖拉料车的轰鸣声中，一栋栋砖混结构民居房正拔地而起，整个拱弄村在国家权力的全力推动下，迎来了一个破旧立新的崭新时代。

虽然说与中央提出的"让所有贫困户稳定过上'不愁吃、不愁穿''保障义务教育、基本医疗和安全住房'"的目标还有差距，但无论是干部还是村民，都热情很高，信心满满。因为村民们都知道，如果不紧紧抓住这个千载难逢的机遇，拱弄村的发展就会变得更加艰难。

今晚，拱弄的夜色依然很美，星光点点，梦影重叠。在写有"党的光辉照边疆，边疆人民心向党"横幅的村委会办公楼前的球场上，村民们正身着节日的盛装，在本村电声乐队的伴奏下劲舞欢歌。领唱的是村妇女主任李英，电声乐键盘手是一个年过三十的男子，领舞的是一位年过六旬的老者，与李英应答对唱的是一个中年男子。欢乐的歌声正伴着飞扬的舞步，在拱弄村上空不断回荡。

我知道，今年春节过后，随着第三批驻村队员的到来，我历时一年半的驻村生活也将结束。当我再一次抵达的时候，展现在我眼前的拱弄已是一个现代新村的模样。

每一栋新房落成村民都要载歌载舞欢庆

村民们在欢歌劲舞中迎来全新的时代

附 录

一种文化的梦想

——佤族作家袁智中访谈录

陈晓兰（以下简称陈）：感谢你对我的信任，感谢你做客"文学话坛"。

袁智中（以下简称袁）：《文学界》是我非常喜欢的文学评论期刊，你主持的"文学话坛"栏目也是我最喜欢的栏目之一。《文学界》不仅成为我联系、了解云南文学动态的桥梁和窗口，在许多时候，还是我将文学进行到底的精神动力。在这样一个浮躁得有些冷漠的年代，对文学的坚守不仅需要自身对文学的敬仰，有时还需要同行者为我们照亮远方。

陈：在阅读你的新作——佤族文化散文集《远古部落的访问》时，我看到的好像不是你对佤族文化的解读，而是佤族血液在你血管里奔涌的声音。你在此之前出版的小说集《最后的魔巴》里，我也看到你对佤族文化内核探寻的努力。这样做，是因为你对佤族文化情有独钟，还是因为自己就是佤族？

袁：我创作最初的动因是因为工作，后来是因为责任。作为佤族这样一个没有文字的民族，像我这样血管里流淌着佤族血液的写作者来说，写作就成了一种责任。我们应该向世界怎样讲述自己的民族这是我写作时必须面对的责任和问题。尽管听起来有些可笑，甚至有些狭隘，但这正是我当下写作的真正动力。

长期以来，佤族的历史和现实都处于别民族的解读中，我想，或许我能以我的方式去修正一些认识，或者说是提供另一种解读方式。并坚信，我的解读更接近本民族的真实。这除了我本人就生活在阿佤山外，另一个重要的原因就是我的血管里流淌着佤族的血，这种血浓于水的情感是其他写作者无法体验到的。这也是我创作、出版佤族文化散文《远古部落的访问》一书的真实动因。

陈：董秀英是第一个佤族作家，你是继董秀英之后荣获全国少数民族文学创作"骏马奖"的佤族作家。但你的创作却体现出与董秀英完全不同的风格。你是如何评价自己和董秀英的创作的？

袁：一个民族的历史、文化、生活的本质，必须依赖身在其中、有着民族血缘的文化代言人，以"在场者"的身份进行深入的表现。董秀英的出现，对佤族文学而言，是一种历史性的标志。佤族"第一个"作家的身份，使她的写作有了某种别人不可替代的权威性。因此，董秀英之于我、之于我的民族不仅仅是一个作家，而是一种民族精神的代言。至今我仍清晰地记得，1996年我从报上得知她去世的消息时，我正坐在自己的办公桌前，我的眼泪没有任何准备地夺眶而出，就是那一刻，我才知道自己是如此深爱着自己的民族，也才真实地感受到她走后我应该肩负起的责任。

但写作是一种私人化的表达，作家表达的欲望越强烈，这种私人化的倾向就越极端。因此，真正意义上的写作都是不可复制、不可替代的，所谓的超越，只能是自身对自身的超越，而不是对别人的超越。董秀英和我尽管都同为女性、同样是从事新闻工作，但我们是两个不同时代的人、是在不同写作背景下的写作，这就决定了我们的写作将呈现出各自不同的风貌。我认可黄玲对我们的评价："董秀英的写作是根植于民族生活土壤、返璞归真的写作""袁智中经历了由汉族文化向佤族文化的回归，最终确立自己写作的文化立场和身份"。但这种差异并不影响我们对自己民族的表达，因为从某种意义讲，我们都不是在为自己而是在为自己的民族而写作。

陈：在你的新书《远古部落的访问》"后记"中我看到这样一段话："这是我生命中最认真、最投入去完成的事业。可以说，在该书的创作中，我把每一个篇目的写作看作是一次新生命孕育的过程，把每一个篇目的问世看作是一次痛苦的分娩。"为什么这样说？

袁：这本书是我对佤族文化内核探寻的一种尝试，也是自己创作的

我的母语部落

一个拐点。我一直希望寻找到抵达佤族文化内核的一种路径，或者说是一种表达的方式。我相信这种路径的存在，只是我还没有找到而已。但是我想，这条潜藏着的路径有可能存在于对佤族文化深度开掘基础上的一种客观记录。但这种客观记录是怎样的一种记录？这正是我在极力寻找的。

在我的想象中，它应该是最贴切的语言方式对现实的最贴切记录，是作家寻着佤族文化的路径抵达人类童年记忆的一种努力，是对内心本我的一种寻找和对当下生存状态的一种反思。这种寻找和反思，让我不断获取新的发现和新的灵感，让我的创作欲望变得日益高涨。抵达的路径可以是散文的，也可以是小说的，甚至是介于两种之间的一种模糊文体。但无论是散文还是小说，都打上了极强的地方文化烙印，这种烙印便是我在汉语写作中所要寻求的特殊力量。这种寻找最坏的结果就是让我偏离了文学原样，但没有这种寻找，我的写作也就失去了意义。我的佤族文化散文集《远古部落的访问》便是这种寻找的开始。

陈：在你的《远古部落的访问》一书中，我看到你对佤族人头祭的记录和书写，我为你灵性的写作风格叹服，同时也为人性的残忍感到悲哀。你赞同我的观点吗？

袁：不赞同。大多数人对诸如佤族人头祭这样的民族习俗都是抱着一种猎奇的心态，在我看来，这便是一种文化对另一种文化的误读。

人头祭、活人祭是人类童年普遍存在的习俗，只是佤族将这种习俗保留得更长、更持久。我所关心的是，这些习俗背后隐藏着怎样的文化秘密？佤族人头祭的起源、动因以及存活上千年的理由。就我目前的理解，无论是人头祭、活人祭，还是任何与神相关的活动，都是人类千百年来与孤独、恐惧、死亡抗争的一种外在表现。

作为一个文化的记录者，首先要做的就是对现存文化进行忠实记录，无论这种文化是以怎样的方式呈现。《远古部落的访问》一书中对于佤族人头祭习俗的描写，便是我对佤族曾经存在的人头祭习俗忠实记录的结果。在我看来，每一种习俗都是一个民族文化生态链中的组成部分，佤族人头祭则是佤族文化生态中重要的组成部分，这是我们无法回避的事实。只有忠实记录，才有可能去还原文化的真实，并在这种真实中去寻求对世界重新描绘的可能。

陈：作为一名新闻工作者，你是如何进行记者与作家双重身份的互换？这种双重身份对你的写作有着怎样的影响？

袁：新闻采写是站在他者立场的一种公众性的写作，而文学则是站在本我立场的一种私人化的写作。因此，新闻采写除了写作和发现的能力外，还需要对公众事物的理性判断。

在此我想表明一下，我是一名合格的记者和报人，但不是一个好作家。在我从事新闻工作的12年间，特别是在担任《临沧日报·周末》执行主编的四年，为我所主持的副刊奉献了所有的智慧和激情，包括休息日和睡眠时间，我几乎没有时间去思考文学。但是，新闻工作在让我始终保持着对世界的好奇的同时，也为我增添了一双触摸世界的手，它让我与现实生活保持着一种亲密得让人感到窒息的关系。这种窒息感，也让我飞翔的欲望不断得到加强。每当文学的梦想在黑夜中突然醒来的时候，我知道，文学才是我一生的宿命。

因此可以这样说，我全心全意从事新闻工作的四年，是对自身身份高度敏感和焦虑的四年，也是对自身生存状态进行反思的四年。我总是不断地问自己：我的根源在哪里？我所拥有的是否就是我所需要的？我当下的存在是否就是自身命运的走向？这些问题常常让我快乐无忧的世俗生活变得无所适从，常常无缘无故地将自己置身于极度感性和极度理性两个极端，并无时无刻、深切地感受着这种分裂带来的疼痛。但任何经验都会给文学创作带来意想不到的收获。或许正是这种持久的疼痛感，让我在世俗的洪流中，始终对文学保持着一种宗教般的虔诚。这种虔诚足以让我超越于世俗的烦恼，心甘情愿地将自己的后半生交付给文学。

文学在提升我生命质量的同时，也让我的新闻采写显得与众不同。我常常将文学写作的经验运用到新闻写作中，让我的新闻写作呈现出一种文学特有的亲和；而在文学创作中，又常常有意识或无意识地强调受众的感觉，强调文学对事物本质的把握和记录的功能，以及这种讲述所体现的精神力量。

我的母语部落

陈：据了解，早在1997年你就以书信体小说《最后一封情书》获得第五届全国少数民族文学创作奖"新人新作奖"。十多年过去了，你对"骏马奖"是否仍抱着强烈的愿望？你是如何评价自己的创作？

袁：1997年荣获"新人新作奖"是在我刚踏上文学之路不久，是在毫无准备的情况下获得的。时至今日，我仍然认为，那次"新人新作奖"是在董秀英去世后文学界对佤族文学后继有人的一种期望，自己并不完全具备获奖的实力。

在以后的十年间，我在经历成长的同时，历经了数年小说创作的尝试，并于2006年出版了自己的第一个短篇小说集《最后的魔巴》；接着又开始了佤族文化散文的写作尝试，并于2007年出版了自己的第一部佤族文化系列散文集《远古部落的访问》。如果说，之前的小说创作是自我从情感回归向本民族文化回归的一种艰难探索的话，那么，后来的散文写作则是这种回归后进行的有意识的文体探索。但是，这并不证明自己已经触摸到了文学殿坛之门，相反，我的探索才刚刚开始。我想，既然命运让我们选择了文学，就应该坦然接受文学带给自己的一切，包括灵魂深处那种难以言说的痛感和孤独，以及在艰难跋涉中获得的无与伦比的快乐和享受。

"骏马奖"是全国少数民族文学创作的最高奖。作为一名少数民族作家，特别是肩负着为自己民族写作重任的佤族作家，我无法拒绝它的诱惑。但自己已经过了为荣誉而战的年龄，我不会、也不应该为任何奖项写作。毕竟，文学是值得一生去奋斗的事业，不是一个或几个奖项能够概括的。水到渠成，是我始终坚守的生存法则。

陈：感谢你的真诚，感谢文学给予我们的力量。真诚地祝愿你的创作之路更宽，希望你的人生因为文学变得更加精彩。

（注：同年10月，袁智中佤族文化散文集《远古部落的访问》荣获第九届全国少数民族文学创作"骏马奖"）

2008年3月于昆明

以写作的方式爱着自己的民族

——佤族作家袁智中创作评传

张袁毅敏

"每一个人的存在都有一种潜在的使命,对此我坚信不疑。否则我将无法理解自己为何会把写作这样一件与现实生活无关的事情看得如此重要、如此圣洁,并在文学日益边缘化的今天,仍坚定不移向着自己的文学梦想不断地飞翔。"这是 2008 年 11 月,在贵阳全国第九届少数民族文学创作"骏马奖"颁奖盛典上,佤族作家袁智中接过著名作家阿来颁发的一匹刻有"全国第九届少数民族文学创作'骏马奖'(2005—2007)报告文学集袁智中"大字的金色"骏马"和获奖证书时,跟媒体讲述的一段话。

的确,当我们沿着佤族作家袁智中的文学之路一路回溯,便能够清晰地看到,自 1991 年袁智中以佤族族裔的身份步入文坛,幸运之星就一只照耀着她,助力着她从云南阿佤山区的边陲城市临沧一路扬帆北京、贵阳,直到接过这匹闪耀着文学神圣光芒的金色"骏马"。文学在锻造着她的俗世人生和精神世界的同时,也成了她的宿命、信仰和责任。

最美年华遇见文学

"最美年华遇见文学是我人生最大的幸事,它让我平凡的人生变得丰富而充满着意义。"的确,如果将袁智中的人生划分为两段的话,那么前段是 25 岁前未与文学遇见的懵懂人生,25 岁后则是被文学唤醒后的一路跋涉。

我的母语部落

1967年3月26日，袁智中出生于云南西南边陲阿佤山区沧源佤族自治县，伴随着出生地域文化因子一同置入其生命血液的还有来自母亲的佤族血统。但在父系家族汉族文化的遮蔽下，来自母系血液的文化因子一直潜伏在生命的暗河里，无踪无影，悄无声息。直到1985年8月，袁智中以佤族族裔的身份被云南民族学院民族语言文学系（现云南民族大学民族文化学院）佤语专业录取，随出生地和母系置入的地域文化和母族文化因子才第一次被唤醒。

虽然云南民族大学让她第一次清晰地感知到在云南这块土地上，有着如此众多的民族、多样的生活方式、色彩斑斓的文化，培养了她对自己民族的文化认同。但她却从未曾想过，要将自己的人生与文学联系在一起。文学对于大学时代的她来讲，是一个遥不可及的梦！

1989年8月，袁智中被分配到故乡沧源佤族自治县文化馆。在那样的年代，在这样一个边疆民族自治县，这样一个股所级单位并不是一名天之骄子应有的归宿。但因为一本县级综合季刊编辑职位的空缺和亟待启动的部门志书编纂工作的需要，使这一职位成为这位天之骄子人生的拐点和文学始发的驿站。

那时的沧源佤山边陲小城，因为《佤山文化》这样一本县级综合文化季刊凝聚了一大批文学爱好者，写诗、创作、作画、收集整理佤族民间文化成了上至领导干部、下至一般干部最引以为荣的文化标识和时尚追求。能够成为这本县级综合文化季刊的编辑是一件十分荣耀的事，能够在省市文艺期刊发表一篇散文、诗歌、小说几乎成为所有写作者梦想的荣光！随着佤族作家董秀英、哈尼族作家存文学，《边疆文学》主编李均龙、副主编何真，编辑欧之德、刘永年、李秀华，《临沧文艺》编辑部的杨珹、王红心、段林等作家、编辑的到来，让本来就涌动着浓烈文学气息的边陲小城更加生机盎然。

时至今日，袁智中仍清晰地记得，1990年时任《佤山文化》编辑的陈建华在《边疆文学》发表短篇小说《青青的多依林》时在小城引发的轰动。作为《佤山文化》继任编辑和一名文字工作者，只有乘上文学创作这一方舟，才能够帮助她顺利登上这个被文学闪亮激情点亮的宝岛。

就是在这样单纯、浓烈而又充满文化温情的暖流中，1991年，袁智中在《边疆文学》发表了短篇小说《那个没有人的地方》，并从此带着佤族族裔的鲜明标识正式踏上了文学创作之路。

在随后几年间，在中国作协和省、市文联、作协的关心培养下，在各路文友同胞的鼓励下，袁智中一路扬帆，先后在《民族文学》《边疆文学》《金沙江文艺》《临沧文艺》等国家级、省级和市级文学期刊发表了《最后一封情书》《女人心》《夫妻之间》《木鼓魂》《欲望的飞翔》《守护爱情》等近十篇反映女性生活为主题的短篇小说。1997年，袁智中书信体短篇小说《最后一封情书》荣获了第五届少数民族文学创作奖"新人新作奖"，成为继佤族作家董秀英后获此殊荣的佤族作家。

但是，正如彝族作家兼评论家黄玲所指出的那样："袁智中的出现，使因为董秀英的英年早逝面临断层的佤族文学后继有人，并呈现出新的风格和气象。但和在浓重的民族生活氛围中成长起来的董秀英相比，20世纪60年代末出生的袁智中有着另一种人生经历。自幼在省会昆明与汉族祖母生活的经历，使她经历了在城市和汉族文化中成长，然后又回归民族文化的过程，这也使得她开初的一些短篇小说，并没有明确的民族生活特色，而是凭着女性的敏感与细腻选择女性生活为题材。"以《那个没有人的地方》《木鼓魂》《欲望的飞翔》为代表的早期作品中，虽然袁智中试图以"在场者"和部落族人的视角，去书写展示佤族生动的历史现实和鲜为人知的民俗生活画卷，但终因对母族内在文化了解的缺失和写作训练的不足，使其创作在既有的"乡土批判"的"仿写"中无声地继承了新旧对比、对"落后"文化进行批判和对新文化赞颂的审美立场，使作品打上了光明与黑暗、正义与邪恶二元对立的时代烙印。但只要细心体察，在袁智中的作品中却始终暗含着作者对母语文化的不断探寻和追问，并在这样的探寻追问中，以文学的方式自觉踏上了一条民族文化回归之路。

我的母语部落

自觉性的民族性书写

2001年,袁智中的短篇小说《丑女秀姑》在《边疆文学》第二期刊出。这一篇带有鲜明地域文化色彩和审美特点的作品问世,成为袁智中自觉性的民族性书写的一个重要拐点。

《丑女秀姑》以清代乾隆年间一个边地矿山为背景,讲述了一个先后"克"死丈夫和儿子、被同族人当作"琵琶鬼"赶出村落的丑女秀姑被马帮头带到蛮荒的矿山后,以自己的宽厚、善良、包容和勇于牺牲自我的情怀,给因茂隆银厂解散放逐于深山的矿工们带来了人气和温情。虽然与自己深爱的矿工阿旺因矿难死去,但为了安抚这群被放逐的心灵和肉体、没有了任何依靠和指望的矿工们,她仍旧忍辱负重,以自己的肉体和温情温暖和送别着每一位矿工。在矿工下井之时,为了捍卫自己的贞洁,秀姑杀死了对自己施以强暴的马锅头,自尽在自己心爱的男人——矿工阿旺的坟旁。那一天,全矿的男人围坐在秀姑的坟旁唱了一夜的歌,按家乡的风俗为秀姑守灵。故事以"两个月后,矿洞坍塌,矿工无一人生还"为结局,较好地体现了文学的苦难意识和作家的悲悯情怀,感人肺腑、荡气回肠。作品不仅成功塑造了丑女秀姑的形象,将故事与特定的民族性格和特定的地域文化有机地融合在一起,让读者感受到了爱的博大、生命的韧性与力量,还以一名民族作家的文化自觉完成了审美的超越,转向真正意义上的民族性书写。该作品在全国第九届少数民族文学创作"骏马奖"短篇小说评审中,获得了银川市文联名誉主席高耀山、《民族文学》编辑齐丹两位评委的高度评价。

2002年11月,在相距不到一年的时间,袁智中在《边疆文学》发表了自己的首个中篇小说《落地的谷种 开花的荞》。在这篇带有鲜明家族记忆的小说里,袁智中用带有母语鲜明特色的语言韵律,以一名部落成员的身份和审美视角,以佤族部落头人达丁女儿叶隆姆的爱情故事为线索,展现了佤族村落从传统向现代社会转型过渡,以及民族交往融合的历史过程。在小说的叙事中,作者抛弃了传统写作惯用的政治话语和叙述视角,采取人文表现视角和民间话语的叙事方式,讲述了佤族姑娘叶隆姆与部落猎王艾社·亚茹翁和汉人吴之间的爱情故事。按照传统审美，部落猎王艾社·亚茹翁是叶隆姆的最佳选择。他豪迈、勇敢，具有为部落族人和自己所爱的女人牺牲一切的勇气和坚贞。在连续三年因旱情歉收的情况下，为换取部落的五谷丰登，艾社·亚茹翁不惜以葬送自己猎王生涯和失去心爱女人为代价，为村落猎回那头附着父亲亡魂的老虎的头颅。正如老虎死前向他预言的那样："你拿了我的头，就再也做不了猎王，就拿不着你最爱的女人做老婆。"此时，他心爱的女人叶隆姆的心已被那个教她识文断字的汉人吴占满了。为赎回心爱女人被汉人偷走的心，艾社·亚茹翁不惜翻山越岭请女巫师西岗叶吉姆进行占卜，当他得知叶隆姆"不会成为阿佤汉子的婆娘，而是会成为阿佤和汉人走在一起的桥"时，他便将誓死捍卫叶隆姆的幸福作为己任；直到伴着叶隆姆和汉人吴的爱情开花结果、瓜熟蒂落，并像女巫师所预言的那样，长出了翅膀，和汉人吴及孩子走出了山寨，走向了汉人吴所描绘的更加广阔的世界。

评论家黄玲在谈及这篇小说时，给予了这样的评价："如果说这个中篇小说是袁智中题材转变的尝试，那么应该是一次成功的尝试。体现了多年来她对佤族文化的思考与感悟，也是她对民族文化传统的心理回归在文学中的具体表现。是继董秀英之后又一篇表现佤族文化和民俗文化的力作。"（黄玲：《高原女性的精神咏叹》）袁智中也凭着这一篇力作，斩获了"2002年度《边疆文学》奖"。

2004年9月，袁智中再度在《边疆文学》发表了短篇小说《最后的魔巴》。该篇作品无声继承了前两篇作品聚焦于云南佤族山区的人与事，把作家独特的生活体验以及她所理解的地域文化、风土人情和民族性格融入作品中的民族性写作路径。但在叙事上一改之前纯小说文本叙事，而是以散文叙事的方式，采用汉族父亲和佤族魔巴的交替叙述，讲述了在她的生命成长中，佤族文化通过魔巴的文化记忆、身为猎王的外公和母亲火塘边神奇迷离的故事连接成的母族文化的神秘连接。正如文章开头所写的一样："在佤族祭司'魔巴'的意念中，文字是一种魔法，是一种咒语。这种魔法、这种咒语的力量常常超越他们的控制，进入到人们的灵魂当中,成为人们灵魂的主宰,改变着人们生活的原样。魔巴说,人的肉身看上去很强大,它可以和最强大的敌人作战,可以将最凶猛的野兽置于死地,但是却被那个飘在身后、没有任何重量的影子所控制。影子就是人的灵魂,失去了灵魂就失去了肉身。"这样贯穿通篇的典型散文叙事,似乎暗含着袁智中创作的又一次悄然转向:以民族记忆的重建和书写为目的,由小说叙事向民族历史文化散文的非虚构文体创作的转型和跨越。

全球化语境中"民族性"书写

1996年8月,袁智中调到临沧市委机关报《临沧日报》社副刊部工作时,文化旅游产业正蓬勃兴起,佤族文化也伴随着文化旅游产业发展的步伐回归人们的视野。在现代化全球化的语境中,应该如何向世界讲述自己的民族?如何进行民族性书写?

每次,当车翻过连绵的群山向阿佤山腹地滑行的时候,当她的眼睛、她的肌肤触摸到那片土地的时候,当阿佤人的黑头发在她的眼前再一次飘起来,厚重的木鼓声在她的耳边再一次响起来的时候,这样的叩问就会在袁智中的内心升腾,重返母语村落的激情就会在袁智中的内心激荡。

为摆脱在旅游经济商业语境中,佤族礼俗文化再度被置于异族独奇审美的视角,再度被神秘化、野蛮化、歪曲化的解读。2006年,袁智中乘着临沧市委组织部"下派到沧源县挂职一年专事文学创作"的东风,以背离城市文化的姿态,避开喧闹的生活,怀揣着重塑佤族历史文化记忆的激情和梦想,踏上了重返母语村落的归途,试图以"在场者"的身份,记录佤族的历史文化和生存现实,让已经消失和正在消失的文化记忆重新变得鲜活起来。正如袁智中自己所说的那样:或许她能以自己的方式去修正一些认识,或者说是提供另一种解读方式,并坚信,她的解读更接近本民族文化的真实。除了她本人生于佤山、长于佤山的先天优势外,还有一个重要的原因就是她的血管里流淌着佤族人的血,这种血浓于水的情感是其他写作者无法体验到的。正是在这样文化梦想的驱动下，袁智中以返回村落的姿态，开始了为期一年的佤族文化的探秘之旅。

"熬着最浓的苦茶，抽着最呛的旱烟，说着《司岗里》的传说……"当佤族游离迁徙的历史随着口耳相传的古歌、富有动感的舞蹈、充满神秘色彩的宗教祭祀活动在各个村落渐次展开，沉睡于袁智中身体和记忆深处的母族文化因子开始被一一唤醒，佤族的文化记忆也日益变得清晰起来。当袁智中将采集到的传说故事和民间文献提供的素材进行汇总，再与云南民族史和云南考古成果资料进行比对时，关于佤族许多鲜为人知的秘密便在她的眼前徐徐展开，让她对诸如佤族猎人头祭祀习俗、木鼓、镖牛习俗、魔巴文化、沧源岩画、石佛洞以及沧源最具代表的翁丁原始部落、边陲小城有了自己独到的见解和解读方式。

在谈及对于佤族猎头习俗记录的动因时，袁智中认为，人头祭、活人祭是人类童年普遍存在的习俗，只是佤族将这种习俗保留得更长、更持久。她所关心的是，这些习俗背后隐藏着怎样的文化秘密，佤族人头祭的起源、动因以及存活上千年的理由。就我目前的理解，无论是人头祭、活人祭，还是任何与神相关的活动，都是人类千百年来与孤独、恐惧、死亡抗争的一种外在表现。作为一种文化的记录者，首先要做的就是对现存文化进行忠实记录，无论这种文化是以怎样的方式呈现。《远古部落的访问》一书中对于佤族人头祭习俗的描写，便是她对佤族曾经存在的人头祭习俗忠实记录的结果。在袁智中看来，每一种习俗都是一个民族文化生态链中的组成部分，佤族人头祭则是佤族文化生态链中重要的组成部分，这是我们无法回避的事实。只有忠实记录，才有可能去还原文化的真实，并在这种真实中去寻求对世界重新描绘的可能。(《一种文化的梦想——佤族女作家袁智中访谈录》)

就是在这样创作思想的推动下，短短几年间，袁智中创作的《失落的木鼓》《挂在崖壁上的文化》《石佛洞和石佛洞人》《牛的葬礼》《远古部落的访问》《小城的魅惑》《翁丁之旅》《走失的文明》等十多篇长篇文化散文，相继在《民族文学》《文艺报》《边疆文学》《中国民族报》《金沙江文艺》《云南日报》等多家文学期刊发表。2007年12月，袁智中出版了自己的首部佤族文化散文集《远古部落的访问》。在该书

我的母语部落

的后记中,袁智中深情地写道:"这是在众多佤族文化解读文本中独树一帜的读本,也是我生命中最认真、最投入去完成的事业。可以说,在该书创作中,我把每一个篇目的写作看作是一次新生命孕育的过程,把每一个篇目的问世看作是一次痛苦的分娩,也为每一个文字注入了自己的爱和激情。但就是这样,这本书的出版仍将像我的创作一样必须固守寂寞,从它不从属于一般大众阅读文本的立场,便注定了更多的时候它只能孤独地站在书架的某一个角落。但也由于它不从属于大众的写作立场,注定了它将在寂寞的等待中与一些相知相爱的人不期而遇。"2008年10月,该散文集荣获了第九届全国少数民族文学创作"骏马奖",袁智中也成为继董秀英之后两度获此殊荣的佤族作家。

第九届全国少数民族文学创作"骏马奖"评委、中国报告文学学会副会长李炳银先生对该书给予了这样的评价:"《远古部落的访问》是以对佤族历史文化的探究和认识描述为对象的报告文学,很具有个性的表现特点。作品对于佤族过去猎人头、镖牛血祭等奇特祭祀风俗的追溯和现实改变情形的深入描绘认识,对于魔巴的存在作用和佤族地区如今依然保存着人神共栖现象的描述理解等,都非常独特和具有民族个性内容,是人们接近理解佤族的历史文化的很好的真实读本。重要的地方还在于,作者袁智中就是一个1967年出生在佤族山寨的人,至今和佤族山寨的人们还发生着密切的联系。因为这样,她才能够细腻深入地走进像丈夫被猎头的肖安姆块老人的心灵情感深处,走到佤族山寨的许多神秘和奇特的风俗文化的内里,表现出它们存在和改变的缘由。作者的视点具体独特,但是思维却不局限,具有很好地尊重历史现实与文明审视的认识价值。这样图文并茂的作品,无论在文化探秘还是文学价值方面,都是重要的收获。"(李炳银:《文学之花在奇异的枝头绽放——读少数民族作家报告文学有感》)

《民族文学》编辑、文学博士杨玉梅认为:"在寻找民族文化之根的过程中,在社会裂变面前,袁智中敏锐地感受到了文化变异和消亡的危机。"她沉痛地发现"在现代文明的席卷下,自然世界的神秘面纱被一层层剥离,木鼓和木鼓文化与那些正在快速消亡的佤族传统建筑、佤族村寨一样，已经成了一种被遗弃的文明。火塘边暮年的歌者已经失去了文化的传人，维系了佤族社会上千年历史的《司岗里》古歌，在各种文化的冲击下变得七零八落，就像祭祀谷魂、祭拜祖先这样神圣的活动中，已经很少看到年轻人的身影。"（《失落的木鼓》）袁智中说她是把写作当成自己的梦想和理想的事业来看待的，是一种自我拯救的方式。"她哪里是在'自我拯救'呢！我觉得她力图拯救的是一个民族的历史文明与未来的自我。"（杨玉梅：《少数民族文学需要责任感使命感》）

袁智中坦承，该书是她对佤族文化内核探寻的一种尝试，也是自己创作的一个拐点。她一直希望寻找到抵达佤族文化内核的一种路径，或者说是一种表达的方式，并相信这种路径的存在，只是自己还没有找到而已。但是她认为，这条潜藏着的路径有可能存在于对佤族文化深度开掘基础上的一种客观记录。在她的想象中，这种客观记录应该是最贴切的语言方式对现实的最贴切记录，是作家寻着佤族文化的路径抵达人类童年记忆的一种努力，是对内心本我的一种寻找和对当下生存状态的一种反思。抵达的路径可以是散文的，也可以是小说的，甚至是介于两种之间的一种模糊文体。但无论是散文还是小说，它都将被打上极强的地方文化烙印，这种烙印便是她在汉语写作中所要寻求的特殊力量。这种寻找最坏的结果就是让她偏离文学原样，但没有这种寻找，她的写作也就失去了意义。

民族记忆的重建与书写

继2007年《远古部落的访问》一书出版后，袁智中经历了长达十年的创作沉寂期。在许多人以为她功成名就开始背离文坛的时候，她却以一种朝圣者特有的忠诚开始了新的跋涉。

当袁智中潜心创作的散文集《远古部落的访问》出版后，在对自己重返部落思想轨迹、审美立场、情感方式的反省，以及对自己文字的再度阅读审视中，袁智中仍吃惊地发现汉族文化审美的强大介入。在《族

我的母语部落

群文化重建的梦想》一文中,袁智中这样深刻地剖析道:"在我所进行的文化解读和人物叙事中,虽然洋溢着对母语部落深情的呼唤,但返回部落前预先设定的'田野调查'和'文化解读'立场,使读者难以真实地触摸到佤族部落族人当下生存的现实、生命的质感、情感的温度,那个一往情深的书写者,仍充满着站在汉族优越文化审美立场对部落文化进行俯视的嫌疑。当我沿着这样的思路对佤族文学进行再度梳理和回望时发现,继董秀英之后,佤族作家在成功逃离'乡土批判''伤痕文学'的影响和束缚以返回部落的写作姿态开始了文化的'寻根'与'扎根'之旅时,却再度跌入了狭隘的'民族性'书写的泥潭。"

随着阅读和创作经验的积累,袁智中越来越深切地体悟到,文学的民族性书写,除了对这个民族千姿百态的社会风俗画和人文风景线的描绘外,更重要的是对这个民族情感最生动丰富的表达和对其精神最深刻的诠释和记录。但在对自己文学创作的回望和审视中,袁智中惊奇地发现,自己在对本民族传统文化的大量书写和记录中,忽视了在一个城镇化迅速启动的国度,在民族文化出现历史断裂的深谷中,对本民族的生存状态和命运的深切关注和尖锐的书写。在返回民族和走出民族的艰难探寻中,缺乏"对世界的一块地方(哪怕是一块小地方)进行尖锐、深刻的观察,并通过它反映整个世界、整个生活的面貌"的文学自觉和强烈意识,使"民族性"书写长期停留在对传统礼俗文化和风情民俗的刻意展示和表层记录。在经济全球化浪潮中,在边缘部族文明遭遇前所未有危机的时代,缺席了文学对自己民族过去与当下处境的记录和书写,在重塑民族历史记忆与际遇中显得苍白乏力。袁智中甚至怀疑,一直被自己激情书写和解读的母族文化,是自己审美意志左右下的伪文化书写和解读!

全球化和城乡一体化已是不可阻挡。袁智中重新梦想着:以云淡风轻的文字和带有母语韵律的叙事,通过一个个带着生命体温的文字、一个个鲜活的场景、一群群鲜活的小人物的故事,向读者描绘和呈现母语村落当下的生存现实、文化生态、独特审美的真实画卷。文本的叙事应该是从容的、客观的、理性的,同时又充满着生命的质感、情感的温度和人性的温暖，而不应该承载过多个人主义的情绪和偏见。以在场者的身份，以佤族文化持有者的内部眼光，讲述这个全新的时代母语村落和族人们鲜活的故事，为自己的母语部落和族人们留下一份弥足珍贵的记忆。这一强大动机，成为袁智中再度扬帆重返母语部落的全部力量。

2010年至2017年间，袁智中先后以新农村建设和扶贫工作队员的身份，回到故乡沧源芒公和拱弄两个佤族村落，开始了为期近三年的部族生活。她不断排解着既已形成的文化审美的干扰，从一名村落族人的审美出发，以在场者的身份和她的族人共同亲历、见证着佤族村落从传统到现代的变迁和跨越，以及变迁交集中的震荡、惶恐、喜悦、梦想与挣扎。开始忠实客观记录全球化和城市化语境中佤族村落的变迁，并断然放弃了之前一直致力于的历史文化散文叙事模式，转而以村落普通人物故事为线索、以全写实的白描叙事创作了《重返母语村落》《村落的预言》《贺帕猎王》《依惹家的摩托魂》《寨主的家事》《新米的节日》《永莱村落列传》等系列长篇散文，迈开了新一轮的民族性书写的实践与探索。2019年，该系列散文将以《我的母语部落》为书名结集出版后，袁智中的又一次民族性写作的探索也暂时落下帷幕。

在谈及今后的创作规划时，袁智中说，在写作疆域不断拓展的今天，文学的可能性也日趋广阔而多元，这也为民族性写作的探索提供了更多的可能性和更加广阔的空间。作为一名少数民族作家，特别是像佤族这样一个没有形成自己文字系统的少数民族作家，除了创作本身，我们不得不面临着这样的拷问：在日益汹涌的全球化浪潮中，如何记忆佤族村落和她的族人们历经的深刻变革、文化冲击和心理震荡？如何在族群文化出现历史断裂的深谷中，去记忆为族人生活注入柔软浪漫想象的祭祀文化、审美特质、生活方式？如何让母语民族文化不会因为一个新村时代的来临，仅仅成为一道只能遥祭的风景？如何将碎落满地的民族记忆一点一点串联起来，向世界讲述自己的民族？但想要肩负起重建民族记忆的使命，必须是在对自己民族进行尖锐、深刻观察的基础上。

因此，未来三年，袁智中将在佤族村落生活体验和调查的基础上，以拱弄佤族村落为样本，对佤族社会历史文化变迁进行一个全面深入的

我的母语部落

研究，在为当代佤族村落社会文化变迁提供和保留一个鲜活样本的同时，也为自己的文学创作奠定更加坚固的基石。

当笔者让袁智中对自己所进行的民族性书写的探索做一个总结时，袁智中无限感慨地说："我不知道这样的探索是让自己离文学更近了还是更远了？也不知道自己的文学创作之路能够走多远？但可以肯定的是，以重建本民族记忆为目的的民族性书写将永不停息。"

（作者系香港城市大学在读硕士）

2017 年 3 月 15 日完稿于临沧

后　记

当我写完全书最后一个字的时候，距离萌发写作这样一部书已经过去整整八年。

八年前，当我以新农村建设指导员的身份，一意孤行只身奔赴还未完全通路、通水、通电的芒公村委会驻村一年的时候，仅仅出于一个作家想要亲历见证记录当代语境中佤族村落社会文化变迁的冲动。八年时间里，我亲历见证和记录的对象从沧源县的芒公村辗转到拱弄村。在长达八年的参与式观察和深度访谈中，驻村初始的壮怀激情也在澎湃汹涌的村落变迁中变得从容理性；在经历了从媒体人到高校科研工作者的转型过程中，眼中的佤族村落也变得更加丰富厚重起来。因此，与其说这是一部忠实记录当代中国佤族村落社会文化变迁的村落志，还不如说是自己在重返母语村落中重塑自身文化人格的过程。

因此，我要感谢八年来，我的族人们给予我的最真诚无私的爱，并无私地赋予了我讲述他们故事的权力；感谢八年来，我所供职的滇西科技师范学院，以及所有帮助过我的单位和个人，是你们的全力支持和无私帮助，让我获得了向我的族人们表达感谢、感恩的机会和坚持写作的动力。

在写下这些文字的时候，我的故乡沧源正是满目葱郁的时节，我所居住的边陲临沧和供职的滇西科技师范学院正在新时代语境中焕发着勃勃生机，临沧面向缅甸、印度洋，开放的步伐正在加快，一个充满希望的国门大学正在迅速崛起。在这样的时代语境中，作为滇西科技师范学院国际佤文化研究院的一名专职科研人员，作为临沧本土文化的发掘者和探寻者，我的写作和研究才刚刚开始。

《我的母语部落》一书交付出版之时，正是我主持在研的国家社科基金项目——《云南"民族直过区"佤族村落社会文化变迁研究》的启动之年。虽然该课题与本书均是以当代佤族村落为研究样本，但与本书基于情感的"小人物""小历史"的文学性叙事不同，该课题是通过当代佤族村落社会文化变迁研究，探查全面建成小康社会进程中"直过民族"村落变迁特点和规律的理论文本。这既是自己对母语部落文化研究的继续，也是探寻母族文化记忆重建的另一种可能。

非常喜欢美国人类学家康拉德·科塔克说过的一句话："科学的重要特征是看待世界的一种方式。理论是为了帮助我们理解为什么有些东西存在的一套框架。"我想，许多年以来，自己一直试图努力呈现和探寻的正是佤族村落的族人看待世界的方式和他们之所以能够存续至今的理由。因为在我看来，只有基于母族的深刻研究，才能更好地理解自己、理解他人和整个世界。

2018年7月写于临沧